환락의 집 2

The House of Mirth

세계문학전집 402

환락의 집 2

The House of Mirth

이디스 워튼

전승희 옮김

민음사

일러두기

1 번역 대본으로는 Edith Wharton, *The House of Mirth*(New York: Charles Scribner's Sons, 1905)를 사용했다.

2 원서에서 이탤릭체로 강조한 부분은 고딕체로 표시했다.

차례

1장

　몬테카를로의 카지노 계단에 서 있던 셀든은 그곳이 자신
이 아는 어떤 곳보다도 다양한 사람들 각각의 기호를 맞추는
능력을 소유한 곳임을 생생하게 느꼈다. 환상에서 깨어났을
때 페인트나 건물 같은 것을 먼저 볼 수도 있었겠지만 그 순간
의 셀든의 기분에는 그곳의 흥겨운 환영의 분위기가 먼저 다
가왔다. 그렇게 솔직하게 어서 동참하라고 초대하는 태도, 인
간의 본성에 흐르는 휴일의 본능에 대한 그렇게 솔직한 인정
이 감각을 절제하도록 꾸며진 환경에서 오랫동안 힘든 일에
종사함으로써 지친 마음에 아주 신선하게 느껴졌다. 그는 이
국적으로 잔뜩 애교를 부린 건축물로 둘러싸인 하얀 광장과
잘 정돈된 열대의 정원, 장면이 급히 전환되면서 잊힌 탁월한
무대 장치를 연상시키는 담자색 산을 배경으로 한가하게 오

가는 사람들의 무리를 살펴보았다. 이렇게 펼쳐진 빛과 여유의 효과를 음미하는 동안 그는 지난 몇 달간의 삶에 대해 혐오감을 느꼈다.

뉴욕의 겨울은 끝나지 않을 것 같은, 눈에 덮인 정경만을 보여 주었다. 그리고 그 겨울이 향하고 있는 봄이란 생경한 햇빛과 사나운 공기의 계절, 만물의 추한 모습이 모래투성이 바람이 피부를 할퀴듯 눈을 아프게 하는 계절이었다. 셀든은 일에 몰두하면서 외적인 조건은 자신 같은 사람에게는 영향을 미치지 못한다고, 추위와 추함은 긴장이 풀린 감수성에 좋은 약이라고 자위했다. 파리에 있는 고객과 상의할 일이 있어 부득불 급히 해외로 가게 되었을 때 그는 규칙적인 사무실 생활에서 마지못해 빠져나왔다. 그리고 이제 와서야, 즉 용무를 마치고 파리를 빠져나와 남부에서 일주일을 보내고 나서야, 인생을 객관적으로 관찰하는 데 흥미를 느끼는 사람들의 위안거리, 즉 관전자 특유의 유쾌한 흥분을 새삼 느끼기 시작했다.

인생이 제공하는 다양한 흥밋거리, 다른 삶들 간의 대조와 유사성에서 오는 끊임없는 놀라움! 그가 카지노 계단을 내려와서 그 문 앞 거리에 멈춰 섰을 때 이 모든 흥밋거리들이 느낌으로 다가오고 있었다. 칠 년 동안이나 해외여행을 하지 않다가 이렇게 다시 나와서 느끼게 되는 변화라니! 설령 중심의 깊이는 변하지 않았다 하더라도 표면은 단 한 지점도 똑같은 상태로 있지 않았다. 그리고 그곳이야말로 회복의 완성을 총체적으로 가능케 할 수 있는 곳이었다. 그곳에 있는 장엄한 것들과 영구적인 것들은 그를 변화시키지 않았을 것이다. 하지만 하루의 향락을 위해 세워진 이 텐트는 그와 그의 고정된 하늘 사이에 망각의 지붕을 펼쳐 주었다.

4월 중순이었고, 유흥이 최고조에 달해 광장과 정원을 채운 산만한 무리들이 곧 흩어져서 또 다른 장면을 만들어 내리라는 것을 알 수 있었다. 그러는 사이 공연의 마지막 순간들은 커튼이 곧 내려올 위협적 상황 덕분에 더욱 환해지는 듯했다. 공기의 상쾌함, 꽃들의 화려한 아름다움, 바다와 하늘의 강렬한 푸른빛 등이 모여 모든 불이 일시에 확 켜지는 활인화의 마지막 순간 같은 효과를 자아냈다. 이 인상은 이윽고 특히 눈에 확 띄는 한 무리의 사람들이 중앙으로 나와서 마지막 효과를 낼 필요성에 따라 함께 모여 선 주요 연기자들 같은 태도로 셀든 앞에 섬으로써 더욱 고조되었다. 그들의 모습을 통해 그 구경거리가 비용을 신경 쓰지 않고 무대에 올려졌다는 인상이 실제와 일치한다는 사실이 확인되었고, 주인공들이 의상을 바꾸지 않고 열정의 상태를 차례차례 표현하는 코스튬 플레이와의 유사성이 강조되었다. 귀부인들은 각자 독립적 효과를 갖도록 서로 무관한 태도로 서 있었고, 남자들은 자신들의 옷을 재단한 재단사들의 이름이 프로그램에 소개된 무대 주인공들처럼 독립적으로 귀부인들의 주변에서 서성대고 있었다. 셀든 자신이야말로 그 무리에 속한 사람들 중 하나의 주의를 끎으로써 자신의 의도와 무관하게 그 사람들을 서로 엮었다.

"어머나, 셀든 씨!" 피셔 부인이 놀라서 외쳤다. 그리고 잭 스테프니의 부인과 웰링턴 브라이의 부인을 가리키며 간청하듯 덧붙였다. "우리는 지금 배가 고파 죽을 지경인데 점심 먹을 장소를 결정하지 못하고 있답니다."

셀든은 그 무리의 환영을 받으며 그들의 곤경에 대해 자세한 설명을 재미있게 들었다. 그 결과 거기서 점심을 안 먹으면 중요한 걸 놓칠 레스토랑 몇몇과 그곳에서 점심을 먹으면 중요한 손해를 볼 레스토랑들에 대해 알게 되었다. 그들의 말을 들으면 먹는 일은 그 일이라는 의식을 행하는 신성한 장소에 비해 덜 중요한 일인 듯했다.

"물론 테라스에 가면 가장 좋은 음식이 보장되는 것은 사실이지만 거긴 오로지 가장 좋은 음식을 먹기 위해서만 가는 것처럼 보이죠. 지인이 없는 미국 사람들이 언제나 가장 좋은 음식을 찾아서 뛰어가는 곳이니까요. 그리고 벨트셔 공작 부인이 최근에 베카신스의 단골이 되었거든요." 브라이 부인이 진지하게 요약했다.

브라이 부인은 자신에게 주어진 사교계의 대안들이 어째서 중요한지를 다른 사람들 앞에서 떠벌리는 수준 이상으로 진보를 못 해서 피셔 부인을 절망시켰다. 그녀는 아직 어떤 일을 자신이 원하기 때문에 한다는 자세, 즉 자신의 선택을 통해 자신이 선택하는 것을 최종적으로 승인한다는 자세를 갖추지 못했다.

사무적인 얼굴에 레저웨어 차림을 한 키가 작고 창백한 남자인 브라이 씨는 그 딜레마를 유쾌하게 받아들였다.

"그 백작 부인이야 남들 돈으로 먹지 않을 때는 가장 싼 데로 가겠지. 테라스에 가서 잘 대접하겠다고 하면 당장 따라나

설걸."

그러나 잭 스테프니의 부인이 나섰다. "대공(大公)은 콩다민에 있는 그 작은 레스토랑에 가던데. 휴버트 경 말씀에 따르면 그 레스토랑이야말로 유럽에서 완두콩 요리를 제대로 할 수 있는 유일한 레스토랑이라고 하더군."

휴버트 데이시 경은 호리호리하고 초라해 보이는 남자로 매력적으로 지쳐 보이는 미소를 짓고 있었으며, 부자들을 좋은 레스토랑으로 안내하는 데 인생의 중요한 시기를 보낸 사람처럼 보였다. 그가 점잖게 강조하며 동의했다. "그 말씀이 꼭 맞습니다."

"완두콩이라고요?" 브라이 씨가 경멸적인 태도로 말했다. 후 미거북 요리는 잘하나요?" 그리고 계속했다. "이 유럽의 시장이 어떤 시장인지 그것만으로도 알 수 있군. 완두콩 요리로 이름을 낼 수 있다니 말이야."

잭 스테프니가 권위자다운 태도로 끼어들었다. "데이시의 견해에 완전히 동감할 순 없을 것 같은데. 파리의 케 볼테르 거리 쪽에 아주 작은 괜찮은 레스토랑이 있거든. 아무튼 콩다민의 싸구려 레스토랑은 추천하고 싶지 않아. 적어도 귀부인들과 함께 갈 곳은 못 되지."

스테프니는 결혼 이후로 살이 찌고 점잔을 빼는 사람이 되었다. 밴 오스버그 집안 여자들의 남편이 다 그렇듯이. 하지만 그의 아내는 땅을 울릴 정도로 빨리 걷는 습관을 들여서 그는 놀라기도 하고 불편하기도 했다. 그녀를 따라가기 위해 그는 항상 숨을 헐떡거려야 했다.

"그럼 그리로 가요!" 그녀가 자신의 화려한 옷을 무겁게 흔들며 선언했다. "테라스에 너무 진저리가 나요. 이제 어머니의 요리만큼이나 지겨워요. 그리고 휴버트 경이 다른 식당에 가는 그 끔찍한 사람들이 누구누구인지 다 얘기해 주기로 약속하셨으니까. 그렇지, 캐리? 아이, 잭, 그렇게 엄숙한 표정 짓지 말아요!"

"글쎄요," 브라이 부인이 말했다. "내가 알고 싶은 건 다만 누가 그 사람들의 옷을 짓는가 하는 것뿐이에요."

"데이시라면 그것도 얘기해 줄 수 있을 게 틀림없죠." 스테프니가 약간 조롱조로 말했고, 휴버트는 "아마도 알아낼 순 있겠지."라고 중얼거리는 소리로 받았다. 그런 뒤 브라이 부인이 자신은 한 발짝도 더 뗄 수 없겠다고 선언해서, 그들 일행은 정원 주변에서 주의 깊게 지켜보며 기다리고 있던 사륜 쌍두마차 두세 대를 불러 열을 이루며 콩다민을 향해 따각따각 떠났다.

그들의 목적지는 몬테카를로로부터 부두를 따라 급경사를 이루며 아랫부분으로 이어지는 한길을 내려다보고 있는 작은 레스토랑 중 하나였다. 그들이 자리 잡고 앉은 창가로부터 쌍을 이루고 있는 곳의 신록 사이에 자리 잡은 항구의 강렬한 푸른색 곡선이 내려다보였다. 오른쪽으로는 교회와 성의 중세적 실루엣이 보이는 모나코의 벼랑이 있고, 왼쪽으로는 도박장의 테라스들과 첨탑들이 보였다. 그 둘 사이로 만을 채운 물이 유람선의 가벼운 왕래를 따라 고랑을 이루고 있었다. 점심이 정점에 달한 순간 커다란 증기 요트가 그 만으로 당당하게 다가와 그들의 시선을 완두콩으로부터 앗아 갔다.

"어이구, 도싯 부부가 돌아왔군!" 스테프니가 외쳤다. 그러자 휴버트 경이 눈에서 단안경을 떼며 맞장구쳤다. "사브리나[1] 호군요, 맞습니다."

"그렇게 금방? 시실리에서 한 달을 보내겠다고 했었는데." 피셔 부인이 말했다.

"벌써 한 달이 다 간 것 같았나 보군요. 그 섬을 통틀어도 현대식 호텔은 단 하나밖에 없는 곳이니까요." 브라이 부인이 경멸조로 말했다.

"네드 실버튼이 낸 아이디어였거든. 하지만 불쌍한 도싯하고 릴리 바트한테는 끔찍하게 지루했을 거야." 피셔 부인이 셀든에게 낮은 목소리로 덧붙였다. "자기들끼리 서로 다투거나 그런 일이 있었던 게 아니라면 좋겠군요."

"바트 양이 돌아와서 참 유쾌하군요." 휴버트 경이 그 특유의 점잖고 느릿느릿한 어조로 말했고, 브라이 부인이 솔직하게 덧붙였다. "릴리가 왔으니 공작 부인이 우리하고 정찬을 해 주겠네."

"공작 부인이 바트 양을 굉장히 좋게 보셨지요. 계획을 세우면 좋아하실 겁니다." 휴버트 경이 사교계의 모임을 주재함으로써 개인적인 이익을 챙기는 데 이골이 난 사람답게 직업적 민첩성을 발휘해 동의했다. 셀든은 그가 즉각적으로 사무적인

---

1) 사브리나는 영국 세번강에 빠져 죽었다는 님프의 이름이다. 밀턴의 작품 「코머스(Comus)」에 나오는 인물의 이름이기도 하다.

태도로 전환하는 것을 주목했다.

"릴리는 여기서 아주 인기가 있었어요." 피셔 부인이 여전히 셀든에게만 들리는 은밀한 어조로 말을 이었다. "자기 나이보다 열 살은 더 젊어 보여요. 그렇게 예쁜 모습은 본 적이 없어요. 칸에서는 레이디 스키도가 가는 곳마다 릴리를 데리고 다녔고, 마케도니아 황태자비의 초대를 받아서 시미에에서 일주일을 함께 지내기도 했지요. 다들 그래서 버사가 요트를 서둘러 시실리로 몰고 갔다고 해요. 황태자비가 버사한테는 별 관심이 없었으니까, 버사가 릴리만 그렇게 성공하는 모습을 못 참은 거죠."

셀든은 아무 대답도 하지 않았다. 그는 바트 양이 도싯 부부와 지중해에서 유람선을 타고 여행하고 있다는 사실을 막연하게는 알았지만, 휴가철이 거의 끝난 리비에라에서 그녀와 마주치게 될 것이라고는 예상하지 못했다. 뒤로 기대앉아 가는 줄 세공이 된 컵에 담긴 터키 커피를 말없이 바라보며 자신의 생각을 정돈하려고, 그녀가 근처에 있다는 소식이 자신과는 별 상관 없는 일이라고 다짐하려고 노력하고 있었다. 그는 큰 감정적 압력을 느끼는 순간에도 자신의 감정을 상당히 명백하게 보는 개인적 초연함이라는 능력을 가지고 있었고, 그래서 사브리나호를 보는 순간 자신이 감정적 동요를 느꼈다는 사실에 진심으로 놀랐다. 그는 환멸에 따른 날카로운 충격을 받고 나서 석 달 동안 일에만 몰두함으로써 자신의 마음으로부터 감정적 안개를 거둘 수 있었다고, 이미 스스로 그 점을 확인했다고 믿고 있었다. 그가 스스로 다짐하고 중시했던 감정은 위기를 벗어나서 고맙다는 기분이었다. 그는 위험한 사고에서 구조된 사실이 너무나 고마워서 처음에는 자신이 멍이 진 것도 느끼지 못하는 여행자와 같은 상태에 있었다. 이제 그동안 잠복해 있던 통증이 새삼스레 느껴졌으며 결국 구조를 받긴 했어도 상처가 전혀 없지는 않았다는 사실을 깨달았다.

한 시간 뒤 카지노의 정원에서 피셔 부인 곁에 앉은 셀든은 자신이 받은 상처를 잊어야 할 이유를 위기를 피했다는 사실 속에서 새삼스레 발견하려 노력하고 있었다. 그들 일행은 몬테카를로 사교계의 특징대로 우유부단한 태도로 흩어지고 있었다. 몬테카를로라는 장소 전체가, 그리고 찬란한 낮 시간이 길다는 사실이 시간을 한가하게 보낼 무한한 방법을 제공하는 듯했으니까. 마침내 휴버트 데이시 경이 브라이 부인으로부터 벨트셔 공작 부인을 정찬에 확보하기 위한 민감한 협상의 임무를 부여받고 공작 부인을 찾아 나섰다. 스테프니 부부는 자동차를 타고 니스를 향해 떠났고, 브라이 씨는 요즈음 그가 가장 열중하고 있는 취미인 비둘기 쏘기 시합에 참여하기 위해 떠났다.

브라이 부인은 점심 식사를 하고 나면 얼굴이 벌게지면서 코를 고는 경향이 있기 때문에 캐리 피셔의 현명한 권유를 받아들여 한 시간가량 쉬기 위해 호텔로 돌아갔다. 그리하여 셀든과 피셔 부인은 친밀한 이야기를 나누기에 적당한 산보를 하게 되었다. 그들의 산보는 곧 월계관과 목향장미가 머리 위로 드리운 벤치에 평화롭게 앉는 것으로 귀결되었다. 그 벤치

에서는 대리석으로 된 난간동자 사이로 눈부시게 푸른 바다
와 바위 사이로부터 운석처럼 솟아난 선인장 꽃의 불타는 듯
한 줄기가 보였다. 그들이 자리 잡은 구석진 곳에 드리운 부
드러운 그늘과 그곳을 둘러싼 공기의 찬란함은 편하게 쉬기
좋은 분위기를 조성했고, 두 사람은 담배를 여러 대 피우며
앉아 있었다. 그리고 셀든은 그런 것들의 영향 하에서 피셔
부인이 최근에 무엇을 했는지 이야기하는 걸 들을 수밖에 없
게 되었다. 그녀는 사교계가 뉴욕의 봄 특유의 혹독한 변덕
스러움을 피해 뉴욕을 빠져나갈 때 웰리 브라이 부부와 함께
해외로 나왔다. 브라이 부부는 자신들의 첫 성공에 취해서
이미 새로운 왕국을 갈망하고 있었으며, 피셔 부인은 리비에
라가 런던 사교계로 진출하는 손쉬운 길목이라고 보고 그들
을 그쪽으로 인도해 왔다. 그녀는 각국의 수도에 아는 사람들
이 있었고, 그 사람들과 오랜만에 다시 접촉하는 재주가 있었
다. 그리고 주의 깊게 소문을 낸 브라이 부부의 재력 주변에
는 즉시 국경을 초월해 쾌락을 추구하는 이들의 무리가 모여
들었다.

　"하지만 내가 기대했던 것처럼 잘 진행되지는 않고 있어요."
피셔 부인이 솔직하게 인정했다. "돈만 있으면 누구나 사교계
에 진입할 수 있다는 말은 그럴듯한데, '누구나'라기보다는 '거
의 누구나'라고 표현을 바꾸는 게 더 정확할 것 같아요. 그리
고 런던의 시장은 영국 사람들이 너무 넘쳐 나서 요새 거기서
성공하려면 아주 영리하거나 아주 이상하거나 둘 중 하나여
야 해요. 브라이 부부는 둘 다 아니죠. 브라이 씨는 브라이 부

인이 가만히 놔주기만 해도 성공할 만한 사람이긴 해요. 사람들이 그가 쓰는 은어며, 그의 잘난 척하는 태도, 그리고 실수 따위를 즐기니까요. 하지만 루이자가 남편을 누르고 자신을 내세우는 바람에 그런 이점을 다 망쳐 버린다니까요. 만일 그녀가 자신의 본모습을 내세운다면…… 뚱뚱하고 저속하고 활발한 그 성격 말이에요…… 괜찮을 거예요. 하지만 똑똑한 사람을 만나기만 하면, 만나자마자 날씬한 여왕처럼 굴려고 한단 말이에요. 벨트셔 백작 부인이나 레이디 스키도한테도 그렇게 했어요. 그러니 그 사람들이 도망쳐 버렸죠. 루이자가 자신의 실수를 스스로 알아차리게 해 주려고 나 나름으로 최선을 다했어요. 몇 번이고, "그냥 자연스럽게 행동해, 루이자."라고 말해 줬어요. 하지만 나한테까지 허튼수작을 해요. 문을 닫고 자기 방에 있을 때도 여왕처럼 구는 게 틀림없다고요."

"제일 기막힌 것은," 피셔 부인이 말을 이었다. "루이자가 자신의 실패가 모두 다 내 잘못 때문이라고 생각한다는 사실이에요. 도싯 부부가 육 주 전에 여기 왔을 때, 그리고 모든 사람들이 릴리에 대해서 난리를 치고 있을 때, 루이자가 나 대신 릴리를 대동하고 있었더라면 지금쯤 왕실 사람들 모두와 친하게 지내고 있을 텐데라고 생각하는 게 눈에 보이더라고요. 루이자는 그 비결이 릴리의 미모에 있다는 걸 못 알아차려요. 휴버트 경 말로는 다들 릴리가 그가 십 년 전에 엑스에서 만났을 때보다도 더 미인이 되었다고들 한다고 그러더군요. 엑스에서도 그 미모 때문에 사람들한테 아주 인기가 있었던 모양이에요. 이탈리아의 공작이, 돈도 많고 괜찮은 남자인데, 릴리하고 결혼하고 싶어 했대요. 그런데 아주 결정적인 순간에 그 공작의 잘생긴 의붓아들이 나타났다는 거예요. 그런데 릴리가 그 의붓아버지와 부부 재산 계약을 하는 사이에 바보같이 그 아들하고 수상쩍게 굴었다는 거예요. 그 젊은이가 일부러 그랬다는 말도 있다더군요. 어떤 추문이 났을지 짐작할 수 있겠죠. 부자간에 끔찍한 싸움이 일어났고, 사람들이 릴리를 너무나 이상하게 보기 시작해서 페니스턴 부인이 당장 짐을 싸서 다른 데로 요양지를 옮겼다지요. 그녀는 사태의 진상을 제대로 이해한 것도 아니었지만요. 오늘날까지도 페니스턴 부인은 엑스가 자신에게 안 맞았다고 생각하고 있고 자신을 거기로 보냈다는 사실이야말로 프랑스 의사들이 얼마나 무능한지를 증명한다고 말하고 다니죠. 알다시피 그게 참 릴리다운 일이었어요. 땅을 갈고 씨를 뿌리느라 노예처럼 열심히 일을 하는데, 추수 때가 되면 늦잠을 자거나 피크닉을 가 버리거나 하는 거예요."

피셔 부인은 말을 멈추고 선인장 꽃들 사이로 바다가 찬란하게 빛나는 모습을 생각에 잠겨 바라보았다. "어떤 때는," 그녀가 덧붙였다. "그게 그냥 변덕이다 싶지만, 또 다른 때는 릴리가 자신이 가지려고 노력하는 대상을 경멸하기 때문인 것 같다는 생각도 들어요. 둘 중 어느 쪽인지 결정하기가 쉽지 않다는 사실 때문에 릴리에 대해 생각해 보는 일이 아주 흥미로워지지요." 그녀는 셀든의 반응을 살피려는 듯, 아무 움직임 없는 셀든의 옆모습을 흘낏 보다가 약하게 한숨을 내쉬며 말을 이었다. "아무튼, 내가 할 수 있는 말은 오로지 릴리가 자신이 버린 그 기회들 중 조금이라도 나한테 줬으면 좋겠다는 거예요. 예를 들어서 지금 내가 릴리와 위치를 바꾼다면 참 좋겠어요. 릴리가 브라이 부부를 잘 관리해 주기만 한다면 브라이 부부한테 아주 큰 도움이 될 거고, 버사가 네드 실버튼과 베를렌을 읽고 있는 동안 조지 도싯을 어떻게 돌봐야 하는지는 내가 잘 아니까요."

그녀는 항의하는 셀든의 말소리에 대해 날카로운 조롱의 눈초리로 응대했다. "세세히 따질 필요가 뭐가 있어요? 그게 버사가 릴리를 해외로 데려온 이유라는 걸 모르는 사람은 아무도 없는데. 버사가 즐겁게 지내려면 조지를 상대할 사람을 공급해야 하니까요. 처음엔 이번만큼은 릴리가 자신의 카드를 잘 활용할 거라고 생각했는데, 버사가 여기서, 그리고 칸의 사교계에서 릴리에 대한 반응이 성공적이라는 사실을 질투한다는 소문이 있어요. 그런 판이니 버사와 릴리가 당장 갈라선다 해도 놀랍지 않을 거예요. 릴리의 유일한 보호 장치는 버사한테 릴리가 꼭 필요하다는 사실이에요. 오, 아주 절대적으로 필요하죠. 버사와 실버튼의 관계가 아주 중요한 고비에 있거든요. 조지가 지속적으로 딴 데로 주의를 돌릴 절대적 필요가 있는 거죠. 그리고 릴리가 그 과제를 성공적으로 수행하고 있다는 사실은 인정할 수밖에 없어요. 조지가 버사가 잘못하고 있다고 판단하면 아마 내일이라도 릴리하고 결혼할걸요. 하지만 조지 성격을 잘 알잖아요. 질투심도 엄청 많지만 그만큼 눈도 멀어 있으니까. 그리고 물론 릴리의 현재 임무는 그가 못 보게 만드는 일이고요. 똑똑한 여자 같으면 정확히 어떤 순간에 그

안대를 떼어 내야 하는지 알 거예요. 하지만 릴리는 그런 식으로 똑똑하지가 못해요. 그러기는커녕 조지가 눈을 뜨게 된다면 아마 그 순간 그의 눈에 띄지 않도록 계책을 꾸밀걸요.”

셸든은 손에 든 담배를 내던졌다. “맙소사, 기차를 탈 시간이네요.” 그는 손목시계를 흘낏 보며 외쳤다. 피셔 부인의 놀란 반응 ──“저런, 전 당신이 몬테에 머무르시는 줄 알았어요!” ── 에 대한 대답으로 그는 자신의 근거지는 니스라는 말을 웅얼거렸다.

“제일 안 좋은 건 릴리가 요새 브라이 부부마저도 무시한다는 거예요.” 떠나는 셸든의 뒤를 향해 피셔 부인이 던진 그 말을 그는 무감각하게 들었다.

십 분 후 카지노가 내려다보이는 호텔의 고층 방에서 셸든은 가방 두 개를 열어 놓고 자신의 물건을 마구 던져 넣고 있었다. 짐꾼이 그의 방 바로 밖에서 그것들을 호텔 입구의 마차까지 운반하려고 기다리고 있었다. 그가 니스행 오후발 급행을 안전하게 타기 위해 역까지 가는 데에는 경사가 심한 하얀 길을 잠시 급하게 내려가는 것으로 충분했다. 그리고 빈 열차의 한구석에 자리를 잡고 나서야 그는 자괴감을 느끼며 스스로에게 외쳤다. “도대체 무엇으로부터 도망치는 거냐?”

그 질문의 적확함으로 인해 기차가 떠나기 전 셸든의 도망 충동에 브레이크가 걸렸다. 이성이 정복한 사랑의 감정으로부터 감정적 겁쟁이처럼 도망가는 건 우스꽝스러운 일이었다. 셸든은 은행원들에게 중요한 업무 관련 편지는 니스로 보내라고 지시해 놓았더랬다. 니스에서 조용히 그것들을 기다릴 작정이었다. 셀든은 자신이 배를 탈 때까지 남은 일주일을 보낼 예정이던 몬테카를로를 떠나는 데 벌써 짜증이 났다. 하지만 지금 바로 돌아간다면 자신이 이랬다저랬다 하는 사람으로 보일 터였고, 그건 자존심이 허락하지 않는 일이었다. 깊은 속마음으로는 바트 양과 만날 가능성에서 벗어난 것이 안타깝지 않았다. 비록 그녀로부터 자신을 완전히 떼어 내긴 했지만 아직까지는 그녀를 단순한 사교계의 인물로 객관적으로 관찰할 수 없었다. 그리고 사적으로 관찰한다면 그녀는 그렇게 안심이 되는 관찰 대상은 아니었다. 우연히 만나거나, 아니면 그녀의 이름만 여러 번 들어도 그가 그렇게 단호하게 배제한 생각의 흐름으로 되돌아갈 터였다. 반면에 그의 삶에서 그녀를 완전히 배제한다면, 그녀에 대한 생각과는 무관한 새롭고 다양한 것들과 접하고 거기서 자극을 받는다면, 곧 그녀와의 분리 작업이 완성될 수 있을 것이라는 생각이 들었다. 피셔 부인은 사실 그런 효과를 위해서 릴리 얘기를 한 것이었다. 그러나 그런 식의 치유 방법은 스스로 선택하기에는 너무 고통스러운 것이었다. 더구나 그보다 더 온화한 치료 방법을 아직 사용하지 않은 상태에서. 어쨌든 셀든은 자신이 바트 양을 마주치지만 않는다면 점차 그녀에 대한 이성적 견해로 돌아갈 수 있을 것이라고 생각했다.

일찌감치 역에 도착했기 때문에 성찰이 이 지점에 이르렀을 때에야 그는 플랫폼에 사람이 늘어나고 있다는 사실을 감지하고 자신이 더 이상 호젓함을 누릴 수는 없겠구나 싶었다. 그리고 바로 다음 순간 문에 손이 보이더니 그가 몸을 돌리자 자신이 피해서 도망치고 있던 바로 그 얼굴이 자신을 바라보고 있는 것이었다.

바트 양은 기차에 서둘러 뛰어드느라 상기한 얼굴로 도싯 부부와 청년 실버튼과 휴버트 데이시 경으로 이뤄진 무리의 앞장에 서 있었는데, 그 무리는 객차에 뛰어오르자마자 놀라워하고 반가워하며 셀든을 둘러쌌고, 곧이어 기차의 출발을 알리는 호각 소리가 들렸다. 그 무리는 벨트셔 공작 부인에게서 정찬을 함께 하고 만(灣)에서 열릴 수중 축제를 함께 구경하자는 초대를 갑자기 받고 서둘러 니스로 가는 길인 듯했다. 그것은 "오, 아니, 그러니까," 하면서 휴버트 경이 부인하긴 했지만, 공작 부인을 차지하려는 브라이 부인의 노력을 저지하려는 목적으로 특별히 급조된 것이 분명한 계획이었다.

이 계책을 웃으며 설명하는 것을 듣는 동안 셀든은 자신의 맞은편 자리에 앉아 오후의 황금빛에 감싸인 바트 양을 재빨리 살펴보았다. 브라이가의 온실 문턱에서 그녀와 헤어진 지 석 달이 채 안 지났지만 미묘한 변화가 그녀의 아름다움 전체를 꿰뚫고 있었다. 그때는 그녀의 아름다움에 투명함, 그녀 마음의 변화가 가끔은 너무 비극적일 정도로 잘 들여다보이는 투명함이 있었는데, 지금은 그 아름다움이 불가해한 표면에 둘러싸여 있었다. 그 표면은 그녀의 전 존재를 빛나는 단단한 하나의 존재로 굳힌 정출(晶出)의 과정이 그사이에 일어났음을 암시하고 있었다. 피셔 부인은 그 변화를 릴리가 다시 젊어진 것으로 이해했지만, 셀든이 보기에 그것은 젊음의 따스한 유동성이 최종적 형태로 굳어진 정지의 순간인 듯했다.

그녀가 자신을 향해 미소 짓는 모습에서, 그를 예기치 않게 갑자기 만나게 되었는데도 자신들의 관계가 폭력적으로 끊긴 적이 없다는 듯 — 그는 아직도 그 때문에 휘청대고 있는데 말이다 — 자연스레 과거의 관계를 재개하는 듯한 모습이 그에게 그런 느낌을 주었다. 그는 그녀의 그처럼 능수능란한 모습을 보며 거의 토할 듯한 기분이 들었지만, 회복에는 고통이 따르기 마련이라고 스스로에게 말했다. 이제 정말로 회복될 것이라고, 내 피로부터 마지막 한 방울의 독까지도 다 제거될 것이라고. 그는 이미 자신이 그녀를 생각하는 동안보다도 직접 마주 대하고 있는 이 순간 더 침착하다고 느꼈다. 그녀의 가정들과 생략들, 그녀의 지름길들과 긴 에움길들, 과거를 불필요하게 들여다보지 않을 지점에서 그와 만나기 위해 그녀가 사용하는 수단들로 인해 그는 그녀가 자신들의 마지막 만남 이후 그런 재주를 연습해 올 기회가 많았다는 걸 짐작할 수 있었다. 그는 그녀가 마침내 자기 자신에 대한 이해에 도달했다고 느꼈다. 그녀의 반항적인 충동과 계약을 맺고, 방랑하는 모든 경향을 포로로 하거나 자신에게 소용되는 방향으로 강제하는 자치 정부의 단일 체제를 달성했다고.

그리고 그녀의 태도에서 다른 점들도 눈에 띄었다. 피셔 부인의 자세한 설명을 들은 후에도 셀든 자신은 아직 제대로 이해하지 못한 그런 상황의 숨겨진 복잡성에 무척 잘 적응한 것이었다. 피셔 부인도 더 이상 바트 양이 자신의 기회를 무시하고 있다고 나무랄 수는 없을 것 같았다! 셀든의 눈에는 그녀가 너무나 완벽하게 모든 기회를 포착하려고 노력하고 있어서

도저히 그냥 보고 있기 힘들 정도였다. 그녀는 모든 사람에게 '완벽하게' 행동하고 있었다. 지배권이 불안한 버사의 비위를 잘 맞췄고, 도싯의 기분은 사려 깊게 배려했으며, 실버튼과 데이시에게는 밝은 표정으로 친구 노릇을 해 주었다. 데이시가 전부터 흠모하던 사람의 태도로 그녀를 대하는 것은 명백했고, 자아도취에 완전히 빠진 청년 실버튼은 그녀를 막연하게 앞에 놓인 어떤 존재로만 의식하는 듯했다. 그리고 갑자기, 그녀가 주위와 잘 조화를 이루기 위해 취하는 섬세한 태도를 주목하고 있던 셸든에게 그녀의 상황이 정말로 무척 절망적이기에 그녀가 그렇게 온갖 솜씨를 다 발휘해 가며 주위의 비위를 맞춰야 하는 거라는 생각이 스쳤다. 그녀는 뭔가 아주 위태로운 지경에 처해 있다, 그것이 그가 받은 최종적 인상이었다. 그녀는 바닥이 무너지고 있다는 무의식적인 느낌을 확인하기 위해 우아하게 한 발을 내딛은 채 절벽 위에서 아슬아슬하게 균형을 잡고 서 있는 사람처럼 보였다.

프롬나드데장글레에서 정찬 전에 자신의 주변을 얼쩡거리던 네드 실버튼과 삼십 분 동안 산책을 하며 셸든은 상황이 전반적으로 불안정하다는 사실을 더 심각하게 느낄 수 있었다. 실버튼은 엄청난 비관주의의 기분에 빠져 다음과 같이 개탄하고 있었다. 그 널따란 지중해에서 어떻게 리비에라처럼 끔찍한 곳에 올 수가 있는지…… 상상력이 조금이라도 있는 사람이라면. 하지만 장소의 판단 기준이 봄 닭을 굽는 방식에 달려 있다면! 맙소사! 위(胃)의 횡포에 대해 연구 한다면 얼마나 흥미로운 것이 될지 ─ 부진한 간, 혹은 불충분한 위액이 전 우주의 경로에 영향을 미치고, 그 영향권 안에 있는 모든 것을 압도했을 걸 생각하면 ─ 만성 소화 불량은 '법정 사유들'의 하나에 포함되어야 한다. 한 여성의 삶은 한 남성이 신선한 빵을 소화할 능력이 없다는 이유만으로 망가질 수도 있다. 기괴한 일이라고? 맞다 ─ 그리고 비극적이다 ─ 모든 불합리한 것들이 그렇듯이. 코믹한 가면을 쓰는 비극만큼 음울한 것도 없다…… 어쩌다가 얘기가 이렇게 흘렀죠? 오…… 그들이 시실리를 버리고 서둘러 돌아온 이유? 글쎄 ─ 부분적으론, 의심할 바 없이, 바트 양이 브리지 게임을 하고 멋쟁이들 사이에 있는 걸 좋아하기 때문이죠. 미술과 시에 대해서는 바위만큼이나 무관심하니까 ─ 그녀에겐 바다나 육지에 빛이 비친 적이 결단코 없지요! 그리고 물론 바트 양이 도싯이 이탈리아 음식이 자기에게 좋지 않다고 믿게 만들었지요. 오, 도싯은 바트 양 말이라면 뭐든지 다 믿어요. 뭐든지 말이에요! 도싯 부인은 그 사실을 잘 의식하고 있지요 ─ 오, 아주 잘! 그분이 못 보는 건 아무것도 없어요! 하지만 입을 다물고 계시지요 ─ 그래야만 하니까요, 아주 종종. 바트 양은 아주 친한 친구니까 ─ 그래서 그녀에 대한 험담은 듣지도 않으려고 해요. 단지 자존심이 상할 뿐이지요 ─ 결코 습관이 될 수는 없는 일이 있는 법이니까…… 지금까지 드린 말씀은 물론 우리끼리만 알고 있어야 해요, 아시죠? 아…… 저기 호텔 발코니에서 부인들이 손짓을 하고 계시네요……. 그는 서둘러 프롬나드를 가로질러 가고 셀든은 시가를 피우며 생각에 잠겼다.

그 대화로 인해 셀든이 내린 결론은 그날 저녁 긴가민가한 어스름의 상태에서 스스로 빛을 발하던 저 희미한 일부 보조적 증거들에 의해 강화되었다. 셀든은 우연히 지인을 만나서 저녁을 먹고 계속해서 그와 함께 불을 환히 밝힌 프롬나드로 자리를 옮겼다. 그 프롬나드에는 가판대들이 줄지어 서 있고 사람들이 그 둘레에 모여 바닷물의 반짝이는 어둠을 바라보고 있었다. 밤은 부드럽고 설득력이 있었다. 머리 위에는 몰려든 불꽃들로 고랑이 진 여름 하늘이 걸려 있었고, 동쪽으로부터는 우뚝한 해안의 호를 밀어 올리며 늦은 달이 만 전체로 한줄기 밝은 빛을 보내 불 밝힌 배들에서 나오는 붉은빛들을 창백한 잿빛으로 퇴색시켰다. 그 아래 등불이 걸린 프롬나드에서는 군중들이 내는 소음과 어두운 정원에 걸린 나뭇가지들이 부드럽게 흔들리는 소리 위로 밴드 음악의 가락들이 둥둥 떠다녔다. 그 정원들과 가판대 뒤쪽 사이에는 사람들의 무리가 흐르고 있었다. 그들의 태도에서는 떠들썩한 카니발의 분위기가 계절이 무르익어 감에 따라 다소 나른하게 완화되고 있음이 느껴졌다.

셀든과 그의 지인은 만을 바라보는 가판대 중 한 곳에 자리를 얻지 못해 한참 동안 사람들 무리에 섞여 흘러 다녔고, 그러다가 프롬나드 위 높은 정원형 난간에서 아래를 내려다볼 수 있게 되었다. 그들은 거기서 바다의 일부와 그 표면을 떠가는 배들의 번쩍이는 유희를 삼각형으로밖에 볼 수 없었다. 하지만 바로 아래 거리에 있는 무리들은 아주 잘 보였고, 셀든에게는 대체로 그들이 쇼 자체보다 더 흥미롭게 여겨졌다. 하지만 그는 곧 자신이 서 있던 자리에 흥미를 잃고, 보도에 홀로 내려서서 첫 번째 모서리를 돌아 달빛이 비치는 조용한 골목길로 들어섰다. 나무들이 가지를 드리운 긴 정원의 담들이 보도에 어두운 경계를 만들어 주고 있었다. 빈 마차 하나가 인적이 끊어진 큰길을 천천히 달려가고 있었으며, 이윽고 셀든은 반대쪽 그늘에서 두 사람이 나타나 마차를 불러 타고 시내 쪽으로 가는 것을 목격했다. 마차를 타려고 멈춘 그들의 얼굴에 달빛이 비쳤기 때문에 그는 그들이 도싯 부인과 청년 실버튼임을 알아보았다.

곧 나타난 가로등 아래서 그는 손목시계를 흘낏 보고 시간이 11시가 다 되어 간다는 사실을 깨달았다. 그는 다시 길을 건너 프롬나드의 무리들을 상대하지 않고 한길을 내려다보고 있던 사교 클럽을 향해 걸어갔다. 그곳에서 그는 사람들로 둘러싸인 바카라 테이블들의 한가운데서 순식간에 줄어들고 있는 황금 더미 뒤에 앉아 습관적으로 지친 미소를 짓고 있던 휴버트 데이시 경을 발견했다. 바카라 테이블들 위로는 환하게 불이 비치고 있었다. 황금 더미가 곧 완전히 사라짐에 따라 휴버트 경은 어깨를 한 번 들썩하더니 자리에서 일어나 셀든과 함께 한산한 클럽 테라스로 나갔다. 벌써 자정이 지났고, 작은 탁자들 둘레에 서 있던 무리들이 흩어지고 있었다. 붉은 등이 켜진 배의 긴 행렬도 다시 달의 고요한 찬란함의 차지가 된 하늘 아래서 흩어지며 희미해졌다.

휴버트 경은 손목시계를 바라보았다. "맙소사, 런던하우스 레스토랑에서 공작 부인과 늦은 저녁을 함께 하기로 약속했는데 벌써 12시가 넘었군. 지금쯤 다들 흩어졌겠군. 사실 사람들이 너무 많아서 정찬 후 곧 일행을 잃어버리고 이리로 피신 와서 못된 짓을 하고 있었소. 작은 탁자들 중 하나에 자리를 잡아 놓긴 했었는데, 물론 한자리에 가만히 앉아 있을 수는 없었지. 공작 부인은 성격상 그러지 못하는 분이라. 공작 부인과 바트 양이 자청 모험을 하겠다고 나섰거든. 참, 그분들이 황당한 모험을 못 했더라도 그분들 잘못은 아니지!" 그는 담배를 찾으려고 잠시 멈췄다가 확인하는 듯한 어조로 덧붙였다. "바트 양과는 전부터 잘 아는 사이 아니오? 나한테 그러더구먼. ……아, 고맙소…… 하나도 안 남았나 보군." 그는 셸든이 내민 담배에 불을 붙이며 그 특유의 날카롭고 질질 끄는 듯한 어조로 말을 이었다. "물론, 나랑은 아무 상관 없는 일이지만, 공작 부인께 그녀를 소개한 사람은 내가 아니니까. 아주 매력적인 분이지, 공작 부인 말이오, 아시다시피. 나하고 아주 절친한 사이이기도 하고. 하지만 자유 교양이 좀 지나친 감이 있지."

셸든은 아무 말 없이 듣고만 있었다. 담배를 몇 번 더 빨더니 휴버트 경이 다시 말을 꺼냈다. "젊은 처녀한테 말하기 곤란한 그런 것 말이오…… 하긴 요새 젊은 아가씨들은 워낙 똑똑해서 스스로 잘 판단하긴 하지만. 하지만, 이 경우는 내가 오랜 친구이기도 하고, 아시다시피…… 그리고 얘기를 해 줄 다른 사람이 없는 것 같으니. 전체 상황이 좀 복잡하단 말이야, 내가 보기엔…… 하지만 전에는 고모가 어딘가 함께 있었던 것 같은데, 좀 산만하고 순진한 분, 자신은 전혀 못 보면서도 절벽 위에 다리를 놓는 재주가 있는 그런 분이었지…… 아,

뉴욕에 계신가? 뉴욕처럼 그렇게 먼 곳에 있다니 참 안된 일
이야!"

2장

바트 양은 다음 날 아침 느지막이 사브리나호의 자기 방에서 갑판 위로 올라갔다. 그녀가 도착했을 때 갑판 위에는 아무도 없었다. 방석이 놓인 의자들은 넓은 차양 아래 앉을 사람을 기다리고 있는 듯했으며, 방금 전까지 누가 앉았던 흔적은 없었다. 그리고 곧 승무원이 도싯 부인이 아직 기침 전이라고 말해 주었다. 그리고 신사분들은 아침 식사 후 바로 육지로 따로따로 올라가셨다고 했다. 그와 같은 사실을 제공받은 릴리는 배의 난간에 앞으로 기대며 눈앞에 펼쳐진 광경을 한가롭게 즐겼다. 구름 한 점 없는 하늘에서 내려온 햇빛이 바다와 해변을 순정하게 찬란한 빛으로 감싸고 있었다. 보랏빛 물결은 해변의 발치로 거품을 이루며 날카로운 하얀 선을 그렸다. 불규칙적으로 융기한 해안선을 배경으로 호텔들과 빌라들이 회색빛이 도는 올리브와 유칼립투스의 신록 사이로 빛났다. 그리고 그 뒤로 섬세한 선의 민둥산들이 창백하면서도 강렬한 빛 속에서 떨고 있었다.

얼마나 아름다운 광경이던지! 그리고 그 아름다움이 얼마나 좋았던지! 그녀는 항상 어떤 종류의, 별로 자랑스럽지 않은 자신의 둔감함을 이 방면의 민감함으로 상쇄하고 있다고 느껴 왔다. 그리고 그녀는 지난 석 달 동안 열렬하게 그 감수성을 즐겼다. 함께 해외여행을 하자는 도싯 부부의 초대를 받았을 때 그것은 그녀를 압박하던 곤경으로부터 거의 기적적으로 해방을 제공하는 것처럼 느껴졌다. 그리고 새로운 장소에 가면 새로운 사람이 되는 그녀의 능력, 그리고 자신의 처신에 따른 문제들을 그것들이 발생했던 환경만큼이나 간단하게 제쳐 두는 그녀의 능력으로 인해 릴리에게는 장소의 이동이 단순히 자신의 곤경을 지연하는 것이 아니라 해결책이라도 되는 것처럼 느껴졌다. 그녀에게 도덕적으로 복잡한 문제들은 그것들을 발생시킨 환경에서만 존재했다. 그것들을 경시하거나 무시할 의도는 아니었다. 하지만 배경이 바뀜에 따라 그것들도 현실성을 잃게 되었다. 그녀로서는 트레너에게 진 빚을 갚지 않고 뉴욕에 남아 있을 수는 없었다. 그 끔찍한 빚에서 자유로워지기 위해서라면 심지어 로즈데일과의 결혼도 불사해야 했을지 모르는 상황이었다. 하지만 자신과 자신의 의무 사이에 우연히 대서양을 두게 되니 그것들이 그녀의 시야 밖으로 벗어나 버렸다. 마치 그것들이 이정표들이었고 자신은 그 이정표들을 지나와 버린 것과도 같았다.

    사브리나호에서의 두 달간은 거리가 주는 이러한 환상을 돕는 데 특히 더 도움이 되는 것이었다. 그녀는 새로운 장면들로 뛰어들었고, 그곳에서 과거의 희망과 야망이 되살아났다. 유람 자체가 그녀를 매혹하며 낭만적 모험으로 인도했다. 그녀는 자신이 거쳐 가던 이름들과 장면들에 막연하지만 깊은 감동을 받았고, 요트가 시실리의 곶들을 돌며 네드 실버튼이 달빛 아래 테오크리토스[2]를 읽을 때는 자신의 지적 우월성에 대한 자신감을 확인하며 기분이 들뜨기까지 했다. 하지만 칸과 니스에서 보낸 몇 주 동안은 그녀에게 그보다 더 큰, 진정한 즐거움을 주었다. 지위가 높은 사람들 사이에서 환영을 받고 거기서 자신의 지위가 올라가는 걸 느끼는 것, 그래서 그녀의 코즈모폴리턴 친구들의 일거수일투족을 기록하는 데 바쳐지는 흥미로운 잡지에 "아름다운 바트 양"으로 다시 한번 자신이 나타나게 된 일 — 이 모든 경험들로 인해 그녀가 피해 나온 산문적이고 지저분한 곤란은 기억의 한구석으로 밀려나 버린 것이다.

    만일 릴리가 자기 앞에 놓인 새로운 곤란들을 희미하게나마 의식했다 해도 그녀는 그것들을 다루는 자신의 능력에 자신이 있었다. 자신이 해결할 수 없는 유일한 문젯거리들은 자신에게 익숙한 것들뿐이라고 느끼는 것은 릴리다운 일이었다. 그러는 동안 릴리는 자신이 다소 미묘한 상황에 남다른 적응

---

2) 전원생활을 찬양하는 전원시 장르의 창시자로 알려진 기원전 3세기 그리스 시인.

력이 있다는 사실에 솔직한 자부심을 느꼈다. 릴리에게는 자신이 자신을 초대한 주인 부부 양쪽에 꼭 같이 필요한 존재가 되었다고 생각할 자격이 있었다. 그리고 만일 그 상황에서 재정적 이득을 챙길 완벽하게 정직한 수단만 눈에 띄었다면 릴리의 수평선에는 구름 한 점 없었다고 볼 수 있는 상황이었다. 하지만 사실 그녀의 재원은 평소와 다름없이 불편할 정도로 보잘것없는 것이었다. 그리고 도싯에게도 그의 아내에게도 이속되고도 난처한 상황을 안전하게 암시할 방법은 없었다. 하지만 그럴 필요성이 아주 다급한 정도는 아니었다. 그녀는 전에도 종종 그랬듯이 자신을 지탱해 줄 행운이 오기를 막연히 희망하며 은근히 걱정하는 가운데 그럭저럭 지낼 수 있었다. 그러는 동안에도 인생은 즐겁고 아름답고 편안했으며, 릴리는 자신이 그런 상황에 안 어울리게 보이지 않는다는 사실을 의식하고 있었다.

그녀는 그날 아침 벨트셔 공작 부인과 함께 식사하기로 약속이 되어 있었다. 그래서 12시에 긴 노로 젓는 가벼운 보트로 육지에 가 달라고 미리 말해 놓았다. 그 전에 그녀는 도싯 부인을 만날 수 있을지 하녀를 보내 문의했다. 하지만 도싯 부인이 피곤해서 더 자려고 한다는 대답이 돌아왔다. 릴리는 그런 거절의 이유를 이해할 만하다고 생각했다. 릴리가 자신을 이곳에 데리고 온 장본인인 도싯 부인을 그 초대에 포함시키려고 무척 충실히 노력했음에도 불구하고 도싯 부인이 공작 부인의 초대에서 빠졌기 때문이다. 그러나 공작 부인은 남들의 은근한 암시를 무시하는 사람이었고, 엄격히 자신이 고른 사람만 초대하거나 빠뜨리곤 했다. 도싯 부인의 복잡한 태도가 공작 부인의 단순한 발걸음과 잘 맞지 않았다면 그것을 릴리의 잘못이라고 할 수는 없었다. 자신이 하는 일을 해명하는 법이 거의 없는 공작 부인은 도싯 부인을 안 부르는 이유에 대해 단지 "그 여자는 좀 재미가 없던데. 자네 친구들 중에서 내 마음에 드는 사람은 브라이 씨라는 그 조그만 남자뿐이야…… 그 사람은 웃기더군……"이라고만 표현했다. 하지만 릴리는 더 이상 도싯 부인도 불러 달라고 고집을 부려서는 안 된다는 사실을 직감했고, 자신이 친구를 누르고 그렇게 부각된다는 사실로 인해 기분이 아주 나쁘지는 않았다. 버사는 시와 네드 실버튼에게 빠진 이후로 재미가 없어진 게 분명한 사실이었기 때문이다.

전반적으로 보면 가끔씩 혼자서 사브리나호를 빠져나올 수 있었던 건 다행이었다. 그리고 휴버트 경이 특유의 재주를 발휘해서 마련한 공작 부인의 가벼운 조찬은 릴리의 동행들이 포함되지 않았기 때문에 더 재미가 있었다. 최근 들어 도싯은 평소보다 더 침울했고, 그 기분을 예측하기 힘든 상태였으며, 네드 실버튼은 매사를 전 우주에 도전하는 듯한 자세로 대하고 있었다. 공작과의 사교가 불러일으키는 자유로움과 경쾌함은 그런 복잡한 분위기로부터의 유쾌한 전환이어서 릴리는 점심 후에 친구들의 유혹에 넘어가 기분 전환을 위해 시끌벅적한 분위기의 카지노로 그들을 따라가기까지 했다. 노름을 할 생각은 아니었다. 용돈이 많이 줄었기 때문에 모험의 규모는 별것 아니었다. 하지만 공작 부인이 옆 탁자에서 노름 밑천에 고개를 처박고 있는 동안 공작 부인의 등이라는 의심스러운 보호 하에 소파에 앉아 쉬는 것은 유쾌한 일이었다.

오후의 카지노 방들에서는 일요일에 사람들의 무리가 사자 우리 주변으로 모여드는 것처럼 많은 무리들이 테이블 사이를 메우며 관찰하고 있었다. 많은 사람들이 느릿느릿 흘러가는 가운데 누가 누구인지 알아보기는 힘들었다. 하지만 릴리는 특유의 단호한 태도로 문 사이를 뚫고 들어서는 브라이 부인을 알아보았다. 그리고 그녀가 뚫어 놓은 넓은 길에 피셔 부인의 날씬한 몸매가 선미에 밧줄로 연결된 거룻배처럼 솟아나는 것도 보였다. 브라이 부인은 그 방의 어떤 지점까지 가겠다는 단호한 결심에 따라 기운을 내고 있는 것이 분명한 자세로 계속 밀고 나갔다. 하지만 피셔 부인은 릴리의 곁을 지날 때 자신을 묶어 매고 있던 밧줄에서 떨어져 나와 릴리의 곁으로 떠밀려 왔다.

"잃어버리면 어떡하냐고?" 그녀가 멀어져 가는 브라이 부인의 뒷모습을 무심하게 바라보며 릴리의 질문을 되풀이했다. "감히 말하자면, 상관없어. 이미 잃어버린 거나 마찬가지거든." 그리고 릴리가 항의하려는 찰나에 덧붙였다. "오늘 아침에 끔찍한 소동이 벌어졌어. 물론 공작 부인이 어제 저녁에 그녀를 떼어 내 버린 건 알고 있겠지. 브라이 부인은 그게 내 잘못 때문이라고 생각하고 있어 — 내가 관리를 잘못했다는 거야. 정말 안 좋았던 건 메시지가 — 전화로 딱 한마디 남겼는데 — 너무 늦게 도착해서 이미 정찬 값을 다 지불한 뒤였다는 사실이야. 베카신이 음식을 엄청나게 주문해 놓았거든. 백작 부인이 온다는 걸 지나치게 강조해서 말해 두었기 때문에!" 피셔 부인은 그 사태를 기억하며 희미하게 웃는 여유까지 보였다. "자신이 얻지도 못할 것 때문에 돈을 쓰는 것은 루이자가 가장 못 참는 일이야. 내가 돈을 쓰는 건 나중에 돈을 안 쓰고 얻을 일에 대한 준비 단계 중 하나라고 아무리 설명해도 못 알아듣는 거야. 내가 박살을 내기에 가장 가까운 위치에 있었기 때문에 나를 아주 만신창이로 만들었어, 불쌍한 것!"

릴리는 정말 안되었다는 말을 낮게 중얼거렸다. 공감의 충동은 그녀에겐 자연스러운 것이었고, 피셔 부인에게 도움을 주는 일은 그녀에겐 본능적인 것이었다.

"내가 할 수 있는 일이 있다면, 단지 공작 부인을 만나게 해 주는 일 정도라면! 공작 부인이 브라이 씨가 아주 재미있는 사람이라고 말하는 것을 들었는데……."

그러나 피셔 부인이 단호한 몸짓으로 끼어들었다. "아이, 나도 자존심이 있다고. 내 직업적 자존심 말이야. 내가 공작 부인 관리를 못 했는데, 당신이 발휘한 솜씨를 내 것인 양 루이자 브라이에게 가짜로 팔아먹을 수는 없지. 난 이미 끝냈어. 오늘 저녁 샘 고머 부부와 파리로 가. 그 사람들은 아직 초보 단계에 있어. 그들에게는 이탈리아의 공작이 그냥 공작보다 더 가치가 있지. 그리고 이탈리아 공작을 만나게 해 줄 알선자를 고용할 채비가 항상 되어 있어. 그 사람들이 그런 지경까지 가지 않도록 하는 게 지금 내 임무야." 그녀는 그런 상황을 다시 비웃었다. "하지만 떠나기 전에 마지막 유언과 유지를 남기려고…… 당신한테 브라이 부부를 넘겼으면 하는데."

"나?" 바트 양은 즐겁게 그 말을 받았다. "내 생각을 다 해 주고 정말 고마워. 하지만, 사실……."

"이미 돌봐 주는 사람이 있다고?" 피셔 부인은 그녀를 향해 날카로운 눈길을 던졌다. "하지만, 정말 그럴까, 릴리? ……내 제안을 거절할 만큼?"

바트 양은 천천히 얼굴을 붉혔다. "내가 정말 하려던 말은 브라이 부부는 그럴 용의가 전혀 없을 것이라는 거야."

피셔 부인은 눈길을 릴리에게 고정한 채 그녀의 당황해 하는 얼굴을 찬찬히 살펴보고 있었다. "당신이 정말 하고 싶은 말은 당신이 여태까지 브라이 부부를 아주 끔찍하게 무시했다는 거지. 그리고 그 사람들이 그걸 알고 있다는 거……."

"캐리!"

"오, 어떤 면에선 루이자도 그걸 알아차리고 아주 불쾌해하며 벼르고 있어. 당신이 단 한 번이라도 사브리나호에 그들이 초대받게 해 주었더라면…… 특히 왕족들이 왔을 때! 하지만 아직도 늦지 않았어." 그녀가 진지한 어조로 말을 마쳤다. "양쪽 모두에게 아직 너무 늦은 상황은 아냐."

릴리는 미소를 지었다. "조금만 더 있어 줘, 그럼 공작 부인이 그 사람들과 정찬을 하도록 주선해 볼게."

"더 있을 수 없어…… 고머 부부가 이미 내 침대칸 비용을 다 지불해 놓았어." 피셔 부인이 간명하게 말했다. "하지만 그래도 공작 부인이 그 사람들하고 정찬을 하도록 주선해 줘."

릴리의 미소는 다시 가벼운 웃음으로 변했다. 친구의 끈질긴 간청이 별일이 아닌 것처럼 느껴지기 시작하고 있었다. "내가 브라이 부부한테 신경 못 써서 미안해……." 그녀가 운을 떼었다.

"오, 브라이 부부로 말하자면…… 하지만 내가 신경 쓰는 건 당신이야." 피셔 부인이 단도직입적으로 말했다. 그리고 잠깐 뜸을 들였다가 고개를 앞으로 숙이며 낮은 목소리로 말했다. "어젯밤 공작 부인이 우리를 내쳤을 때 우리가 모두 니스로 갔거든. 루이자의 제안으로…… 그 상황에 대한 내 생각을 루이자에게 얘기해 줬어."

바트 양은 끄떡이며 말했다. "그래…… 어젯밤 돌아오는 길에 역에서 당신이 지나가는 걸 봤어."

"그런데 당신과 조지 도싯과 함께 마차를 탔던 사람 — 그 '리비에라에서 보내온 사교계 소식'을 쓰는 쥐새끼 같은 더범이라는 남자 — 가 우리와 니스에서 정찬을 함께 했거든. 그런데 그가 너와 도싯이 자정도 넘어서 단둘이 돌아오는 걸 봤다고 사람들한테 얘기하고 다니더라고."

"단둘이……? 자기도 우리와 함께 있었는데?" 릴리가 웃었다. 하지만 피셔 부인의 암시적인 긴 눈길 아래서 릴리의 웃음은 진지함으로 변했다. "단둘이 온 건 사실이지…… 그게 그렇게 끔찍한 일이라니! 하지만 그게 누구 잘못인데? 공작 부인은 황태자비하고 시미에에서 밤을 보냈고, 버사는 쇼가 지루하다고 역에서 만나자면서 일찌감치 딴 데로 가 버렸다고. 우리는 제시간에 역으로 갔는데, 버사가 제때 안 왔어…… 아예안 왔다고!"

바트 양은 이 말을 아무 걱정도 없이 자신감을 가지고 완벽하게 복수하는 사람의 어조로 했다. 그러나 피셔 부인은 전혀 중요하지 않다는 태도로 그것을 받아들였다. 피셔 부인은 그 사건에 연루된 것이 자신의 친구라는 사실을 잊어버린 사람처럼 보였다. 그녀의 내적 시선은 다른 방향으로 흘러가고 있었다.

　　"버사가 아예 안 나타났다고? 그렇다면 도대체 어떤 방법으로 돌아갔다는 거지?"

　　"오, 그다음 열차였겠지. 축제 기간 중에는 두 번 추가 운행을 하니까. 아무튼 아직 보지는 못했지만 요트에 안전하게 있다는 사실은 알아. 하지만 이제 그게 내 잘못은 아니라는 건 이해하겠지." 릴리가 요약을 마쳤다.

　　"버사가 안 나타난 게 당신 잘못이 아니라고? 맙소사, 당신이 그 대가를 치르지만 않아도 된다면 좋겠지만!" 피셔 부인이 자리에서 일어섰다. 브라이 부인이 자기 쪽으로 모습을 나타내는 게 보였던 것이다. "루이자가 오네. 가야겠어…… 오, 루이자와 나는 겉으로는 최상의 관계를 유지하고 있어. 점심을 함께 할 거야. 하지만 속으로는 나를 잡아먹고 싶을 거야." 그녀가 설명했다. 그리고 마지막으로 손을 한 번 잡고 릴리를 찬찬히 바라본 다음 덧붙였다. "당신한테 루이자를 맡기고 간다는 거 기억해. 지금 당신 주변을 맴돌고 있어. 당신을 받아들일 준비가 되어 있다고."

　　카지노의 문을 나서는 순간의 릴리는 아직 피셔 부인이 마지막으로 한 말들이 남긴 인상의 영향권 안에 있었다. 릴리는 카지노를 떠나기 전에 브라이 부인의 호의를 다시 받아들일 수 있도록 첫 발자국을 떼는 일을 완수했다. 다정하게 그녀에게 다가가서 앞으로 더 자주 만나자고 막연하게 우물거리고, 사브리나호와 공작 부인을 포함시키는 것으로 느껴질 가까운 장래에 대한 암시를 던졌다. 그 모든 일들이 솜씨만 있다면 얼마나 쉽게 이뤄질 수 있는지! 그녀는 자신에 대해서, 왜 그런 솜씨를 가진 자신이 그 솜씨를 더 일관되게 발휘하지 않는지 의아하게 생각되기까지 했다. 평소에도 자주 그랬던 것처럼. 하지만 어떤 때는 그냥 잊어버린 것이었다. 그리고 또 어떤 때는 자신의 자존심이 너무 강해서였던지? 어쨌든 오늘은 막연하게나마 자신의 자존심을 죽여야 할 이유를 의식하게 되었고, 실제로 카지노 계단에서 휴버트 데이시 경을 마주쳤을 때 자신이 브라이 부부를 사브리나호에 초대받게 한다면 공작 부인이 브라이 부부와 정찬을 하도록 주선해 줄 수 있을지 그에게 물어볼 정도로 자존심을 낮췄다. 그녀가 언제나 믿고 의지하는 사람인 휴버트 경은 그런 신뢰에 걸맞게 선뜻 도와주겠다고 약속했다. 그것은 그가 자신이 한때 그녀를 위해 훨씬 더 많은 것을 해 줄 용의가 있었다는 사실을 상기시켜 주는 유일한 방법이었다. 요컨대, 그녀가 지나갈 길은 그녀를 위해 잘 깔려 있는 것 같았다. 하지만 마음 한구석에 희미한 불안감이 끈질기게 든다는 사실도 부인할 수는 없었다. 셀든과 우연히 마주쳤기 때문에 그런 걸까? 그런 의문도 들었다. 하지만 그건 아닌 듯했다. 시간과 변화로 인해 그가 마땅한 거리로 완벽하게 물러난 듯했으니까. 자신의 근심 걱정을 갑자기, 그리고 절묘하게 뒤로하고 빠져나왔다는 사실로 인해서 최근의 일도 너무나 멀게 느껴졌기 때문에 그 일부였던 셀든 또한 일종의 비현실적인 느낌으로 남아 있었다. 더욱이 그는 다시 그녀를 만나고 싶지 않다는 뜻을, 자신은 단지 하루 이틀 니스를 지나쳐 가는 중일 뿐이며, 다음 증기선에 이미 한 발을 들여놓고 있는 거나 다름없는 상태라는 사실을 너무나 분명히 했다. 아니, 그녀 과거의 그 부분은 재빨리 사라지는 사건들의 표면에 잠시 떠올랐던 것뿐이었다. 그리고 이제 그 부분이 다시 잠기고 나니 불확실성과 불안감이 지속되었다.

그 불확실하던 불안감은 오텔드파리의 계단을 내려와서 광장을 가로질러 그녀를 향해 오고 있던 조지 도싯을 보는 순간 갑작스레 긴급한 불안감으로 변했다. 그녀는 마차를 타고 부두로 가서 요트로 돌아갈 예정이었다. 하지만 이제 뭔가 다른 일이 먼저 이뤄져야 한다는 인상을 즉각적으로 받았다.

"어느 쪽으로 가시죠? 잠깐 같이 걸을까요?" 그가 첫 번째 질문에 대한 대답을 듣지도 않고 두 번째 질문을 했다. 그리고 두 질문 모두에 대해 대답을 기다리지도 않고 비교적 한산한 낮은 정원들 쪽으로 말없이 그녀를 인도했다.

그의 신경이 극도로 날카로워져 있다는 사실을 알려 주는 모든 징조가 즉각 그녀 눈에 띄었다. 퀭한 눈 아래 피부가 부어 있었고, 혈색이 안 좋아 창백하다 못해 백랍빛으로 변해 있었으며, 그것을 배경으로 그의 불규칙적인 눈썹과 붉고 긴 콧수염이 음울한 효과를 내며 두드러져 보였다. 요컨대 그의 외모는 구중중한 것과 사나운 것이 묘하게 뒤섞인 모습이었다.

그는 그녀 곁에서 아무 말 없이 발을 재게 놀리며 그들이 카지노의 동쪽에 있는 나무 그늘이 진 비탈길에 이를 때까지 걸었다. 그러다 갑자기 멈춰 서며 말했다. "버사 보셨어요?"

"아니요…… 제가 요트를 나설 때는 아직 일어나지 않았어요."

그는 이 말을 듣고 고장 난 시계에서 나는 웅웅 소리 같은 웃음소리를 냈다. "아직 일어나지 않았다고요? 자러 가기나 했습니까? 버사가 배에 돌아온 게 몇 시였는지 아세요? 오늘 아침 7시예요!" 그가 고함을 질렀다.

"7시에요?" 릴리가 놀라서 말했다. "무슨 일이 있었나요? 기차 사고라도?"

그가 다시 웃었다. "기차를 놓쳤답니다…… 그 기차 편들을 다…… 그래서 마차를 타고 돌아와야 했대요."

"그래요……?" 그녀는 그 설명조차도 그 치명적인 시간 차를 모두 해명할 수는 없다는 사실을 깨달으며 망설였다.

"아, 바로 마차를 못 구했답니다…… 그런 시간이라서, 아시다시피…….' 그렇게 설명하는 그의 태도 때문에 그가 마치 아내를 위해 변명을 해 주고 있는 것처럼 보였다…… "그리고 마침내 마차를 구했을 때 그건 말 한 필짜리였는데, 그마저도 다리를 저는 놈이었다는군요!"

"참 딱한 상황이었군요! 그런 일이 있었군요." 그녀는 도저히 그 말의 진실성을 믿을 수가 없다는 사실을 의식하고 너무나 불안했기 때문에 더욱더 진지하게 맞장구를 쳤다. 그리고 잠시 사이를 뒀다가 덧붙였다. "참 안됐네요…… 하지만 우리가 기다렸어야 했던 걸까요?"

"말 한 필이 끄는 마차를 기다렸어야 한다고요? 네 사람이나 태우지는 못했을 거예요, 그렇지요?"

그녀는 이 말에 유일하게 가능하다고 생각한 방법으로 대꾸했다. 즉, 그가 그 질문을 웃음으로 넘기도록 자신도 웃음으로 대했다. "곤란했겠네요. 교대로 걸었어야 할 거예요. 하지만 해가 뜨는 걸 봤다면 그건 상쾌했을 수도 있겠네요."

"맞아요. 해 뜨는 모습은 상쾌했습니다." 그가 동의를 표했다.

"그랬나요? 직접 보셨나 보네요?"

"봤지요, 맞아요. 갑판에서. 자지 않고 기다렸거든요."

"물론 그러셨겠네요…… 걱정이 되셨겠어요. 왜 저를 불러서 함께 기다리지 않으셨어요?"

그는 가늘고 연약한 손으로 자신의 콧수염을 잡아당기면서 가만히 섰다. "그 사태의 파국을 당신이 좋아할 거라고 생각하지 않았으니까요." 그가 갑자기 음울한 목소리로 말했다.

그녀는 다시 한번 그의 어조가 갑작스럽게 변화했다는 사실이 불안했다. 그리고 순간적으로 위기의식이 번뜩이면서 자신이 정신을 바짝 차리고 이 사태를 대해야겠다고 느꼈다.

"파국…… 그렇게 작은 사건에 쓰기엔 너무 큰 단어 아닌가요? 최악의 요소는 결국 버사가 너무 피곤했을 거라는 점인데, 아마 지금쯤은 잠을 푹 자고 회복되었을 거예요."

그녀는 용기를 내서 침착한 태도를 유지했지만, 그가 비참한 표정으로 노려봄으로써 자신의 노력이 아무 소용도 없다는 사실을 분명히 말해 주고 있었다.

"그만…… 그만해요……!" 그가 상처받은 어린아이 같은 목소리로 외쳤다. 그리고 그녀가 공감을 표현하며 그의 상처의 원인이 무엇이든 그것을 완전히 무시해야겠다고 결심하면서 애매한 반대의 말을 웅얼거리고 있는데 그가 근처 벤치에 털썩 주저앉아 영혼 깊숙한 곳의 비참함을 쏟아 냈다.

그건 끔찍한 시간이었다. 그 시간이 끝났을 때는 그 빛이 실제로 워낙 강해서 눈꺼풀이 타 버린 듯 위축되고 그슬린 듯했다. 릴리가 그런 식의 폭발을 예견한 적이 전혀 없어서는 아니었다. 그보다는 지난 석 달 동안 생활의 표면에 너무나 불길한 금이 가 있었고 거기서 계속 증기가 올라와 언제 격변이 있을지 모른다고 두려워하며 지내 왔기 때문이었다. 상황이 더 평범한 일상의 모습을 했지만 더 생생한 모습으로 드러난 순간들이 있었다. 고삐가 수선이 안 되었다는 걸 알면서 무엇부터 먼저 무너질지 궁금해하는 상태로 겁에 질려 마차 안에 웅크리고 있는데 아직 길도 안 든 말들이 울퉁불퉁한 길 위를 마구 달려가는 위태위태한 마차의 이미지. 하여간…… 이제 모든 게 무너졌다. 그리고 놀라운 것은 그 황당한 마차가 그렇게 오랫동안 무너지지 않고 유지되었다는 사실이었다. 자신이 길가에 서서 교통사고를 구경하는 구경꾼이 아니라 함께 사고를 당한 당사자라는 느낌은 도싯이 스스로를 경멸하는 말을 마구 하며 미친 듯 저주를 하면서 자신에게 그녀가 필요하다고, 그녀가 자기 삶에 중요한 존재라고 느끼게 만들었기 때문에 더욱 강했다. 그녀가 아니라면 누가 자신의 울음소리를 들어 주겠는가? 그리고 그녀의 손이 아니라면 누구의 손이 그의 손을 잡아 이끌어 세워 그가 제정신을 차리고 자존심을 회복하게 해 줄 것인가? 그를 돕는 힘든 과정 내내 그녀는 그를 인도하고 기운을 차리게 해 주는 자신의 노력에 희미하나마 뭔가 모성적인 면이 있다는 사실을 의식하고 있었다. 하지만, 지금 그가 그녀에게 매달리고 있다면 그건 그녀의 손을 잡고 일어서기 위해서가 아니라 자기와 함께 절망의 구렁텅이에서 헤맬 동지가 필요했기 때문이었다. 그는 그녀의 도움으로 고통을 덜 받게 되기를 원한 것이 아니라 그녀도 자신과 함께 고통받기를 원하고 있었다.

두 사람 모두를 위해서 다행히도, 그에게는 그 같은 광란을 오래 유지할 만한 기력이 없었다. 한동안 그렇게 광란의 상태에 있었기 때문에 곧 기력이 완전히 소진되어 버렸다. 그가 숨을 가쁘게 쉬며 너무나 깊고 긴 무감각 상태에 빠져 있어서 릴리는 지나가는 사람들이 그가 발작을 일으켰다고 오해하고 발길을 멈추고 도와주겠다고 나서면 어쩌나 하고 걱정이 될 지경이었다. 하지만 몬테카를로만큼 인간적 유대가 미약한 곳도 없었다. 그래서 좀 이상한 광경도 사람들의 시선을 그다지 끌지는 못했다. 한두 사람의 시선이 그들 두 사람 위에 조금 머물렀다 하더라도 남의 일에 참견할 정도의 공감은 아니어서 방해가 되지는 않았다. 이윽고 릴리가 자리에서 일어섬으로써 침묵을 깼다. 사태를 명확하게 파악함에 따라 릴리의 위기감이 더 커졌고, 더 이상 도싯 쪽에 위험이 있지 않다는 사실을 깨달았다.

"지금 돌아가시지 않더라도, 저는 돌아가야 해요…… 여기 당신을 버려두고 돌아가지 않도록 해 주세요!" 그녀가 재촉했다.

그러나 그는 무언의 저항을 하고 있었다. 그래서 그녀가 덧붙였다. "어떻게 하실 작정인가요? 밤새도록 여기 앉아 계실 수는 없잖아요."

"호텔로 가야겠어요. 그곳에서 내 변호사들한테 전보를 쳐야겠지." 그러다 새로운 생각이 떠올랐는지 그가 자리에서 벌떡 일어나 앉았다. "맙소사, 셀든이 니스에 있지. 셀든을 불러야겠어요!"

릴리는 그 말을 듣고 놀라서 외마디 소리를 내며 자리에 다시 앉았다. "안 돼요, 안 돼, 안 된다고요!" 그녀가 항의했다.

그는 그녀를 향해 몸을 홱 돌리며 그녀에게 불신의 눈길을 던졌다. "왜 안 된다는 거죠? 셀든이 변호사 맞잖아요. 이런 경우는 어떤 변호사가 맡아도 좋지요."

"어떤 변호사가 맡아도 나쁜 사건이라는 말씀이겠지요. 제 도움을 원하신다고 생각했는데요."

"지금 도와주고 계십니다. 그렇게 참을성 있고 친절하게 대해 주시는 것만으로도요. 당신이 아니었으면 벌써 그만뒀을 겁니다. 하지만 이제 다 끝났어요." 그가 애써 몸을 세우며 갑자기 자리에서 일어섰다. "우스꽝스러운 꼴을 더 보여 드려서는 안 되겠지요."

그녀는 친절한 눈길로 그를 바라보았다. "맞아요." 그런 뒤 잠시 생각에 잠겼다가 순간적으로 영감을 받아 소스라쳐 놀라며 갑자기 말했다. "글쎄요, 가서 셀든 씨를 만나 보시는 게 좋겠네요. 정찬 전에 충분히 시간이 있을 테니까요."

"오, 정찬⋯⋯." 그가 조롱조로 말했다. 하지만 릴리는 미소로 대꾸했다. "배에서 정찬을 하기로 되어 있지요, 기억하시겠지만. 당신이 원하신다면 9시까지는 미룰 수 있을 거예요."

벌써 4시가 지나 있었다. 마차에서 내려 부두에서 거룻배를 기다리는 동안 릴리는 요트에서 무슨 일이 있었을까 궁금했다. 실버튼의 행방에 대해서는 언급이 없었다. 사브리나호로 돌아갔는지? 아니면 버사 ─ 공포스러운 대안이 갑자기 머리에 떠올랐다 ─ 버사가 혼자 남아 있다가 실버튼을 만나러 육지로 갔을까? 그 생각이 떠오르자 릴리의 심장이 멎는 듯했다. 여태까지 그녀는 청년 실버튼에 대해서만 걱정을 했다. 그런 연애 사건에서 여성의 본능이 남자의 편을 들게 되어 있기 때문만은 아니고 그의 처지가 그녀의 공감을 특히 더 자극했기 때문이었다. 그는 너무나 절망적으로 진지하고 가난한 젊은이였고, 그의 진지함은 버사의 것과는 질적으로 너무나 다른 것이었다. 버사의 진지함도 나름대로 절망적인 것이긴 했다. 하지만 버사의 경우에는 오로지 스스로에 대해서만 진지했던 반면 실버튼의 경우에는 버사에 대해 진지했다. 하지만 이제, 실제 위기 상황에 처하자 그 차이로 인해 오히려 버사에게 더 무게가 실리는 듯했다. 왜냐하면 적어도 그는 그녀를 위해 고통을 받을 수 있었지만, 버사에게는 자신뿐이었으니까 말이다. 어쨌든 덜 이상적인 눈으로 본다면 그런 상황에서 모든 불이익은 여자들의 것이었다. 그래서 릴리의 공감은 이제 버사를 향했다. 그녀는 버사 도싯을 좋아하지는 않았지만 공감을 갖게 해 줄 만한 호감이 없었기 때문에 그녀에 대해 더욱 무거운 의무감을 느끼지 않을 수 없었다. 버사가 자신에게 친절하게 대해 주었고, 지난 몇 달 동안 친한 친구로 함께 지내기도 했는데, 최근 둘 사이에 마찰이 있다는 느낌이 들었기 때문에 릴리 자신 친구로서 그녀의 이익을 위해 더욱 절실하게 모든 노력을 경주해야 할 것만 같았다.

그녀가 도싯을 로런스 셀든에게 보낸 것은 물론 버사를 위해서였다. 상황의 흉한 몰골을 일단 받아들이자 도싯에게는 그것이 가장 안전한 일임을 한눈에 알 수 있었다. 셀든이 아닌 그 누구에게서 버사를 구원할 수 있는 기술과 그래야 할 의무감을 그렇게 기적적으로 결합할 수 있단 말인가? 버사를 구원하려면 상당한 수완이 필요하다는 사실을 알았기 때문에 릴리는 그가 느낄 의무감의 크기에 대해 고마운 마음이 들었다. 버사가 이 난관을 잘 헤쳐 나가는 데 셀든의 도움이 꼭 필요했기 때문에 릴리는 그가 도움을 줄 방법을 찾아내리라고 확신할 수 있었다. 그리고 부두로 돌아가는 길에 전적인 신뢰를 담아 그에게 전보를 보냈다.

지금까지는 자신이 일처리를 잘했다고 느꼈다. 그리고 그런 확신으로 인해서 남아 있는 과제도 잘 감당할 수 있으리라는 자신감을 얻었다. 그녀와 버사는 깊은 속마음까지 얘기하는 사이로 지내 본 적은 없었다. 그러나 이런 위기를 맞아 그런 식의 유보라는 장애물은 당연히 치워져야 했다. 도싯이 그날 아침의 장면을 미친 듯 언급한 것으로 미루어 릴리는 그런 장애물은 이미 치워졌다고, 그걸 다시 세우는 건 버사의 능력 밖이라고 생각했다. 그녀는 그 불쌍한 친구가 방어막을 잃고 덜덜 떨며 처음으로 제공될 안식처에 피신할 순간을 숨죽이며 기다리고 있다고 상상했다. 그런 안식처가 다른 곳에서 이미 제공되지만 않았다면! 거룻배가 부두와 요트 사이 짧은 거리를 건너가는 동안 릴리는 자신이 오랫동안 요트를 비웠다는 사실 때문에 초래되었을지도 모르는 결과에 대해 점점 더 불안한 기분이 들었다. 그 비참한 버사가 그 오랜 시간 동안 아무한테도 위로를 받지 못하고서…… 하지만 생각이 여기까지 이르렀을 때 릴리의 급한 발걸음은 이미 옆 계단에 올라 있었고, 사브리나호에 내디딘 그녀의 첫 발짝은 릴리가 염려한 최악의 상황이 전혀 근거가 없는 것임을 보여 주었다. 왜냐하면 그곳 후갑판의 화려한 그늘 아래서 그 비참한 버사가 평소의 날씬하고 우아한 자태를 충분히 과시하며 벨트셔 공작부인과 휴버트 경에게 차를 대접하고 앉아 있었기 때문이다.

릴리는 그 광경을 보고 너무나 놀라서 적어도 버사가 자신의 눈초리를 보고 그 사실을 알아차렸을 거라고 느꼈는데, 그 눈길을 되받는 버사에게서 전혀 반응이 보이지 않았기 때문에 그만큼 더 황당했다. 하지만 그녀는 즉시 도싯 부인이 다른 사람들 앞에서 아무런 반응도 보일 수 없는 것이 당연하다는 사실을 깨달았고, 자신이 놀란 모습을 보인 것의 효과를 완화하기 위해서 자신이야말로 즉각적으로 왜 그렇게 놀랐는지 이유를 제시해야 한다는 사실을 깨달았다. 릴리는 즉각적인 기분 전환이라는 과제를 워낙 오랫동안 습관적으로 완수해 왔던 터라 아무런 어려움 없이 공작 부인을 향해 외쳤다. "어머나, 황태자비한테 돌아가신 줄 알았는데요!" 이건 그녀의 상대였던 공작 부인한테는 충분한 설명이 되었지만, 휴버트 경에게는 아마도 너무 부족했을 것이다.

그녀의 말은 적어도 공작 부인이 실은 곧장 그리로 갈 예정이지만 다음 날 저녁의 정찬, 휴버트 경이 마침내 꼭 끌어들여야 한다고 고집한 브라이 부부와의 정찬에 대해 도싯 부인과 한마디 의논을 하려고 우선 급히 들렀다는 활발한 설명을 이끌어 냈다.

"내 목을 구해야 하니까요, 아시다시피!" 휴버트 경이 자신이 얼마나 즉각적으로 자신에게 부과된 임무를 수행했는지 알아 달라는 눈길로 릴리를 바라보며 설명했다. 그리고 공작 부인은 그녀의 귀족다운 솔직함으로 덧붙였다. "브라이 씨가 휴버트 경한테 정보를 주기로 약속을 했는데, 우리가 정찬에 가면 우리한테도 주기로 했거든."

이 대화는 농담을 주고받는 것으로 이어졌는데 릴리가 보기에는 도싯 부인이 놀라울 정도로 용기 있게 자신의 역할을 감당해 내고 있었다. 그 대화의 끝에 참석자의 숫자를 세던 휴버트 경은 옆 계단을 반쯤 내려가다가 뒤를 돌아보며 그녀에게 물었다. "그리고 물론 도싯도 참석할 테지요?"

"오, 물론이지요." 그의 아내가 명랑한 태도로 대답했다. 그녀는 마지막까지 아주 잘 해내고 있었다. 하지만 릴리는 버사가 배 아래를 내려다보며 잘 가라고 손을 흔들고 나서 돌아서는 순간 그녀의 얼굴에 쓰여 있던 마스크가 벗겨지고 공포에 질린 영혼이 나타나리라고 생각했다.

도싯 부인은 천천히 돌아섰다. 아마도 얼굴의 근육을 조절할 시간이 필요했으리라. 어쨌든 그녀의 근육은 그녀가 다탁 뒤로 다시 털썩 앉으며 희미한 아이러니를 담은 어조로, "아마도 아침 인사를 해야겠지."라고 말할 때까지 여전히 잘 조절되고 있었다.

만일 그것이 신호였다면 버사가 그런 말에 대해 자기가 어떻게 응대하기를 기대하는 것인지 아주 막연하긴 했지만 릴리는 그럼에도 불구하고 그것에 대응할 태세가 되어 있었다. 도싯 부인의 침착함을 보자니 뭔지 모르게 기운이 빠졌다. 그래서 억지로 가벼운 어조를 짜내며 대답했다. "오늘 아침에 보고 나가려고 했는데 안 일어나 있던데."

"아니, 늦게 자러 들어갔거든. 당신이 역에 안 오기에 마지막 기차까지 기다려야 한다고 생각했거든." 그녀의 어조는 무척 부드러웠지만, 그 안에 상당히 미묘한 비난이 담겨 있었다.

"우리가 안 왔다고? 역에서 기다렸다고?" 대화의 흐름이 너무나 황당했기 때문에 릴리는 상대방의 의도를 계산하거나 자신의 말에 주의하지 못했다. "하지만 당신들이 마지막 열차가 떠날 때까지 역에 도착을 안 했다고 생각했는데!"

도싯 부인은 눈꺼풀을 내리깔고 그녀를 천천히 바라보더니 즉각적으로 다음과 같은 질문을 던지는 것으로 응대했다. "누가 그랬는데?"

"조지…… 방금 정원에서 만났어."

"아, 그게 조지 쪽 설명이야? 딱한 사람, 내 말을 제대로 기억할 상태가 아니었어. 오늘 아침 아주 최악의 신경 쇠약 상태였어. 그래서 의사를 만나라고 보냈는데. 의사를 만났다고 해?"

릴리는 여전히 이게 도대체 무슨 일인지 황당해하며 아무런 대답도 하지 않았고, 도싯 부인은 한가롭게 자세를 가다듬었다. "기다렸다가 만나겠지. 너무 끔찍할 정도로 겁먹었더라고. 그 사람은 걱정을 하는 게 아주 나빠. 그리고 흥분할 일이 있기만 하면 언제나 신경 쇠약 상태에 빠지지."

릴리는 이번에야말로 자신에게 신호가 떨어졌다고 확신했다. 하지만 그 신호가 그렇게 놀랍도록 돌발적으로, 그리고 너무나 믿을 수 없을 만큼 그런 일의 결과를 무시하는 태도로 떨어졌기 때문에 주저하고 확신이 없는 태도로 되물은 것이 고작이었다. "흥분할 일?"

"그래, 너무 늦은 시간에 당신 팔짱을 끼고 남들 눈에 띄는 그런 일 말야. 당신도 알다시피, 그런 수치스러운 장소에서 자정이 넘은 시간에 책임을 지기에는 당신이 너무 큰 부담이잖아."

그 말에, 그 말의 완벽한 돌발성과 상상할 수 없을 정도의 대담성에 릴리는 경악의 웃음이라는 찬사를 억제할 수 없었다.

"와, 정말이지, 그런 부담을 그에게 지운 게 당신이라는 사실을 생각해 봐!"

도싯 부인은 이 말을 절묘하도록 온순한 태도로 받았다. "당신이 기차를 타고 가려고 그렇게 끔찍하게 서두르리라는 걸 미리 알아채는 초인적인 통찰력이 내게 없었기 때문에? 아니면 우리가 당신들을 결국 만나게 될 때까지 역에서 조용히 기다리는 대신 우리를 놔두고 그가 당신과 단둘이 기차를 타고 가리라고 믿을 만한 상상력이 없었기 때문에?"

릴리의 얼굴이 붉어졌다. 버사가 스스로 정한 선을 따라 어떤 목적을 추구하고 있다는 사실이 점점 더 분명해지고 있었다. 하지만, 그런 파국이 곧 닥칠 참인데 그걸 피하기 위해서 이렇게 유치한 수작을 하느라 시간을 낭비할 이유가 무엇인지? 릴리는 그 시도가 하도 유치해 보여서 분개할 수 없었다. 이 불쌍한 친구가 얼마나 끔찍이 겁에 질려 있는지를 이 행동이 증명하는 것 아닌가?

"아니, 그냥 우리가 니스에 다 함께 머무를 가능성 때문이었지." 그녀가 대답했다.

"다 함께 머무른다고? 기회가 오자마자 공작 부인과 그 친구들과 함께 가 버린 게 당신이 아니고 누군데? 오, 릴리, 당신은 손을 잡고 인도해 줘야 하는 어린아이가 아니잖아!"

"아니지. 설교를 들을 나이도 아니고, 버사, 정말이지. 지금 나한테 설교를 하고 있는 거라면 말야."

도싯 부인은 나무라는 듯한 미소를 지었다. "설교를 한다고…… 내가? 맙소사! 그냥 친구로서 암시를 주려는 것뿐이었어. 하지만 보통은 반대지, 아마? 암시를 주기보다는 나 스스로 알아차려야 하는 거겠지. 나야말로 지난 몇 달 동안 내게 주어진 암시에 의지해서 살았다고 해도 과언이 아니지."

"암시를 줬다고…… 내가 당신한테?" 릴리는 그녀의 말을 반복했다.

"오, 소극적인 암시들이었지. 내가 조심해야 하고, 해서는 안 되고, 봐서도 안 되는 것들에 대한. 내 생각엔 그만하면 그 암시들을 받아들인 내 태도는 아주 훌륭했다고 봐. 단지, 릴리, 이런 말 해도 된다면 말이지만, 내 소극적인 의무 중 하나가 당신이 지나치게 경솔하게 행동할 때 그 사실에 대해 경고를 해서는 절대 안 된다는 것인 줄은 몰랐지."

공포의 한기가 바트 양의 몸을 관통했다. 희미한 빛 아래 칼이 번뜩이는 것과도 같은 배반의 기억. 그러나 곧 동정심이 그녀의 본능적 혐오심을 눌렀다. 말도 안 되는 풍자의 말을 이처럼 쏟아 내는 것이 쫓기는 동물이 도망을 치며 자신이 통과하고 있는 공기를 흐리려는 시도가 아니고 무엇이겠는가? "아이, 불쌍한 것, 되돌아서서 도망가지 말고 내게 곧장 달려와, 출구가 여기 있으니!"라는 말이 릴리의 입술에 떠돌았다. 하지만 그 말은 버사의 미소가 띠고 있는 불가해한 오만무례함 아래 실제 말이 되어 나오지는 못했다. 릴리는 그 예봉을 고스란히 맞으며, 그 축적된 허위의 마지막 한 방울까지 그녀에게서 소진될 때까지 그냥 놔두며 말없이 앉아 있었다. 그런 뒤 아무 말 없이 자리에서 일어나 자신의 선실로 돌아갔다.

3장

바트 양의 전보는 로런스 셀든이 호텔 방을 나서는 순간에
도착했다. 전보를 읽고 난 그는 방으로 되돌아가 도싯을 기다
렸다. 전언에는 당연히 추측의 여지가 많이 있었다. 하지만 그
가 최근 보고 들은 것에 바탕해서 그 여백을 메우기는 아주
쉬웠다. 일단은 놀라웠다. 왜냐하면 그도 그 상황에 폭발의 모
든 요소가 있다는 건 알았지만 개인적인 경험으로 미루어 보
건대 그런 혼합물은 무해한 것으로 낙착될 가능성이 많은 듯
했기 때문이다. 아무튼 도싯의 성격이 발작적인 데다 그의 아
내는 남한테 자신이 어떻게 비치든 무모하게 무시하는 경향
이 있기 때문에 그 상황이 유난히 불안정해 보이긴 했었다. 그
리고 셸든은 자신이 그 사건과 특별한 관계가 있어서라기보
다 순수하게 직업적인 열정에서 그 두 부부가 안전한 결론에

도달하도록 돕기로 결심했다. 그렇게 망가진 관계를 수습하는 것이 두 사람 각각에게 안전한 일이 될 것인지는 그가 결정할 문제는 아니었다. 그는 단지 일반적인 원칙으로서 추문을 피하게 해 주어야 한다는 사실만을 생각하면 되었다. 더욱이 그 추문에 바트 양이 포함될 수도 있다는 염려 때문에 그것을 피해야 할 필요성이 더 증가했다. 그의 염려는 구체적인 어떤 일을 염두에 둔 것은 아니었다. 단지 그녀가 도싯 집안의 속내를 밖으로 드러내는 일에 간접적으로라도 연루되는 일이 가져올 곤란함을 피하게 해 주어야겠다는 생각이었다.

그런 과정이 얼마나 피곤하고 불유쾌할지는 불쌍한 도싯과 두 시간 동안 이야기를 한 뒤에 더욱 분명해졌다. 그 대화에서 뭔가 나온 것이 있었다면 그건 도싯이 떠나며 남겨 놓고 간, 오랜 세월 동안 쌓인 도덕적 걸레 조각들을 다 풀어내는 일이었으리라. 창문이라도 활짝 열고 방을 쓸어 내야 할 만한 것이었다. 그러나 실제로 나올 것은 없었다. 셀든의 입장에서 다행이라고 생각된 것은 그 더러운 넝마 조각을 어떻게 맞추더라도 아주 애를 쓰지 않고서는 그것이 일관성 있는 불평으로 변할 수 없을 정도였다는 사실이었다. 찢어진 가장자리들의 아귀가 잘 맞지 않았다. 떨어져 나가서 잘 맞춰지지 않는 조각들이 있었다. 크기나 색깔도 잘 맞지 않았다. 셀든은 당연히 그 모두를 잘 활용해 그의 고객의 눈앞에 보여 주어야 했다. 하지만 도싯 같은 심리 상태에 있는 사람에겐 아주 완벽한 예시로도 신념을 가져다줄 수 없었다. 셀든은 당분간 자신이 할 수 있는 최선은 그를 위로해 주고 진정시켜 주면서 공감을 나타내고 신중해야 한다고 충고하는 정도라고 판단했다. 셀든은 다시 만날 때까지 엄격하게 중립적인 태도를 유지해야만 한다는 사실, 요컨대 당분간은 도싯이 그 놀음에서 맡을 역할이 방관이라는 점을 충분하고도 넘치게 주지시켜서 도싯을 보냈다. 그러나 셀든은 그 같은 격정적인 심리 상태가 오랫동안 균형을 유지할 수는 없다는 사실을 알고 있었다. 그래서 다음 날 아침 몬테카를로의 호텔에서 도싯과 만나기로 약속을 했다. 그러는 동안에도 셀든은 도싯과 같은 성격의 사람이 예사롭지 않은 도덕적 힘을 방출했을 때 뒤따르기 마련인 반동, 즉 약해지는 마음과 자기 불신이라는 반동을 상당히 계산에 넣고 있었다. 그리하여 그는 바트 양에게 다음과 같은 지시를 적어 답전을 보냈다. "평소대로 행동하세요."

릴리는 실제로 그렇게 예사롭게 행동하면서 다음 날 아침을 보냈다. 도싯은 릴리의 명령에 복종이라도 하듯 실제로 늦은 정찬에 맞춰서 요트로 돌아왔다. 식사는 그날 하루 중 가장 어려운 순간이었다. 도싯은 그의 아내가 그의 "신경 발작"이라고 부르는 것에 워낙 흔하게 따르는 침울한 침묵, 그래서 하인들 앞에서 신경 발작 때문이라고 말해서 무리가 없는 침묵에 깊이 빠져 있었다. 하지만 버사 자신은 너무나 기묘하게도 그런 명백한 보호의 수단을 사용할 생각이 거의 없는 것처럼 보였다. 그녀는 마치 너무나 서글퍼서 그 상황을 스스로 만들었다는 걸 짐작도 못 하는 듯한 태도로 상황의 예봉을 남편의 손에 맡겨 두고 있었다. 릴리에게는 그런 태도가 너무도 불가사의하게 실제 상황과 어긋났기 때문에 너무도 불길하게 느껴졌다. 그녀는 시원치 않은 화제의 불꽃에 부채질을 하면서 사그라져 가는 '표면' 구조를 다시 세우려고 계속적으로 노력했지만 '도대체 무슨 생각으로 버사가 이런 태도를 취하는 건가?'라는 질문 때문에 지속적으로 주의가 산만해졌다. 혼자서 반항하는 듯한 버사의 태도에는 확실히 릴리의 화를 돋우는 어떤 면이 있었다. 자신에게 암시만 해 줘도 함께 뭔가를 성공적으로 꾸며 낼 수 있을 터인데. 하지만 버사가 그렇게 고집스럽게 참여를 거부하고 있으니 어떻게 도움을 줄 수 있단 말인가? 릴리는 진심으로 버사를 돕고 싶었다. 그것도 자신을 위해서가 아니라 도싯 부부를 위해서. 그녀는 자신의 상황에 대해서는 조금도 신경 쓰지 않고 있었다. 단지 그들의 상황에 약간의 질서라도 회복시켜 주기 위해 주의를 기울이고 있었다. 하지만 짧고 우울한 저녁이 끝나 갈 때 릴리는 자신이 헛수고를 했을 뿐이라는 사실을 절망적으로 느꼈다. 그녀는 도싯과 단둘이 만나는 자리를 피하려고 노력했다. 그가 다시 자신에게 속마음을 털어놓는 일은 무슨 수를 써서라도 피하고 싶었다. 그녀가 원하는 것은 버사의 친구가 되는 일이었고, 버사야말로 자기만큼 열렬히 자신의 친구가 되려고 애를 써야 했다. 그런데 버사는 자기 파괴에 탐닉하는 사람처럼 도와주기 위해 내미는 릴리의 손을 정말로 밀어 내고 있었다.

릴리는 부부만을 남겨 놓고 일찍 자러 들어갔다. 한 시간도 더 지나서 버사가 고요한 통로를 걸어 내려가 자신의 방으로 돌아가는 소리가 들렸는데 릴리가 받는 수수께끼 같은 느낌은 전혀 완화되지 않았다. 다음 날 아침 일어났을 때에는 전날의 상황이 계속되는 것으로 보였는데 부부의 대결에서 무슨 일이 일어났는지 전혀 알 수가 없었다. 단 한 가지 사실만이 그들 부부가 함께 무시하기로 공모한 변화를 알려 주고 있었으니, 그것은 네드 실버튼이 사라졌다는 사실이었다. 아무도 그 사실에 대해 언급하지 않고 있었다. 그리고 그 사실을 암묵적으로 언급하지 않기 때문에 그것은 오히려 그들 의식의 전면에 머물러 있는 것이 틀림없었다. 하지만 릴리만이 지각하는 또 다른 변화가 있었다. 그것은 이제 도싯이 거의 그의 아내만큼이나 분명하게 자신을 피하고 있다는 사실이었다. 전날 경솔하게 마구 속마음을 털어놓은 일을 후회하고 있을지도 몰랐다. 아니면 그 나름의 서투른 태도로나마 "평소처럼" 행동하라고 한 셀든의 충고에 따라 행동하려고 노력하는 것뿐일 수도 있었다. 그런 충고는 사진사가 "자연스럽게."라고 하는 것만큼이나 따르기 쉽지 않다. 그리고 자신의 평소 모습에 대해 전혀 의식을 못 하는 도싯처럼 딱한 사람의 경우엔 그런 태도를 유지하려고 노력할 때 오히려 기괴하게 왜곡된 태도가 나타났다.

어쨌든 그 상황으로 인해서 릴리는 기묘하게도 자기 나름의 수단을 동원하게 되었다. 방을 나서 보니 도싯 부인은 여전히 보이지 않았고 도싯은 아침 일찍 요트를 떠나고 없었다. 혼자 가만히 있자니 너무나 불안해서 그녀도 거룻배를 타고 육지로 갔다. 카지노 쪽으로 정처 없이 가다가 니스에서 만났던 사람들의 무리에 합류해 점심을 함께 먹었고, 그들과 함께 카지노로 돌아가다가 광장을 가로지르던 셀든을 만났다. 하지만 당분간은 일행에게서 떨어져 나올 수가 없었다. 자신들이 떠날 때까지 릴리가 자신들과 함께 있어 줄 거라고 가정하고 반갑게 굴었기 때문이다. 하지만 잠깐 멈춰 서서 사태에 대해 물어볼 틈은 낼 수 있었다. 셀든은 즉시 "다시 만났어요…… 방금 보냈습니다."라고 대답했다.

그녀는 불안하게 그의 다음 말을 기다렸다. "그래요? 어떻게 되었나요? 어떻게 될 것 같아요?"

"아직까진 아무 일도 없습니다…… 앞으로도 별일 없을 것 같고요."

"그럼 다 정리된 거예요? 깨끗하게? 확실한가요?"

그는 미소를 지었다. "시간을 좀 주십시오. 확실한지는 모르겠습니다…… 하지만 어제보다는 더 확신할 수 있어요." 릴리는 그 말에 안도하며 계단에 서서 자신을 기다리고 있던 사람들에게 서둘러 돌아갔다.

셀든은 실상 그녀에게 자기가 줄 수 있는 최상의 답을 준 것이었다. 그녀의 눈길이 너무나 불안해 보였기 때문에 실제 자신이 느끼는 것보다 더 확실하게 대답했다. 그리고 돌아서서 천천히 역을 향해 걸어 내려가던 셀든의 마음속엔 그녀의 불안감이 그가 느끼던 불안감에 대한 가시적인 정당화로서 남아 있었다. 실제로 그가 어떤 구체적인 일을 두려워하고 있는 것은 아니었다. 별일 없을 거라고 한 그의 선언은 문자 그대로의 진실이었다. 그의 마음이 불편했던 것은, 도싯의 태도가 눈에 띄게 바뀌었는데 어떻게 그 같은 변화가 일어나게 되었는지 설명할 수 없기 때문이었다. 그 변화는 셀든의 설득의 산물도, 도싯 자신의 침착한 이성에 입각한 행동의 산물도 아니었다. 셀든은 도싯과 단 오 분 동안 대화를 해 보고 나서 어떤 다른 영향력이 작용했다는 사실을 너무나도 분명하게 느낄 수 있었다. 그 영향력이 도싯의 분개하는 마음을 억누르기보다 그의 의지력을 약화시켰으며, 그래서 도싯은 미치광이처럼 일종의 마비 상태에서 움직이고 있었다. 하지만 무엇이 그런 영향력을 미쳤든 그 영향력으로 인해 상황이 안정 국면에 접어들었다는 사실에는 의심의 여지가 없었다. 문제는 그 상황이 얼마나 오래 지속될 것인가, 그리고 어떤 반작용이 뒤따를 것인가였다. 셀든은 그런 질문들에 대한 대답을 전혀 짐작할 수 없었다. 왜냐하면 도싯에게 영향을 미친 그 무엇 때문에 도싯이 더 이상 자신의 속마음을 다 털어놓지 않게 되었기 때문이었다. 도싯은 실상 자신의 억울한 처지에 대해 논하고 싶은 저항할 수 없는 욕망에 사로잡혀 있는 것으로 보였다. 하지만 도싯은 그 문제에 대해 전날과 마찬가지로 홀로 집요하게 곱씹으면서도 어떤 것의 지속적인 영향력 때문에 그 심정을 충분히 타인에게 표현하지 못하고 있는 듯했다. 도싯의 상태가 그러했기 때문에 셀든은 우선 지쳐 버렸고, 그다음에는 참을 수 없을 것 같은 기분이 들었다. 그리고 그들 사이의 대화가 끝났을 때 셀든은 이제 자신이 할 수 있는 일은 다 했으니 더 이상 그들 일에 관여할 필요는 없을 것 같다는 느낌이 들기 시작했다.

셀든이 바트 양을 마주친 것은 바로 이런 심리 상태에서 역을 향해 가던 길이었다. 그러나 그녀와 잠시 대화를 나눈 뒤 기계적으로 가던 길을 가던 셀든은 스스로도 의식하지 못하는 사이에 목적지를 바꾸고 있었다. 그녀의 눈에서 읽은 표정 때문이었다. 셀든은 그 표정의 성격을 반드시 밝혀 보아야겠다고 생각하며 정원의 한 의자에 앉아서 곰곰 생각해 보았다. 그녀가 불안해 보이는 건 모든 정황에 비추어 자연스러운 일이었다. 유람선이라는 좁고 친밀한 공간에서 파국 직전의 부부 사이에 끼게 된 젊은 여자는 친구 부부를 걱정하는 일 외에 자신의 어색한 처지에 대해서도 모른 체할 수 없었다. 너무나 나쁜 점은 바트 양의 심리 상태를 해석하는 데 너무나 많은 다른 해석들이 가능하다는 것이었다. 그리고 그중 하나는 피셔 부인이 암시했던, 그 흉측한 형태를 띠는 것이었다. 만일 그녀가 두려워하고 있다면, 그 두려움은 자신을 향한 것인가, 아니면 그 부부를 향한 것인가? 그리고 그녀가 파국을 두려워하고 있다면 그 두려움이 자신이 치명적으로 그 사태에 휘말려 있다는 사실에 대한 의식 때문에 어느 정도 강화된 면은 없는지? 죄악이라는 짐이 명백하게 도싯 부인의 몫인 이상 이런 추측은 터무니없이 부당한 것처럼 느껴졌다. 하지만 셀든은 부부 사이의 더할 나위 없이 일방적인 다툼에서도 보통 맞비난이 이루어진다는 것, 그리고 그 맞비난은 원래의 반칙이 심하면 심할수록 더 대담하게 이루어진다는 사실을 알고 있었다. 피셔 부인은 '무슨 일이 일어나면' 도싯이 바트 양과 결혼할 가능성에 대해 암시하는 데 아무런 주저도 없었다. 그리고 피셔 부인의 결론이 성급하다는 것은 악명 높은 사실이었지만 어떤 결론을 내릴 여지가 있는 암시를 읽는 그녀의 능력만큼은 뛰어난 데가 있었다. 도싯이 릴리에게 상당한 관심을 보였다는 사실은 명백했고, 이런 관심이 제자리를 찾으려고 투쟁하는 그의 아내에 의해 잔인하게 이용될 가능성이 있었다. 셀든은 버사가 자신의 권력을 위해서라면 최후의 순간까지도 투쟁할 사람이라는 걸 알고 있었다. 그녀의 행동이 경솔했지만, 그런 경솔함은 경솔한 행동의 결과를 피하려는 냉정한 결단력과 불합리하게 결합되어 있었다. 그녀는 불장난을 할 때 무모한 만큼이나 스스로를 위한 싸움에 임해서 주저가 없는 사람이었다. 그리고 싸움의 순간 손에 잡히는 것이면 그것이 무엇이든 방어 무기로 사용할 사람이었다. 아직까지는 그녀가 어떤 방도를 취할지 분명하게 보이지 않았다. 하지만 그렇게 신비에 싸여 있기 때문에 더욱 걱정이 되었다. 따라서 떠나기 전에 다시 한번 바트 양과 얘기를 해야겠다고 결론을 내렸다. 그 상황을 만드는 데 그녀가 한 역할이 무엇이든지…… 그리고 그는 솔직히, 그녀를 그녀 주변을 기준으로 판단하려는 충동에 항상 저항해 왔다…… 그녀가 그 상황과 개인적으로 전혀 무관하다 하더라도, 그녀에게는 충돌이 임박한 상황에서 빠져나오는 것이 최선일 터였다. 그리고 그녀가 자신에게 도움을 청했으니만큼 그녀에게 그렇게 말해 주는 일은 분명히 자신의 임무라고 할 수 있었다.

셀든은 마침내 이렇게 결심하고 자리에서 일어나 도박장으로 갔다. 그녀가 그쪽으로 사라지는 것을 보았기 때문이다. 하지만 도박장 안을 채우고 있는 무리들을 아무리 열심히 살펴보아도 그녀의 흔적이 안 보였다. 그 대신 놀랍게도 네드 실버튼이 도박 테이블 주변을 다소 눈에 띄는 모습으로 어슬렁거리고 있었다. 그리고 드라마에 참여한 이 배우가 무대 옆에서 어슬렁거리고 있을 뿐 아니라 실제로 무대에 자신을 드러내고 있는 것을 보고 셀든은 그 사실이 물론 모든 위기가 이미 지나갔음을 뜻할 수 있다는 것을 알면서도 오히려 더 심화된 위기감을 느꼈다. 이런 기분으로 그는 바트 양이 광장을 지나가기를 바라면서 그쪽으로 발길을 돌렸다. 몬테카를로에 있는 모든 사람들이 하루에도 최소한 열두 번은 불가피하게 그곳을 지나가는 듯했기 때문이다. 하지만 여기서도 그녀를 만나길 바라던 셀든의 기다림은 헛수고로 끝났다. 그런 헛수고의 유일한 결론은 릴리가 그사이에 사브리나호로 돌아갔다는 것이었다. 그리로 그녀를 찾아가기는 어려운 일이었고, 만일 사브리나호로 간다 해도 그녀와 단둘이 이야기할 기회를 만들기는 더욱 어려울 터였다. 그래서 만족스러운 방법은 아니지만 그녀에게 편지를 쓰는 수밖에 없겠다고 생각하고 있던 차에 갑자기 광장의 끊임없는 드라마가 그의 앞에 휴버트 경과 브라이 부인을 펼쳐 놓았다.

그들에게 손짓을 하고 즉시 질문을 던지니 휴버트 경이 바트 양이 방금 도싯과 함께 사브리나호로 돌아갔다고 알려 주었다. 그 말을 듣는 순간 셀든의 얼굴에 나타난 실망의 기색이 워낙 역력해서 브라이 부인은 즉시 그를 그날 저녁 베카신스에서 있을 정찬, 공작 부인을 위해 마련한 조촐한 정찬에 초대했다. 그의 표정을 본 휴버트 경이 브라이 부인을 향해 눈길을 돌리자 그녀가 압력을 받은 스프링처럼 반응하며 휴버트

경이 압력을 제거할 시간도 주지 않고 그렇게 재빨리 튕겨 나
간 것이다.

셸든은 그처럼 대단한 일행과 함께 저녁을 먹는 특권을 의
식해 식당 앞에 일찍 도착했다. 그리고 거기 서서 밝게 불을
밝힌 테라스를 향해 내려오고 있는 손님들을 유심히 살폈다.
식당 안에서 브라이 부부가 메뉴를 고르는 문제로 열을 올리
며 마지막 준비를 하고 있는 동안 셸든은 식당 앞에서 사브리
나호의 일행이 언제 오는지에만 신경을 쓰며 기다렸다. 마침내
그들이 공작 부인과 스키도 경 부부, 그리고 스테프니 부부와
함께 지평선 위로 모습을 드러냈다. 테라스에 있는 빛나는 가
게들 중 하나에 잠깐 가 달라는 구실로 바트 양을 그 무리에
서 분리해 내기는 쉬웠다. 그리고 흰빛으로 찬란한 보석상의
창 안에서 함께 머뭇거리는 동안 그녀에게 말했다. "뵈려고 왔
습니다. 유람선을 떠나시는 게 좋겠다고 말씀드리려고요."

그를 향해 돌아선 그녀의 눈이 앞서도 보였던 공포로 반짝
빛났다. "떠나……라고요? 무슨 말씀이시죠? 무슨 일이 있었
나요?"

"아무 일도 없었습니다. 하지만 무슨 일이 일어날지도 모르
는 상황에서 왜 그곳에 계셔야 하죠?"

그녀의 질린 얼굴은 보석 가게의 창문에 어른거리는 빛 때
문에 더 새하얘졌고 그 섬세한 선에 비극적 가면 같은 날카로
움이 부여되었다. "아무 일도 없을 거예요. 분명히. 하지만 조
금이라도 걱정된다면 어떻게 버사를 혼자 놔두고 떠나라고
하실 수 있어요?"

그녀의 말에서 경멸이 느껴졌다. 그녀가 그를 경멸하는 것일까? 하여간 그는 그녀가 자신을 더욱 경멸하더라도 할 수 없다고 생각하며 새로운, 부인할 수 없는 흥미로 가슴이 뛰는 걸 느끼며 자신의 입장을 고집했다. "아시다시피, 스스로도 챙기셔야 하니까요……." 그 말에 그녀가 그의 눈을 똑바로 보며 대답했다. "그게 얼마나 상관이 없는지 아신다면!" 그 말을 하는 그녀의 낮은 목소리에는 이상할 정도의 슬픔이 담겨 있었다.

"오, 글쎄, 별일 없겠죠!" 그가 그녀보다도 자신을 안심시키기 위해 말했다. 그녀도 "아무 일도, 물론 아무 일도 없을 거예요!"라며 용감하게 동의를 표했고, 그들은 일행을 따라잡기 위해 몸을 돌렸다.

사람들이 와자지껄하는 레스토랑에서 브라이 부인이 준비한 불 밝힌 메뉴판 주위에 자리를 잡은 뒤 그들의 믿음은 낯익은 환경 덕에 더 강화되는 듯했다. 도싯 부부는 세상을 향해 다시 한번 그들의 관습적 얼굴을 보여 주고 있었다. 아내는 처음 입은 새 드레스와 자신의 관계를 수립하는 데 열중해 있었고, 남편은 메뉴가 드러내는 여러 겹의 간청으로부터 소화 불량의 공포로 움츠리고 있었다. 그저 그들이 그 장소가 제공하는 극도로 공개적인 공간에 그렇게 함께 나타났다는 사실 자체가 의심의 여지 없이 그들 간의 문제가 잘 해결되었음을 선포하는 듯했다. 어떻게 해결을 보았는지는 여전히 놀라운 일이었지만 바트 양은 일단 그 해결을 확신하고 안심해도 되겠다고 생각했다. 그리고 셀든은 자신보다는 그녀에게 그들을 관찰할 기회가 훨씬 더 많았으리라고 스스로에게 말하며 그녀와 같은 견해를 가지려고 애썼다.

한편 브라이 부인이 휴버트 경의 절제에의 권유에서 가끔씩 벗어나 주문한 여러 코스의 미로를 통해 정찬이 진전되는 동안 셀든은 이제 참석자 전체를 살펴보지 않고 특별히 바트 양을 관찰하기 시작했다. 그날 그녀의 모습은 너무나 멋있어서 멋있다는 표현만으로 충분했고, 그 나머지 모두 — 그녀의 우아함, 그녀의 민첩함, 그녀의 사교적 재능 — 는 그녀의 너그러운 성격이 자연스레 넘쳐흐르는 것일 뿐인 듯했다. 하지만 특히 그의 눈에 띄었던 것은 그녀 식의 스타일을 풍부하게 갖춘 사람들과 그녀를 구별해 주는 수백 가지 형언하기 힘든 미묘한 특징들이었다. 바로 그런 사람들과 함께 있다는 사실, 그녀가 원하는 완벽한 표현, 아름다운 꽃의 상태에 있는 사람들과 함께 있다는 사실이 그런 차이를 특별히 더 통렬히 드러냈다. 그녀의 섬세하고 정교한 침묵은 다른 사람들의 수다를 지루한 것으로 만들었고, 마찬가지로 그녀의 우아함 때문에 다른 여성들의 멋은 싸구려가 되었다. 그녀의 얼굴에는 지난 몇 시간 동안 그녀가 느꼈던 긴장감으로 인해 셀든이 최근에 못 보았던 더 깊은 호소력이 복구되어 있었고, 그에게 그녀가 한 용감한 말은 그녀의 목소리와 눈에서 여전히 파닥거리고 있었다. 그랬다, 그녀는 독보적인 존재였다. 그것이야말로 그녀에게 딱 맞는 단어였다. 그리고 그는 이제 개인적인 감정이 거의 남아 있지 않았기 때문에 더욱 자유롭게 그런 감탄을 할 수 있었다. 천한 환멸의 순간이 아닌 바로 지금, 냉정하게 그녀의 뛰어남을 알아본 바로 이 순간이야말로 그가 그녀로부터 진정으로 분리된 순간이었다. 릴리는 셀든이 그녀 안에 있다고 느낀 바로 그 차이를 스스로 부인하는 듯한 조야한 선택을 했다. 그리고 바로 그 점 때문에 그는 자신이 그녀로부터 확실하게 분리되었다는 사실을 깨달았다. 그 선택, 그녀가 만족하기로 한 선택은 바로 지금 그의 눈앞에 완벽한 모습으로 자리 잡고 있었다. 우둔하게 비싼 음식과 잘난 체하되 지루한 대화, 결코 기지가 되지 못하는 자유로운 화제와 결코 로맨스가 될 수 없는 자유로운 행동에. 거슬릴 정도로 요란한 레스토랑의 장식, 거기서도 특히 남들의 시선을 끌도록 두드러지게 꾸며진 자신들의 식탁, 그리고 거기 앉아 있는 《리비에라 노트》의 체구가 작은 기자 더범의 존재는 눈에 띄는 것이 탁월한 것으로, 사교계 칼럼이 유명 인사 명부로 통하는 세상의 이상을 강조하고 있었다.

셀든이 두 명의 화려하게 꾸민 이웃들 사이에 겸손하게 주의를 기울이며 끼어 앉아 있던 그 땅딸보 더범을 갑자기 유심히 관찰하게 된 것은 그가 그런 사교 모임들을 영구화하는 사람이기 때문이었다. 지금 일어나고 있는 일들에 대해 그는 과연 얼마나 알며, 얼마나 더 알아내는 것이 그의 목적에 부합하는 것인지? 셀든이 보기에 그의 작은 눈은 가끔씩 공기를 가득 채우며 떠다니는 암시들을 포착하기 위해 뻗어 나가고 있는 촉수와도 같았다. 그러다 공기는 다시 평범하게 텅 빈 공간이 되었고, 그 안에 그 기자를 위해 남은 유일한 것은 귀부인들의 우아한 드레스를 주목할 여유뿐이었다. 특히 도싯 부인의 드레스는 더범 씨의 풍부한 어휘력에 대한 도전이었다. 그 드레스는 그가 "문학적 스타일"이라고 부를 만한 경이롭고 미묘한 요소들로 넘쳐 나고 있었다. 셀든도 관찰할 수 있었듯 그녀의 옷은 처음엔 거의 지나칠 정도로 자신을 주목하라고 주인에게 요구하고 있었다. 하지만 그녀는 점차 그 옷의 주인 노릇을 완벽하게 하게 되었고 특별히 활발하게 그 옷을 장악하고 있었다. 따지고 보면 그녀의 태도가 완벽하게 자연스럽다고 하기에는 좀 지나치게 자유롭고 너무 활발하지 않았는지? 셀든의 시선은 자연스럽게 도싯으로 옮겨 갔는데, 도싯의 경우는 동일한 극단들 사이에서 너무 부자연스럽게 오락가락하고 있는 것 아닌지? 사실 도싯은 항상 부자연스러운 사람이었다. 하지만 셀든의 눈에는 그가 오늘 저녁엔 진동이 한번 있을 때마다 매번 더 중심을 잃어 가는 것처럼 보였다.

그러는 동안 정찬은 의기양양한 대단원을 향해 가고 있었다. 브라이 부인이 만족하고 있는 것은 명백했다. 스키도 경과 휴버트 경 사이에 중풍 걸린 사람 같은 위엄을 자랑하며 당당하게 앉아서 자신이 이룩한 성취를 보라고 피셔 부인에게 영적으로 과시하고 있는 것 같았다. 피셔 부인이 없다는 사실만 빼놓으면 그녀의 관중은 완벽했다고 할 수 있었다. 왜냐하면 그 레스토랑은 주로 그런 사람들을 구경하기 위해서 모인 사람들, 자신들이 보러 온 유명 인사들의 이름과 얼굴을 정확히 기록하기 위해 모인 사람들로 꽉 차 있었기 때문이다. 브라이 부인은 자신의 여성 손님들이 모두 그런 유명 인사에 속하며, 그들 하나하나가 다 자신의 역할에 경탄할 만큼 걸맞은 모습을 하고 있다는 사실을 의식하며, 피셔 부인이 받는 데 실패한, 모든 쌓이고 쌓인 감사의 마음을 담아 릴리를 향해 활짝 미소 짓고 있었다. 그 시선에 주목하던 셀든은 바트 양이 그날 저녁의 연회를 준비하는 데 어떤 역할을 했을까 궁금해졌다. 적어도 그녀 덕분에 아름다운 장식의 효과가 난 것은 분명했다. 그리고 그녀가 과시하고 있는 환한 안정감을 관찰하면서 자신이 그녀에게 도움을 줘야 한다고 생각했다니, 하며 그는 미소를 지었다. 다들 일어서는 순간 그녀가 탁자의 무리로부터 조금 떨어져 미소 띤 얼굴로 우아하게 어깨를 숙이며 도싯으로부터 코트를 받을 때보다 더 평온하게 상황을 잘 장악한 것처럼 보인 적은 없었다.

브라이 씨의 최고급 시가와 마구 흩어져 있던 술병들과 함께 정찬은 꽤 오래, 상당수의 다른 식탁이 빌 때까지 지속되었다. 하지만 브라이 부인의 저명한 손님들이 떠나가는 장면에 배경 효과를 내기에 충분한 숫자의 손님들이 아직 남아 있었다. 이 이별의 장면은 꽤 오래 이어졌고, 좀 복잡했으니, 공작 부인과 레디 스키도가 작별 인사를 분명히 하면서 곧 영국으로 돌아가는 길에 파리에 들러서 새 옷을 살 때 만나자고 약속하는 것이 포함되어 있었기 때문이었다. 브라이 부인의 환대의 수준과 그녀의 남편이 준 것으로 짐작되는 정보로 인해서 영국의 귀부인들은 대체적으로 다정하게 행동했고, 그것은 그들을 초대한 여주인의 미래에 밝은 빛을 비춰주었다. 도싯 부인과 스테프니 부부도 그 찬란한 빛 안에 포함되어 있었고, 그 장면 전체는 더범 씨의 주의 깊은 펜을 향해 그들이 몸에 걸친 금의 무게만큼이나 귀중한 친근감을 과시하고 있었다.

공작 부인이 손목시계를 흘낏 보더니 여동생에게 빨리 떠나지 않으면 기차를 놓치겠다고 외마디 소리를 질렀고, 이 작별의 소용돌이가 끝나자, 문 앞에 자신들의 차를 세워 놓았던 스테프니 부부는 도싯 부부와 바트 양을 부두로 데려다주겠다고 제안했다. 그 제안이 받아들여져서 도싯 부부가 함께 나왔다. 바트 양은 휴버트 경과 마지막 말을 나누느라 조금 처졌는데, 브라이 씨가 마지막 남은 가장 비싼 시가를 떠안긴 스테프니가 그녀를 큰 소리로 불렀다. "어서 와, 릴리, 요트로 돌아갈 거면."

릴리가 그 말을 듣고 돌아섰다. 하지만 그녀가 돌아서자 도싯 부인이 가던 길을 멈추고 탁자 쪽으로 몇 발짝 되돌아가더니 말했다.

"바트 양은 요트로 안 돌아갈 거예요." 그녀의 목소리에는 아주 또박또박한 말씨였다.

모두 놀란 눈길을 교환했다. 브라이 부인은 얼굴이 달아오르며 눈까지 다 충혈될 지경이었고, 스테프니 부인은 남편 뒤로 불안하게 숨었으며, 셀든은 감정의 격랑 속에서 더범의 모가지를 잡아채서 거리로 내동댕이치고 싶은 욕구만을 강렬하게 의식하고 있었다.

그러는 동안 도싯이 아내의 곁으로 갔다. 그의 얼굴이 창백했고, 그는 겁에 질린 노한 눈으로 주변을 둘러보았다. "버사!······바트 양······ 뭔가 오해가 있는 모양인데······ 오해가······."

“바트 양은 여기 있을 거예요.” 그의 아내가 칼로 자르듯 응수했다. “그리고, 내 생각엔, 조지, 더 이상 스테프니 부인을 기다리시게 해서는 안 될 것 같은데요.”

바트 양은 이 짤막한 대화가 이루어지는 동안 주변의 당황한 무리들로부터 약간 떨어진 채 경탄할 만큼 꼿꼿이 서 있었다. 그녀는 그 모욕에 충격을 받아 얼굴이 약간 창백했다. 하지만 그녀의 얼굴은 주변에 선 사람들의 얼굴에 보이는 불편함을 반영하고 있지 않았다. 그녀의 미소에 보이는 희미한 경멸은 그녀를 적의 손이 미치지 않는 높은 곳으로 들어 올리는 것처럼 보였다. 그리고 그녀는 도싯 부인에게 충분한 거리를 준 뒤에야 돌아서서 초대한 여주인에게 손을 내밀었다.

“내일 공작 부인과 합류할 거예요.” 그녀가 설명했다. “그래서 오늘 밤은 육지에 있는 게 나을 것 같아요.”

그녀는 브라이 부인의 불안한 눈초리를 똑바로 바라보며 이렇게 설명했다. 그러나 셀든은 말을 끝낸 그녀가 여자들의 얼굴을 하나하나 유심히 살펴보는 것을 알 수 있었다. 그녀는 그들이 자신의 눈길을 피하는 것을 보고, 그리고 그녀들 뒤에 있던 남자들이 난감해하며 침묵을 지키는 모습을 보면서 그들이 자신의 말을 믿지 않는다는 사실을 알 수 있었다. 그리고 셀든은 비참한 0.5초 동안 그녀가 실패의 문턱에서 떨고 있다고 생각했다. 하지만 그녀는 이윽고 셀든을 향해 편한 태도로, 그리고 미소를 회복한, 창백하지만 용감한 얼굴로 말했다. “셀든 씨, 마차까지 데려다주시기로 했잖아요.”

밖으로 나오자 하늘에 구름이 짙게 끼어 있고 바람도 몹시 불었다. 그리고 릴리와 셀든이 레스토랑 아래쪽 한적한 정원을 향해 가는데 따뜻한 비가 그들의 얼굴을 향해 불규칙적으로 흩뿌리기 시작했다. 그녀가 그의 팔에 자신의 팔을 걸었고 그들은 아무 말 없이 걸었다. 정원의 그늘이 좀 더 짙은 곳에 이르렀을 때 그가 벤치 옆에 멈춰 서며 말했다. "잠깐 앉지요."

그녀는 아무런 대답을 하지 않고 자리에 앉았다. 그러나 오솔길이 꺾이는 곳에 있던 전깃불은 그녀가 비참함에 얼굴이 일그러지지 않도록 애쓰는 모습을 비춰 주었다. 셀든은 그녀 곁에 앉아 자신이 무슨 말을 하든 그녀의 상처를 너무 아프게 할까 봐 두려워하며 그녀가 먼저 말하기를 기다리고 있었다. 또한 그의 내부에서 서서히 되살아나고 있던 생각하기도 끔찍한 의심 때문에 아무 말이나 할 수도 없었다. 도대체 어떻게 하다가 그녀가 이 지경에 이르렀는지? 도대체 어떤 약점을 잡혔기에 적의 손아귀에서 그렇게 끔찍하게 놀아나게 되었는지? 그리고 왜 버사 도싯은 같은 여성의 지원이 너무도 분명히 필요한 상황에서 오히려 그녀의 적으로 변했는지? 남편들이 아내들에게 굴종하는 일에, 그리고 여성들이 같은 여성들에게 잔인하게 구는 일에 너무나 화가 나는 그 순간에도 아니 땐 굴뚝에 연기 나랴라는 속담이 셀든의 이성을 집요하게 건드리고 있었다. 피셔 부인의 암시에 대한 기억과 자신이 받은 인상이 그 암시와 부합한다는 사실 등으로 그녀에 대한 그의 동정심이 심화되기도 했지만 동시에 그의 공감 충동이 억제되기도 했다. 공감을 어떤 방면에서 풍부하게 표시하든 그것이 실수가 될 가능성이 있었기 때문이었다.

셸든은 갑자기 자신의 침묵이 그녀로부터 돌아섰다는 이유로 자신이 경멸하는 다른 남자들의 침묵과 마찬가지로 그녀에 대한 비난으로 받아들여질 거라는 생각이 들었다. 하지만 그가 적당한 말을 찾기 전에 그녀의 질문이 그의 생각을 중단시켰다.

"조용한 호텔 아시는 데 있어요? 아침에 하녀를 보내 달라고 하면 될 테니까요."

"호텔…… 여기서…… 당신이 혼자 묵을 만한 호텔요? 그건 불가능해요."

그녀는 평소의 장난기 담긴 창백한 미소로 그 말을 받았다. "그럼 뭐가 가능하죠? 정원에서 자기에는 너무 젖어 있어서."

"하지만 누군가 있지 않을까요?"

"제가 가서 신세 질 데가요? 물론, 많이 있죠. 하지만 이런 시간에요? 아시다시피 제 계획이 다소 갑자기 변경돼서요……."

"맙소사, 제 말만 들으셨더라도!" 너무 화가 난 나머지 그는 자신의 무력감을 그런 식으로 표현했다.

그녀는 아직도 미소를 띤 채 온화한 조롱의 자세로 그에게 거리를 두고 있었다. "하지만 당신의 말씀을 들은 거 아닌가요?" 그녀가 대꾸했다. "요트를 떠나라고 하셨고, 지금 떠나는 중이니까요."

그때 셸든은 가슴 아프게 자책하면서 깨달았다. 그녀가 아무런 설명도 변명도 할 의사가 없다는 것을. 자신이 멍청하게 아무 말도 안 하고 있는 동안 그녀를 도울 기회를 스스로 박탈당했다는 것을. 그리고 결정적인 순간은 지나가 버렸다는 것을.

그녀는 자리에서 일어나 일종의 음울한 위엄을 보이며 그의 앞에 섰다. 왕권을 박탈당해 묵묵히 망명을 떠나는 공주처럼.

"릴리!" 그가 목소리에 절망적인 호소를 담아 불렀다. 하지만 "오, 지금 그러지 마세요." 하고 그녀가 부드럽게 나무랐다. 그리고 다시 침착해지며 아주 부드럽게 말했다. "제가 묵을 곳을 찾아야만 하고, 또 당신이 친절하게도 절 도와주려고 하시니……."

그도 그녀의 도전을 받아들여 자신을 추슬렀다. "제가 권해 드리는 대로 하시겠어요? 그렇다면 선택은 한 가지뿐입니다. 사촌인 스테프니 부부에게로 곧장 가야 합니다."

"오." 그녀에게서 본능적인 저항의 목소리가 나왔다. 하지만 그가 고집했다. "어서요, 늦었어요. 그리고 곧장 그리로 갔다는 인상을 줘야 합니다."

그는 그녀의 손을 잡아 자신의 팔에 끼었다. 그러나 그녀는 마지막으로 한 번 더 저항을 시도하며 그를 저지했다. "못 해요, 못 간다고요. 그건 안 돼요, 그웬을 모르셔서 그러시는 거예요. 그 집에 가라고 하지 마세요!"

"그렇게 하셔야만 합니다. 제 말대로 하셔야만 해요." 그녀의 공포심이 그의 가슴으로 전달되었지만 그가 계속 고집했다.

그녀의 목소리가 속삭임으로 변했다. "그리로 갔는데, 만일 그녀가 거절한다면요?" 그러나, "제 말을 믿으세요. 저를 믿으시라고요!" 하며 그가 계속 고집을 부렸다. 그녀는 결국 그의 손길에 복종해서 그가 아무 말 없이 자신을 광장의 가장자리로 데리고 가도록 놔두었다.

스테프니 부부가 머물고 있는 호텔의 환한 입구까지 잠시 마차를 타고 가는 동안 그들은 계속해서 침묵을 지켰다. 도착 후 그는 그녀를 밖에서, 올려진 덮개 아래 어두움 속에서 기다리게 한 다음 스테프니에게 자신의 이름을 올려 보내고, 화려한 현관을 서성거리며 그가 내려오기를 기다렸다. 십 분 후 두 남자가 문턱에 서 있던 금 레이스가 달린 옷을 입은 문지기들 사이로 나왔다. 연결 통로에서 스테프니는 마침내 마지못한 표정으로 멈춰 섰다.

"그렇게 정한 거지, 그럼?" 그가 셀든의 팔에 손을 대고 불안하게 다짐을 받았다. "내일 아침 새벽 기차로 떠나는 거야. 집사람은 자고 있어. 깨우면 안 되겠어."

4장

페니스턴 부인의 응접실에는 찌는 듯한 6월의 태양을 가리기 위해서 블라인드가 내려져 있었고, 모여든 친척들은 음울한 황혼 속에서 그녀를 여읜 사람들의 표정에 걸맞은 어두운 얼굴을 하고 있었다. 모두 거기 모여들었다. 밴 얼스타인 부부, 스테프니 부부, 멜슨 부부, 그리고 심지어 페니스턴가의 먼 친척들까지 한두 명. 후자는 옷차림이나 태도가 다른 사람들에 비해서 훨씬 더 자유로웠지만 희망은 더 확고해 보였다. 그들은 실제로 페니스턴 씨 재산의 상당 부분이 '되돌려졌다'는 사실을 확실하게 알고 있었다. 반면 페니스턴 부인의 가까운 친척들은 페니스턴 씨 미망인의 사적 재산의 처분과 그것의 규모가 불확실했기 때문에 궁금증을 유지하고 있었다. 그녀의 가장 부유한 조카라는 새로운 자격을 가진 잭 스테프니는 깊이 애도하는 듯 점잔을 빼면서 자신의 중요성을 강조하고 그들 무리의 우두머리 노릇을 하고 있었다. 반면 그의 아내는 따분해하는 태도와 좀 더 밝은 옷차림으로 이 상황에 걸려 있는 얼마 되지 않는 돈에 대한 자신의 무관심을 과시하고 있다. 늙은 네드 밴 얼스타인은 고통을 더욱 세련되어 보이게 하는 코트를 입고 그녀 옆에 앉아서 입술이 마구 뒤틀리는 것을 감추기 위해 하얀 콧수염을 꼬고 있었다. 그리고 그레이스 스테프니는 코가 빨개져서 크레이프 냄새를 풍기며 허버트 멜슨 부인에게 울먹이는 소리로 속삭였다. "저 나이아가라 그림이 다른 곳으로 간다는 것을 참을 수 없어요!"

사람들이 담배를 내려놓는 소리와 재빨리 고개를 돌리는 동작이 문이 열리고 있음을 알렸고, 릴리 바트가 검은 드레스를 입고 큰 키에 고상한 자태로 거티 패리시와 나란히 들어섰다. 릴리가 묻는 듯한 표정으로 문턱에 멈춰 섰을 때 그곳에 있던 여성들의 얼굴은 다양한 망설임의 표정을 보였다. 한두 사람이 표 나지 않게 알은체를 했는데 상황의 엄숙함 때문인지, 아니면 다른 사람들이 어느 정도 나설지 알 수 없어서인지 태도가 조심스러웠다. 잭 스테프니 부인은 무성의하게 고개를 까딱였고, 그레이스 스테프니는 죽은 사람 같은 손짓으로 자신의 옆자리를 가리켰다. 하지만 릴리는 그 초대도, 그녀를 공식적으로 인도하려던 잭 스테프니의 시도도 무시하고 그녀 특유의 부드럽고 활달한 걸음걸이로 방을 가로질러 다른 사람들로부터 일부러 조금 떨어 놓은 듯한 의자에 가서 앉았다.

이것은 그녀가 이 주 전 유럽에서 돌아온 뒤 처음으로 가족을 만나는 자리였다. 하지만 그녀가 그들의 환영에서 어떤 불확실성을 감지했다면 그것은 그녀의 태도가 평소에 지닌 침착성에 약간의 아이러니를 더했을 뿐이었다. 항구에서 거티 패리시로부터 페니스턴 부인의 갑작스러운 사망 소식을 듣고 충격을 받고 당황했지만 그와 거의 동시에 이제 마침내 자신의 빚을 갚을 수 있겠구나 하는 억제하기 힘든 생각에 충격이 완화되었다. 그녀는 귀국 후 고모를 대면할 생각에 상당히 불안했었다. 페니스턴 부인은 그녀가 도싯 부부와 함께 여행을 떠나는 일에 강한 반대 의사를 표명했었고, 릴리가 여행하는 동안 그녀에게 편지를 보내지 않음으로써 자신은 계속 반대하고 있다는 사실을 분명히 했다. 그런 상황에서 고모가 도싯 부부와 자신 사이의 불화에 대한 소식을 틀림없이 들었을 터이므로 고모를 만날 일이 더욱 엄두가 나지 않았다. 그런데 예상된 시련을 겪는 대신 오랫동안 자신의 것이 되리라 기대하던 유산을 우아하게 상속하게 되었다는 생각에 재빨리 안도감이 드는 것을 릴리가 어떻게 억제할 수 있었을 것인가? 페니스턴 부인이 릴리를 위해 굉장한 액수의 유산을 남겨 줄 예정이라는 것은 신성하다 할 표현을 빌리자면 '항상 이해가 이루어진' 일이었다. 그러므로 페니스턴 부인의 조카딸의 마음속에서 그런 이해가 기정사실로 굳어진 지는 이미 오래였다.

"물론 그녀가 모두 받을 거예요. 우리가 왜 여기 와 있는지 모르겠어요." 잭 스테프니의 부인은 네드 밴 얼스타인에게 부주의할 만큼 큰 목소리로 말했고, 네드 밴 얼스타인은 예사로운 태도로 "줄리아는 항상 정의로운 분이셨지."라고 대꾸했는데, 그 말은 동의를 표하는 것으로도, 의문을 표하는 것으로도 해석될 여지가 있었다.

"하여간 겨우 사십만 달러 정도인걸요." 스테프니 부인이 하품을 하며 대꾸했다. 그러고 나서 시작을 알리는 변호사의 기침 소리가 들렸고, 그레이스 스테프니가 그로 인해 방을 채우게 된 정적 속에서 울먹이며 다음과 같이 말하는 소리도 들렸다. "타월 한 장도 빠짐없이 다 챙겨 놨어요. 고모와 직접 그것들을 챙겼어요, 바로 그날······."

돌아가신 지 얼마 되지 않은 고인에 대한 애도로 텁텁한 분위기와 갑갑한 냄새가 견디기 힘들었던 릴리는 방 한편에 있던 정교한 상감 세공 테이블 뒤에 엄숙하게 서서 유언장의 서론을 재빨리 읽어 나가기 시작하던 페니스턴 부인의 변호사를 향해 주의를 돌렸다.

"교회에 있는 것 같아." 그녀는 그웬 스테프니가 어디서 저렇게 흉측한 모자를 샀을까 막연히 궁금해하며 말했다. 그런 뒤에는 잭이 얼마나 살이 쪘는지가 눈에 띄었다. 곧 수십 센티미터 떨어진 곳에 앉아서 검은 장갑을 낀 손을 단장 위에 올려놓고 헐떡거리고 있는 허버트 멜슨만큼 뚱뚱해질 것처럼 보였다.

'부자들은 왜 항상 살이 찌나 몰라. 걱정거리가 없어서 그렇겠지. 유산을 물려받고 나면 이 몸매를 유지하기 위해서 신경을 써야겠군.' 릴리는 변호사가 단조로운 어조로 유증의 미로를 헤매고 있는 동안 혼자 생각했다. 하인들이 먼저 언급되었고, 몇 군데 자선 기관이 그다음 차례였다. 그런 뒤 좀 먼 친척인 멜슨 집안과 스테프니 집안 사람들 몇몇이 거론되었는데, 그들은 자신들의 이름이 불리는 것을 의식하고 몸을 움직였다. 네드 밴 얼스타인, 잭 스테프니, 그리고 한두 명의 사촌들이 그 뒤를 따랐으며, 그들의 이름 뒤에 몇천이라는 숫자가 짝을 이뤘다. 릴리는 그레이스 스테프니의 이름이 거기 포함되지 않은 것을 알아채고 의아해했다. 그런 뒤 자신의 이름이 언급되는 것을 들었다. "조카인 릴리 바트에게 만 달러." 그러고 나서 다시 변호사는 알아듣기 힘든 말 속을 꼬불꼬불 헤맸는데, 그러다가 놀랍도록 분명한 소리로 순식간에 결구가 들려왔다. "그리고 나머지 내 재산은 모두 내 사랑하는 사촌이며 나와 이름이 같은 그레이스 줄리아 스테프니에게."

숨죽인 경악의 외마디 소리가 들렸고, 사람들의 머리가 재빨리 돌아갔으며, 구석 자리에서 검은 테두리가 구깃구깃 공처럼 접힌 손수건 사이로 자신은 그 유산을 받을 자격이 없다고 울부짖는 스테프니 양을 향해 검은색 옷을 입은 사람들의 무리가 몰려갔다.

릴리는 일반적인 움직임으로부터 떨어져 서서 난생처음으로 자신이 혈혈단신임을 느끼고 있었다. 아무도 그녀를 바라보지 않았고 아무도 그녀가 거기 있다는 사실을 의식하지 않는 듯했다. 그녀는 미미함의 가장 깊은 바닥을 탐색하고 있었다. 그리고 모든 사람들의 무관심을 의식하다가 기만당한 희망에서 오는 급작스러운 통증을 느꼈다. 상속을 박탈당했다. 그녀가 상속을 박탈당했다. 그것도 그레이스 스테프니에게! 그녀는 거티의 애처로운 눈이 자신을 위로하기 위한 필사적인 노력을 하며 자신에게 고정되어 있는 것을 알아보았다. 그리고 바로 그 눈초리를 보면서 정신이 들었다. 그 집을 떠나기 전에 할 일이 있었다. 그것은 그녀가 잘 알고 있는 모든 고상한 태도를 동원한 제스처였다. 릴리는 스테프니 양을 둘러싸고 있는 무리를 향해 다가가서 손을 내밀며 간단하게 말했다. "그레이스, 정말 다행이야."

릴리가 다가오자 다른 부인들이 자리를 비켜 주어서 그녀의 주변으로 빈 공간이 형성되었다. 그 공간은 그녀가 돌아서서 나가려 하자 더 커졌고, 그것을 채우기 위해서 다가오는 사람은 아무도 없었다. 릴리는 자신의 상황을 침착하게 측정하기 위해서 주변을 둘러보며 잠시 멈춰 섰다. 누군가가 유언장의 날짜를 문의하는 소리가 들렸다. 그리고 변호사가 대답하는 소리가 띄엄띄엄 들렸다. "갑자기 불러서"라는 말과 "먼저 작성했던 문서" 따위. 그런 뒤 사람들이 흩어지며 그녀를 지나쳐 갔다. 잭 스테프니의 부인과 허버트 멜슨의 부인은 자신들의 차를 기다리며 문 앞 계단에 서 있었다. 일단의 사람들이 그레이스 스테프니에게 동조하며 그녀가 한두 골목밖에 안 떨어진 곳에 살고 있었음에도 불구하고 그녀가 타야 마땅하다고 생각되는 마차까지 그녀를 호위했다. 그리고 바트 양과 거티는 어두운 응접실에 자신들 외에 거의 아무도 남아 있지 않다는 사실을 깨달았다. 응접실은 그 어둡고 갑갑한 모습이 방금 마지막 시체를 그럴듯하게 매장한, 잘 관리된 가족 지하 묘지 같았다.

두 사람이 작은 마차를 타고 도착한 거티 패리시의 응접실에서 릴리는 낮은 웃음소리를 내며 의자에 털썩 주저앉았다. 고모가 남겨 준 유산이 자신이 트레너에게 갚아야 할 돈의 액수와 거의 같다는 사실이 우스꽝스러운 우연의 일치인 것처럼 느껴졌다. 귀국 후 그 빚을 갚아야 할 필요성은 더욱더 급박해졌고, 그녀는 걱정스러운 표정으로 주위를 어른거리고 있는 거티에게 가장 먼저 머리에 떠오른 생각을 말했다. "유산이 언제나 지급이 되려는지."

하지만 패리시 양은 그 유산에 대해 그냥 넘어갈 수가 없었다. 릴리보다도 훨씬 더 강하게 분개를 표현했다. "오, 릴리, 이건 공평하지 않아. 너무 잔인해. 그레이스 스테프니는 자신이 그 많은 돈에 대한 권리가 없다는 사실을 느껴야만 해!"

"줄리아 고모의 비위를 맞출 줄 아는 사람이라면 누구에게든 그 권리가 있는 거지." 바트 양이 철학적으로 답했다.

"하지만 너를 끔찍이 생각하셨는데. 그분의 행동으로 미루어 모든 사람들이 그렇게 믿었어." 거티는 당황한 것이 분명한 태도로 말을 삼갔고, 바트 양은 똑바른 시선으로 그녀를 바라보며 말했다. "거티, 정직하게 말해 줘. 이 유언장은 고작 육 주 전에 만들어졌어. 내가 도싯 부부와 갈라섰다는 얘기를 들으신 거지?"

"물론 모든 사람들이 다 들었지. 뭔가 불화가 있었다고⋯⋯ 무슨 오해가⋯⋯."

"버사가 나를 요트에서 쫓아냈다는 얘기도 들으셨어?"

"릴리!"

"그게 실제로 일어났던 일이거든. 버사가 내가 조지 도싯을 가로채서 그와 결혼하려 했다고 얘기한 거야. 도싯이 자기가 질투심을 느끼고 있다고 생각하게 만들려고. 버사가 그웬 스테프니한테도 그렇게 말했겠지?"

"모르겠어…… 그런 끔찍한 얘기는 안 들으니까."

"난 그 얘기들을 들어야만 해. 도대체 내가 어떤 처지인지 알아야만 하니까." 그녀가 멈췄다가 희미한 조롱의 어조로 말했다. "그 여자들 행동하는 모습 봤어? 내가 유산을 상속받을 거라고 생각하는 동안엔 감히 나한테 함부로 못 하다가 그게 아닌 것으로 판명되니까 내가 역병이라도 되는 것처럼 피해서 도망갔잖아." 거티는 아무 말도 하지 않았고 릴리가 말을 이었다. "사람들이 어떻게 하나 보려고 계속 있었던 거야. 그들은 그웬 스테프니와 룰루 멜슨의 눈치를 봐서 따라 했지. 그웬이 어떻게 하나 주의 깊게 지켜보더라고. 거티, 다른 사람들이 나에 대해 도대체 뭐라고 말하는지 내가 알아야만 해."

"아까 말한 대로 난 그런 말은 안 듣기 때문에……."

"귀를 안 기울이더라도 들리긴 하잖아." 그녀가 자리에서 일어나 패리시 양의 어깨에 단호하게 손을 올려놓으며 말했다. "거티, 사람들이 나하고 절연할 것 같아?"

"친구들이라면, 릴리…… 어떻게 친구들에 대해서 그렇게 생각할 수 있어?"

"이런 상황에서 누가 내 친구일까? 너, 친구를 잘 믿어 주는 불쌍한 너 말고 누가? 그리고 너마저도 나에 대해 어떤 의심을 하고 있는지 누가 알겠어!" 그녀는 장난스럽게 중얼거리며 거티에게 입을 맞추었다. "그렇더라도 넌 절대 그런 의심 때문에 태도를 바꾸지는 않겠지. 하지만 넌 범죄자도 좋아하잖아, 거티! 그렇지만 도저히 구제할 수 없는 사람들은 어때? 너도 알다시피 난 전혀 참회하지 않고 있으니까."

그녀는 늘씬하고 키가 큰 몸을 쭉 펴고 당당하게 서서 곤란해하는 거티를 내려다보았는데, 그 태도가 무슨 도전적인 암흑의 천사라도 되는 듯했다. 거티는 머뭇거리며 간신히 말했다. "릴리, 릴리. 그런 일에 대해서 어떻게 웃을 수가 있어?"

"아마 울지 않기 위해서겠지. 하지만, 아니야. 난 울고 짜는 성격이 아니라서. 이미 어렸을 때 울어 봤자 코만 빨개진다는 걸 알았거든. 그 덕분에 무척 고통스러운 몇몇 사건들을 잘 넘길 수 있었지." 릴리는 안절부절못하는 걸음으로 방 안을 걷다가 다시 자리에 앉아서 근심이 가득한 거티의 얼굴을 조롱의 표정을 띤 밝은 눈길로 바라보았다.

"돈을 상속받았더라도 괜찮기는 했을 거야, 너도 알다시피……." 그리고 "오!"라고 항의의 탄성을 지르는 패리시 양을 향해 담담하게 되풀이했다. "무척 괜찮았을 거야, 왜냐하면 우선 사람들이 감히 나를 무시하지 못했을 테니까. 그리고 만일 그들이 무시를 하더라도 내가 그 사람들과 상관없이 살면 되니 그것에 신경을 안 썼을 거고. 하지만 이제는……!" 릴리의 눈에서 아이러니가 사그라들었고, 그녀는 어두운 얼굴로 거티를 바라보았다.

"어떻게 그렇게 말할 수 있어, 릴리? 물론 그 돈은 네 것이 되었어야 해. 하지만 결국 그건 아무래도 좋아. 중요한 건……."

거티가 말을 멈추었다가 확신에 찬 어조로 이었다. "중요한 건 네가 누명을 벗어야 한다는 거야. 친구들한테 모든 진실을 말해 주면 될 거야."

"모든 진실?" 바트 양은 웃었다. "진실이 뭔데? 여자에 관한 진실은 가장 믿기 쉬운 것이야. 이 경우 내 이야기보다 버사 도싯의 이야기를 믿는 일이 훨씬 더 쉽지. 왜냐면 버사 도싯에게는 큰 저택과 오페라 특별석이 있고, 그녀와 사이좋게 지내야 편리하니까."

패리시 양은 여전히 걱정스러운 눈초리로 그녀를 바라보았다. "하지만 네 이야기는 뭔데? 그걸 아는 사람은 아직 없는 걸로 아는데."

"내 이야기? 나도 그걸 안다고 말할 수 없어. 나는 버사처럼 미리 내 이야기를 준비해 놓지 않았거든. 그리고 준비해 놓았다 한들 그걸 이제 와서 사용하려고 애쓰고 싶지도 않아."

그러나 거티는 침착하게 합리적인 태도를 유지하며 말했다. "난 미리 준비된 이야기를 원하는 게 아냐. 하지만 네가 정확히 무슨 일이 있었는지 처음부터 다 말해 줬으면 해."

"처음부터?" 바트 양은 그녀의 말을 온화한 어조로 흉내 냈다. "거티, 너처럼 착한 사람들은 얼마나 상상력이 빈약한지! 글쎄, 처음은 내 요람에서 시작된 거겠지, 내가 자란 방식, 그리고 내가 중요하게 생각해야 한다고 배운 것들. 아니, 내 잘못을 다른 사람들의 탓으로 돌리고 싶지 않아. 내 핏속에 흐르고 있다고 말하겠어. 내가 쾌락을 좋아하는 사악한 조상의

피를 물려받았는데, 그 조상님이 뉴암스테르담[3]의 소박한 미덕에 반항해서 찰스의 궁정으로 돌아가고 싶어 했다고!" 그리고 패리시 양이 걱정 어린 눈길로 계속 그녀를 추궁하자 릴리는 더 이상 참지 못하고 말했다. "방금 내게 진실을 알고 싶다고 했지. 그래, 처녀에 관한 한 진실은 일단 그런 식으로 소문이 나기 시작하면 인생 끝장이라는 것이 진실이야. 그리고 설명을 하면 할수록 더 나빠 보인다는 거지. 착한 거티, 담배 가지고 있는 거 없지?"

묵기 위해 간 호텔의 갑갑한 방에서 릴리 바트는 그날 저녁 자신의 현 상황을 곰곰 따져 보았다. 6월의 마지막 주였고 그녀의 친구들은 모두 뉴욕에 있지 않았다. 페니스턴 부인의 유언장 낭독 자리에 참석하기 위해 뉴욕에 머물렀거나 뉴욕으로 돌아왔던 사람들도 모두 그날 저녁 뉴포트나 롱아일랜드로 되돌아갔다. 릴리는 난생처음으로 거티 패리시를 제외하면 자신이 완전히 혼자라는 사실을 깨달았다. 도싯 부부와 절연한 바로 그 순간에도 그 일의 결과에 대해 이렇게 깊이 느끼지 못했다. 벨트셔 공작 부인은 휴버트 경에게서 그 파국에 대한 소식을 듣고 즉시 그녀에게 보호처를 제공해 주었고, 릴리는 그녀의 후원의 날개 아래서 런던에 머물며 거의 의기양양하게 사교계에 진출했었다. 그녀는 런던에 계속 머물고 싶

---

3) 뉴암스테르담은 1624년부터 1664년까지 네덜란드의 서인도 회사에서 경영했던 아메리카 대륙 동북부 '뉴네덜란드 식민지'의 주요 도시로 현재의 맨해튼 지역을 가리킨다.

은 유혹을 아플 정도로 강하게 느꼈더랬다. 런던의 사교계는 그녀가 그곳을 즐겁게 해 주고 거기 매력을 더해 주는 재능을 습득한 경로를 너무 꼬치꼬치 따져 묻지 않고 다만 그녀가 계속 그렇게 머물기만을 요구했었다. 하지만 셀든과 헤어지기 전에 그가 당장 고모님께 돌아가라고 강력하게 권유하기도 했었고, 런던에 다시 나타난 휴버트 경도 동일한 충고를 풍부히 해 주었다. 릴리 자신도 공작 부인의 보호가 사교계에서 자신의 위치를 되찾는 데 최선의 길이 아니라는 사실을 남들이 말해 주지 않아도 알고 있었다. 그리고 더욱이 자신의 옹호자인 귀족께서 새로운 피후견인이 나타나자마자 자신을 헌신짝처럼 버릴 수 있다는 사실을 알았기 때문에 마지못해 귀국하기로 결정했었다. 하지만 고국으로 돌아온 지 십 분도 지나지 않아 그녀는 자신이 사교계의 위치를 되찾기에는 너무 늦게 돌아왔다는 사실을 깨달았다. 도싯 부부, 스테프니 부부, 브라이 부부 — 그 비참한 드라마의 배우들이자 증인인 그들 모두가 — 그녀보다 앞서서 자기들 나름의 이야기들을 가지고 돌아와 있었던 것이다. 그리고 릴리는 자신의 이야기를 들려줄 기회가 만에 하나 있었다 하더라도 막연히 느끼고 있던 경멸감과 꺼림칙함 때문에 그렇게 하지 않는 쪽을 택했을 터였다. 그녀는 자신이 잃은 지위를 회복할 희망이 조금이라도 있다면 그건 설명이나 반박에 의해서가 아니라는 사실을 알았다. 그러나 그런 방법의 효용성에 대해 최소한의 신뢰가 있었다 하더라도 여전히 그런 설명이나 반박을 할 수는 없었을 것이었다. 거티 패리시에게조차 스스로를 변호하지 못하게 한 감정,

즉 반은 자존심이고 반은 모멸감인 그 감정 때문이었다. 릴리 자신이 버사 도싯의, 남편을 되찾으려는 결연한 의지에 무자비하게 희생되었다는 사실을 알기도 했고, 도싯과 자신의 관계가 단순히 좋은 친구 사이였던 것도 사실이었다. 하지만 그녀는 처음부터 자신의 역할이 캐리 피셔가 잔인하게 표현했듯 도싯의 주의를 그의 아내로부터 돌리는 데 있었다는 사실을 완벽하게 알고 있었다. 그게 바로 그녀가 '그들과 함께 있었던 목적'이었던 것이다. 그것은 석 달 동안 화려한 생활을 누리고 걱정으로부터 자유롭게 지내는 것에 대한 대가로 스스로 지불하기로 했던 가격이었다. 자신의 내면을 성찰하는 드문 순간들에 사실을 단호하게 직면하는 습관으로 인해서 릴리는 그 상황에 대해 스스로 거짓된 포장을 하도록 허락할 수가 없었다. 자신이 암묵적인 계약에 따라 주어진 역할을 충실하게 수행했기 때문에 버사에게 당한 것이긴 해도 자신이 맡았던 역할은 최선의 해석을 따르더라도 그렇게 훌륭한 것은 못 되었다. 릴리는 실패로 드러난 적나라한 추악함 속에서 바로 그 점을 똑똑히 보았던 것이다.

릴리는 또한 그런 실패로 인해 줄줄이 따라온 결과도 역시 냉정하게 보았다. 그 결과들은 뉴욕에 하릴없이 머무는 날들이 하루하루 지남에 따라 더욱더 분명해졌다. 그녀는 부분적으로는 거티 패리시가 가까이 있다는 사실이 주는 위안 때문에, 그리고 부분적으로는 어디로 가야 할지 몰라서 뉴욕에 머무르고 있었다. 릴리는 자신 앞에 놓인 과제의 성격을 아주 잘 알았다. 그녀는 조금씩 조금씩 자신이 잃은 지위를 되찾으러 나서야 했다. 그리고 이 지루한 과업의 첫 단계는 가능한 한 빨리 친구들 중 몇 명이나 자기편인지 알아보는 것이었다. 그녀의 주된 희망의 대상은 트레너 부인이었는데, 그녀는 함께 있을 때 즐겁거나 유용한 사람들에게 쉽게 관용을 베푸는 귀한 소양을 가지고 있었고, 주변의 시끌벅적하고 바쁜 환경 안에서 작은 목소리는 그녀의 주의를 끄는 속도가 느렸다. 그러나 주디는 바트 양의 귀국에 대해 알고 있을 것이 분명한데도 그 사실을 안다는 티조차 내지 않았다. 친구가 상을 당했는데도 형식적인 위로의 편지조차 보내지 않았던 것이다. 릴리가 먼저 나서서 그녀를 찾아가려고 시도하는 것은 위험한 일이었다. 우연히 만나는 행운에 기대는 수밖에 도리가 없었다. 그리고 릴리는 그렇게 늦은 시기에도 뉴욕에서 트레너 부인이 잘 가는 장소에서 그녀를 마주칠 희망은 언제든지 있다는 사실을 알았다.

릴리는 그런 목적의 달성을 위해 열심히 그들이 함께 가던 레스토랑에 곤란해하는 거티와 함께 가서 물려받을 유산이 있다는 핑계로 사치스러운 점심을 먹었다.

"착한 친구 거티, 너도 내가 줄리아 고모의 유산 외엔 수입이 전혀 없다는 사실을 웨이터장이 알아차리게 하고 싶진 않지? 그레이스 스테프니가 여기 와서 우리가 차가운 양고기를 먹고 차를 마시는 모습을 보고 고소해할 걸 생각해 봐! 오늘 디저트로 뭘 먹을까? 쿠프 자크[4], 아니면 페셰 아 라 멜바[5]?"

---

4) 과일을 섞은 아이스크림 선디.
5) 아이스크림에 복숭아를 얹은 디저트.

릴리가 갑자기 메뉴를 내려놓았고 얼굴도 상기되었다. 거티는 그녀의 눈초리를 따라가다가 트레너 부인과 캐리 피셔가 앞장선 한 무리의 사람들이 내실로부터 나와 자신들 쪽으로 오고 있는 것을 알게 되었다. 그 부인들과 그들의 동행 ─ 릴리는 트레너와 로즈데일이 함께 거기 섞여 있는 것을 즉각 알아차렸다 ─ 이 레스토랑을 나가면서 릴리와 거티가 식사를 하고 있던 테이블을 지나가지 않기란 불가능했다. 그리고 거티가 그 사실을 의식하고 있다는 사실은 겁이 나 어쩔 줄 몰라 하는 그녀의 모습에 역력히 드러났다. 반면에 바트 양은 그녀 특유의 쾌활하고도 우아한 태도로 친구들로부터 움츠러들지도, 그들을 열렬히 기다리는 듯 보이지도 않으면서 그 만남을 자연스러운 일로 만들었다. 그녀는 최악으로 힘든 순간에도 그런 태도를 보일 능력이 있었다. 당황해한 것은 오히려 트레너 부인 쪽이었고, 눈에 거의 띄지 않을 정도의 움츠림과 과장된 반가움의 표시가 뒤섞인 데서 그 점이 드러났다. 만나서 반갑다며 큰 소리로 말하되 내용은 아주 막연했고 그녀의 계획을 묻지도, 꼭 다시 그녀를 만나고 싶다는 의사를 표현하지도 않았다. 그런 누락의 언어에 아주 익숙한 릴리는 그 언어가 거기 있던 사람들 모두에게 자신에게만큼 분명하다는 사실을 알고 있었다. 심지어 로즈데일까지도 자신이 그런 중요한 사람들의 무리에 섞여 있다는 사실에 감지덕지하면서 트레너 부인이 표현하는 다정함의 온도를 즉각적으로 감지했으며, 그 사실은 그가 바트 양에게 건성으로 인사하는 태도에 반영되어 있었다. 트레너는 벌건 얼굴에 불편한 표정으로 대충 인사를 한 뒤 서둘러 웨이터장에게 할 말이 있다는 핑계를 대며 물러 났다. 그 무리의 나머지도 곧 트레너 부인의 옷자락을 따라 사 라졌다.

그 만남은 단 한순간에 끝났다. 웨이터가 손에 메뉴를 들 고 쿠프 자크와 페셰 아 라 멜바 사이 선택의 결과를 기다리 고 서 있었다. 하지만 바트 양은 그 짧은 순간에 자신의 운명 을 완벽히 측정할 수 있었다. 세상 사람들 모두가 주디 트레너 가 이끄는 곳으로 따라갈 터였다. 그리고 릴리는 사라져 가는 돛단배를 향해 아무 소용도 없는 손짓을 하는 표류자처럼 자 신의 저주받은 운명을 느끼고 있었다.

릴리는 순간적으로 트레너 부인이 캐리 피셔가 돈을 지나 치게 빼 간다고 불평했던 사실을 기억해 냈고, 그 불평은 트레 너 부인이 예상 밖으로 남편의 사적인 씀씀이에 대해 알고 있 다는 것을 의미한다는 사실을 깨달았다. 릴리는 자신이 누구 도 다른 사람들을 관찰할 시간이 없는 듯하고 개인적인 관심 사는 분주하게 돌아가는 집합적 활동 속에서 주의를 끌지 못 한 채 휩쓸려 가는 것 같던 벨로몬트의 규모가 크고 복잡한 무질서의 보호를 받아 불편한 진상 조사를 면제받고 있다고 상상했었다. 하지만 주디가 피셔 부인이 트레너에게서 돈을 빌렸다는 사실을 알고 있었다면 릴리가 했던 같은 종류의 거 래에 대해서 모를 리가 있었겠는가? 그녀가 그의 애정에 대해 무관심했다 해도 그의 주머니에 대해서는 질투심을 느낀 것 이 틀림없었다. 그리고 바로 그 사실이 그녀가 자신을 무안하 게 한 일을 설명하고 있었다. 이런 결론이 내려지자 릴리는 트레너에게 진 빚을 당장 갚아 버리겠다고 단단히 결심했다. 빚을 다 갚아 버리고 나면 페니스턴 부인이 물려준 유산은 단 1000불만 남을 테고, 거티 패리시의 형편없는 수입보다도 훨씬 적은 자신의 보잘것없는 수입 외에는 기댈 데도 없어질 터였다. 그러나 그런 고려는 상처받은 자존심이 요구하는 명령 앞에서 한발 물러서야 했다. 트레너 부부의 돈을 완전히 갚아야 한다는 것은 지상 명령이었다. 미래에 대한 생각은 그다음이었다.

릴리는 법적인 절차에 시간이 무한정 걸린다는 사실에 대해 무지했다. 따라서 자신 몫의 유산을 고모의 유언장이 공개될 날로부터 며칠 내에 받게 되리라 짐작하고 있었다. 그래서 가슴을 졸이며 기다리다가 지금 지연의 사유가 무엇인지 알기 위해 편지를 썼다. 페니스턴 부인의 유언 집행인 중 한 사람인 변호사는 릴리가 편지를 보낸 때로부터 상당한 시간이 경과한 뒤에 유언장의 해석에 관한 문제가 조금 제기되었기 때문에 그와 그의 동료들이 유언 집행에 법적으로 할당된 십이 개월이 지나고 나서야 유산을 지불하게 되지 않을까 싶다는 답변을 보내왔다. 릴리는 어리둥절해하기도 분개하기도 하면서 개인적으로 호소해 보아야겠다고 결심했다. 하지만 변호사를 방문한 결과는 미모나 매력이 법의 무감각한 과정에 아무런 힘도 발휘할 수 없음을 느끼며 돌아온 것이었다. 자신이 진 빚의 무게 아래서 일 년이나 더 살아야 한다는 것이 참을 수 없는 일로 느껴졌다. 그리하여 궁지에 빠진 릴리는 후원자의 소유물을 '챙기는' 신나는 의무에 몰두해 아직 뉴욕에 남아 있던 스테프니 양에게 호소해 보기로 결심했다. 그레이스 스테프니에게 도움을 청하는 것은 죽기보다 싫은 일이었지만 그 반대는 더욱 끔찍했기 때문이다. 그리하여 릴리는 어느 날 아침 페니스턴 여사의 집을 방문했다. 그레이스가 자신의 경건한 의무를 쉽게 수행하려고 임시로 그곳에 머물고 있었기 때문이다.

자신이 그렇게 오랫동안 주인 노릇을 하던 집에 청원자로 들어가는 기분이 착잡해서 릴리는 그 시련의 시간을 줄이고 싶은 욕구가 더욱 강해졌다. 그래서 스테프니 양이 최상의 크레이프 천으로 된 상장(喪章)을 바스락거리며 어두운 응접실에 들어섰을 때 곧장 용건으로 들어갔다. 자신이 받을 유산을 미리 당겨 줄 의향이 있는지?

그레이스는 울음으로 답변을 대신했다. 그리고 어떻게 그런 요청을 할 수 있느냐며 법의 경직성을 한탄하면서 릴리가 자신들의 위치가 정확히 똑같다는 사실을 깨닫지 못하고 있다는 점에 놀라움을 표했다. 유산으로 물려받을 돈의 지급만 지연되고 있다고 생각하느냐? 실은 자신도 유산은 아직 단 한 푼도 받지 못했고 자기 소유의 집에 사는 특권을 위해서 월세를 내고 있다, 정말이다! 불쌍하고 소중한 사촌 줄리아가 그런 일을 원하지는 않았다고 확신한다, 자신이 유언 집행인들에게 직접 그렇게 말했다, 하지만 그들은 이성적으로 대화가 되는 사람들이 아니었다, 기다리는 것 외에는 할 수 있는 일이 아무것도 없다고 했다, 자신처럼 참을성 있게 기다려라, 줄리아가 얼마나 아름답게 참는 사람이었는지를 기억하자.

릴리의 반응은 그녀가 그런 모범을 불완전하게밖에 따르지 못한다는 사실을 보여 주었다. "하지만 네가 다 갖게 될 거잖아, 그레이스. 너라면 내게 필요한 액수의 열 배도 쉽게 빌릴 수 있을 텐데."

"빌린다고? 내가 돈을 빌리는 게 쉬울 거라고?" 그레이스 스테프니는 분노로 얼굴이 시뻘게지면서 자리에서 벌떡 일어났다. "내가 줄리아한테서 받을 돈을 담보로 돈을 빌릴 사람이라고 단 한순간이라도 상상할 수 있다는 말이야? 고인이 그런 식의 거래에 대해 이루 말할 수 없는 공포를 느끼셨다는 사실을 알면서? 맙소사, 릴리, 진실을 알고 싶다면 말해 주겠는데, 줄리아가 병이 난 건 네가 빚을 지고 있다는 생각 때문이었다고. 네가 요트 여행을 떠나기 전에 약한 발작이 왔었던 거 기억할 거야. 오, 난 자세한 건 몰라, 물론. 결코 알고 싶지도 않아. 하지만 너에 관한 소문들 때문에 너무나 불행해하셨어. 그분과 함께 있으면서 그 사실을 모를 순 없었어. 너한테 이렇게 말해서 네 기분을 상하게 한다 해도 어쩔 수 없어. 만일 내가 너 스스로 네 행실의 어리석음을, 그리고 그분이 얼마나 가슴 깊이 그것을 못마땅해하셨는지 깨우쳐 줄 수 있다면, 나는 그것이 그분의 상실에 대해 네게 보상하는 가장 진실된 방법이라는 생각이 들 거야."

5장

페니스턴 부인 집의 문이 닫히는 순간 릴리는 자신이 과거의 삶에 작별 인사를 했다고 느꼈다. 그녀 앞에 펼쳐진 미래는 사람이 하나도 없는 5번가처럼 지루하고도 헐벗은 모습이었고, 기회는 오지 않는 손님을 찾아 천천히 가고 있는 몇 대의 마차처럼 빈약해 보였다. 그러나 이 비유의 완전성은 그녀가 보도에 내려설 때 바로 깨졌다. 소형 마차 한 대가 그녀를 보고 멈추려고 재빨리 다가오고 있었던 것이다.

짐을 실은 마차 지붕 아래서 손 하나가 자신을 향해 손짓을 하는 것이 보였다. 그리고 다음 순간 피셔 부인이 거리로 뛰어내리며 남들이 다 보아야 한다는 듯 그녀를 얼싸안았다.

"아이, 여태껏 뉴욕에 있는 거 아니겠지? 며칠 전 셰리스 레스토랑에서 만났을 때 물어볼 시간이 없어서……"

그녀는 말을 중단하고 갑자기 솔직하게 말했다. "사실 내 행동이 너무 끔찍했지, 릴리. 그날 이후 내내 당신한테 솔직하게 그렇게 말하고 싶었어."

"오……." 바트 양은 피셔 부인의 참회 섞인 손아귀에서 몸을 빼내며 그렇지 않다고 말하려고 했지만, 피셔 부인은 그녀 특유의 솔직한 태도로 말을 이었다. "이봐, 릴리, 우리 아닌 척하지 말자. 인생의 문제 중 반은 문제가 없는 척하는 데서 생긴다고. 난 그런 식으론 안 살아. 그리고 내가 다른 여자들이 하는 대로 따라서 행동한 것에 대해 정말 너무나 수치스럽게 생각하고 있다고 말할 수밖에 없어. 하지만 그 얘긴 천천히 하기로 하고, 지금 어디 살고 있는지, 계획이 어떻게 되는지 말해 봐. 저 집에서 그레이스 스테프니와 함께 살고 있는 건 물론 아니겠지, 응? 당신이 아직 정착을 못 하지 않았을까 싶었는데."

릴리의 심리 상태로는 그런 호소에 담긴 정직한 호의에 저항할 길은 없었다. 그래서 미소와 함께 말했다. "지금으로선 정착을 못 한 게 사실이야. 하지만 거티 패리시도 아직 뉴욕에 있고, 착하게도 시간이 있을 때면 항상 나와 함께해 주지."

피셔 부인은 얼굴을 약간 찡그렸다. "흠…… 그건 절제된 기쁨이지. 오, 나도 알아. 거티만 한 사람이 이 세상에 없다는 거, 그녀가 우리 모두를 다 합한 것보다도 더 진실된 친구라는 것. 하지만 길게 보면 당신은 양념이 조금 더 들어간 것에 익숙하잖아, 안 그래? 게다가 조금 있으면 거티도 떠날 텐데. 8월 1일이라고 했나? 그러니까, 봐, 여름에 뉴욕에서 지낼 수는 없잖아. 그것에 대해서도 나중에 얘기하자. 하지만 우선은 트렁크에다 짐을 좀 챙겨서 오늘 저녁 샘 고머의 집으로 나와 함께 가는 게 어때?"

그리고 릴리가 숨 가쁘도록 갑작스럽게 이루어진 그 제안에 놀라 피셔 부인을 빤히 쳐다보자 그녀는 특유의 편한 웃음과 함께 말을 이었다. "너도 그 사람들을 모르고, 그 사람들도 너를 모르지. 하지만 그런 건 아무 문제도 안 돼. 그 사람들이 로즐린에 있는 밴 얼스타인의 집을 세냈고, 내게 친구들을 그리로 데리고 오도록 전권을 주었거든. 많으면 많을수록 좋아. 그 사람들 아주 손님 대접을 잘해. 그리고 이번 주에 아주 재미난 파티가 있을 거야." 그녀가 말을 멈추었다. 바트 양의 표정에 정의하기 힘든 변화가 일어난 걸 목격했기 때문이었다. "오, 물론, 당신하고 어울리던 그런 사람들은 아냐. 사람들은 좀 다르지만, 아주 재미있는 모임이지. 사실, 고머 부부는 새로운 무리를 형성했거든. 그 사람들이 원하는 건 시간을 자신들이 원하는 방식으로 즐겁게 보내는 거야. 내 훌륭한 인도 하에 몇 달간 다른 방식을 시도해 봤지. 그리고 무척 뛰어나게 잘하고 있었어. 브라이 부부만큼 노심초사하지 않았기 때문에 그들보다 오히려 훨씬 더 빨리 적응했지. 하지만 갑자기 그게 다 너무 지루하다는 거야. 자신들은 함께 있어서 편한 사람들을 원한다는 거지. 상당히 독창적이지 않아? 매티 고머는 여전히 야망을 안 버리고 있지. 여자들은 다 그래. 하지만 샘은 굉장히 편해. 샘은 별로 신경을 안 써. 그 두 사람은 무리들 중에서 자신들이 가장 중요한 사람인 걸 즐기니까, 자신들만의 지속적인 공연이라고 할 만한 것, 일종의 사교계의 코니아일랜드[6]를 시작한 거야. 거기서는 웬만큼 두드러지되 잘난 척하지 않는 사람들은 누구나 환영이지. 적어도 난 그게 무척 재미있어. 예술가 타입들이 조금 있지. 그러니까 한창 이름을 내고 있는 예쁘장한 여배우라든가 뭐 그런 사람들이 와. 예를 들면, 이번 주엔 오드리 앤스텔이 올 거야. 지난봄에 「위니의 승리」로 히트 친 배우지. 그리고 폴 모페스 ─ 매티 고머의 초상화를 그리고 있지 ─ 와 딕 벨링거스, 또 케이트 코비. 그러니까 우리가 생각할 수 있는 웬만한 사람들, 그리고 즐거운 소동을 부릴 수 있는 사람들은 다 오는 거야. 아이, 참 이제 도도하게 거기 서 있지 마. 해가 지글지글 끓는 일요일에 뉴욕에서 썩고 있는 것보다 훨씬 나을 거야. 그리고 시끄러운 사람들도 있지만, 똑똑한 친구들도 있어. 매티를 굉장히 흠모하는 모페스가 항상 자기 같은 친구들을 한둘은 데리고 오거든."

피셔 부인은 친절한 권위를 발휘해서 릴리를 소형 마차 안으로 끌어당겼다. "자, 어서 타, 그렇지. 당신이 묵고 있는 호텔에 들러서 짐을 다 싸고, 차를 마시자. 그리고 역에서 우리 하녀들과 합류하면 돼."

과연 그것은 해가 지글지글 끓는 일요일에 뉴욕에서 썩고 있는 것보다 훨씬 나았다. 나무가 우거진 베란다 그늘에 편하

---

6) 뉴욕시 브루클린구 남쪽, 대서양에 면한 곳으로 1895년 최초의 놀이공원이 들어선 유명한 행락지.

게 기대앉은 릴리가 레이스 옷을 입은 부인들과 플란넬 테니스복을 입은 남자들의 무리가 군데군데 보이는 그림 같은 잔디밭의 정경 너머 바다를 바라보는 동안 그 점에 대해선 의심의 여지가 남아 있지 않았다. 거대한 밴 얼스타인 저택과 널따랗게 펼쳐진 부속 시설들은 고머 부부의 주말 손님들로 넘쳐났다. 그 손님들은 지금 일요일 오전의 환한 햇빛 아래서 그 집에서 제공되는 다양한 오락거리를 찾아 여기저기로 흩어지고 있었다. 오락거리는 테니스 코트에서 옥내 사격 연습장까지, 실내에서 위스키를 마시며 브리지 게임을 하는 것에서부터 옥외에서 자동차를 타거나 증기 기동선을 타는 것에 이르기까지 다양했다. 모르는 사람들의 무리에 끼게 된 릴리는 급행열차에 어쩌다 모인 승객들 사이에 있는 것처럼 이상한 기분이었다. 실제로 금발의 여인인 친절한 고머 부인은 급하게 들어서는 승객들에게 차분하게 자리를 지정해 주는 승무원이라 할 만했고, 캐리 피셔는 그들의 가방을 제자리에 넣어 주고 식당차에 있는 그들의 자리 번호를 가르쳐 주고 그들이 내릴 역이 다가오면 일러 주는 짐꾼에 비유할 수 있었다. 그러는 동안 열차는 속도를 거의 늦추지 않았다. 인생은 귀를 먹게 할 만큼 큰 소리로 철렁대는 쇳소리를 내며 쉭 지나갔고, 적어도 한 명의 여행객은 그 소음 속에서 자신의 생각이 내는 소리로부터의 도피처를 발견하고 그 소음을 환영했다. 고머의 환경은 릴리가 항상 까다롭게 피해 왔던 사교계의 변두리를 대변하고 있었다. 그러나 이제 그 안에 있자니 자신이 익숙했던 세계를 좀 더 현란하게 복제한 복사판, 사교계를 소재로 한 연극이 응접실의 매너를 흉내 내듯 진품과 상당히 비슷한 캐리커처라고 느껴졌다. 그녀 주변의 사람들과 트레너 집안, 밴 오스버그 집안, 도싯 집안 사람들과 똑같은 일들을 하고 있었다. 차이가 있다면 그것은 남자들의 조끼의 형태에서부터 여성들의 목소리의 억양에 이르기까지 아주 미세한 수많은 태도의 차이였다. 모든 것이 약간 높은 음으로 조정되어 있었고, 모두 조금씩 과장되어 있었다. 소음도, 색깔도, 샴페인도, 친숙한 태도도. 또한 사람들도 조금 더 다정했고, 덜 경쟁적이었고, 그들이 즐기는 태도도 더 신선했다.

바트 양이 도착하자 그들은 무조건적인 친밀감을 보이며 그녀를 환영했고, 그녀는 이 사실 때문에 처음에는 자존심이 상했지만, 곧 자신의 상황에 대해 날카롭게 의식하게 되었다. 자신은 당분간 이런 곳을 받아들이고 최대한 활용해야 하는 처지라는 것을. 이 사람들은 그녀의 사연을 알고 있었다. 캐리 피셔와 처음으로 긴 대화를 나누고 나서 그 점에 대해 더 이상 의심할 여지는 없었다. 자신은 '별난' 에피소드의 여주인공으로 공공연하게 낙인찍힌 처지였다. 하지만 그들은 그녀의 친구들과는 달리 그랬다고 해서 그녀를 기피하는 것이 아니라 그녀에게 아무것도 묻지 않고 그녀를 자기들 삶의 편안한 방탕함 속으로 받아들였다. 그들은 앤스텔 양의 과거와 마찬가지로 그녀의 과거도 쉽게 집어삼켰고, 자신들이 입에 넣은 것의 크기가 어떻게 다른지에 대해 아무런 관심도 없었다. 그들의 유일한 요구는 그녀가 자신만의 방법으로 — 모두 다 다른 재능을 가지고 있는 법이니까 — 모두의 즐거움에 기여

해야 한다는 것이었다. 무대 밖에서 무척 다양한 재능을 발휘하는 저 우아한 여배우처럼. 릴리는 즉시 고머 부류 안에서는 '튀는' 성향, 즉 뭔가 다르고 뛰어나 보이는 것이 치명적임을 깨달았다. 그런 조건하에서 받아들여진다는 것 — 겨우 그런 유의 사교계에! — 만도 그녀 안에 남아 있던 자존심으로 인해 그녀에게는 힘든 일이었다. 하지만 그녀는 그런 사교계에서나마 자신이 배제된다면 그건 결국 더 힘든 일이 될 것임을 깨닫고 자괴감과 고통을 느꼈다. 왜냐하면 그녀는 자존심의 고통을 느끼는 것과 거의 동시에 모든 물질적 어려움이 부드럽게 사라지는 삶으로 슬쩍 미끄러져 들어가는 일의 교활한 매력을 느꼈기 때문이었다. 지난 몇 주간 긴장해서 육체적 불편을 감수하며 지내던 그녀는 버려진 먼지투성이 도시의 숨 막히는 호텔에서 바닷바람이 솔솔 부는 훌륭한 시골 저택의 공간과 사치로 갑자기 도망침으로써 기분 좋기 짝이 없는 도덕적 권태의 상태에 들어간 것이었다. 우선은 자신의 감각이 갈망하던 기분 전환에 굴복해야 한다고 느꼈다. 그런 뒤에 자신의 상황을 다시 고려해 보고 자신의 자존심과 상의해 보아도 괜찮다고 생각했다. 실상 환경에서 오는 즐거움은 자신이 다른 조건하에서 경멸했던 사람들의 환대를 받아들이고 그들의 인정을 구해야 하는 처지에 있다는 불유쾌한 고려 때문에 조금 퇴색하긴 했다. 그러나 그녀는 그런 것들에 대해 전보다 덜 민감해지고 있었다. 무관심의 딱딱한 광택 층이 그녀의 섬세하고 민감한 성격 위로 재빠르게 형성되고 있었으며 매번 편리에 양보를 할 때마다 그 층이 조금씩 더 굳어지고 있었다.

월요일이 와서 요란한 작별 인사와 함께 파티가 끝나고 모두 흩어질 때 자신이 뉴욕으로 돌아가야 한다는 사실로 인해 릴리에게는 자신이 떠나야 하는 생활의 매력이 더욱 돋보였다. 다른 손님들은 흩어지기는 해도 장소만 바꿔 똑같은 생활을 할 터였다. 뉴포트로, 바하버로, 애디론댁 캠프의 정교한 소박함으로 갈 것이다. 돌아온 릴리를 섬세하고 다정하게 맞아 준 거티 패리시조차도 곧 레이크 조지에서 함께 여름을 보내곤 하는 이모에게 가기 위한 준비를 시작할 터였다. 릴리 자신만이 아무런 계획도 목적도 없이 쾌락의 거대한 조류가 역류하는 곳에서 오도 가도 못하고 고립되어 있었다. 하지만 캐리 피셔가 릴리더러 자신이 브라이의 캠프로 가는 길에 하루 이틀 머물 예정인 자기 집으로 함께 가자고 고집했고 새로운 제안을 해서 릴리를 구원해 주었다.

"이봐, 릴리…… 할 말이 있어. 이번 여름에 나 대신 매티 고머와 함께 있어 줬으면 해. 매티 고머가 다음 달에 자가용으로 알래스카에 갈 예정이거든. 그런데 매티는 이 세상에서 가장 게으른 여자라서 내가 함께 가 주기를, 그래서 이것저것 계획을 세우는 잡일에서 자신을 해방시켜 주기를 원해. 하지만 브라이 부부도 나를 원하거든. 오, 그래, 화해했어. 내가 말 안 했던가? 그리고 솔직히 말하면 나는 고머 부부가 더 좋긴 하지만 브라이 부부를 따라가는 쪽이 내게 더 이득이 되거든. 사실을 말하자면, 그 사람들이 이번 여름에 뉴포트 사교계의 문을 좀 두드려 보려 하고 있어. 그리고 내가 그 사람들에게 성공을 가져다준다면…… 그러면, 그 사람들도 나한테 성공을 가져다줄 거야." 피셔 부인은 열렬하게 그녀의 손을 잡았다. "알아, 릴리? 생각하면 할수록 내 아이디어가 마음에 들어. 나 자신을 위해서뿐만 아니라 당신을 위해서도. 고머 부부가 당신을 아주 마음에 들어 하더라고. 그리고 알래스카로의 여행은…… 글쎄…… 바로 지금 이 순간의 당신한테 아주 잘 맞는다는 생각이 든단 말이지."

바트 양은 날카로운 눈초리로 그녀를 바라보았다. "내가 친구들한테서 떨어져 있어야 한다는 말이지?" 그녀는 잔잔한 어조로 말했다. 그리고 피셔 부인은 별것 아니라는 듯 살짝 키스를 해 주며 대답했다. "그들한테서 좀 떨어져 있어 봐야 그 친구들이 자신들이 당신을 얼마나 그리워하는지 알 거 아냐."

바트 양은 고머 부부와 함께 알래스카로 갔다. 그리고 그 여행에서 그녀의 친구가 기대했던 것 같은 효과를 거두지는 못했을지 모르지만 적어도 자신을 비판과 논란의 불같은 소용돌이에서 제거하는 소극적 효과는 있었다. 거티 패리시는 타고난 다소 어눌한 성격을 고려한다면 그녀로서는 최선을 다해서 그 여행 계획에 대해 자신의 반대 의사를 표시했다. 그녀는 심지어 릴리가 알래스카행을 포기한다면 자신도 레이크 조지로 가지 않고 릴리와 함께 뉴욕에 남아 있겠다고까지 했다. 하지만 릴리는 충분히 타당한 이유를 표면에 내세움으로써 자신이 거티의 제안을 싫어하는 실제 이유를 가릴 수 있었다.

"이 착하고 순진한 친구야," 그녀가 항의조로 말했다. "캐리 말이 딱 맞아. 모르겠어? 내가 평소처럼 지내야 한다는 거, 그래서 가능하면 최대한 사람들과 어울리며 지내야 한다는 거? 만일 과거의 내 친구들이 나에 대한 거짓말을 믿기로 한다면 난 새 친구를 만들어야 해. 그것뿐이야. 그리고 너도 알잖아. 굶어 죽을 판에 찬밥 더운밥 가릴 수 없다는 거. 매티 고머가 마음에 안 드는 것도 아니고. 알고 보니 괜찮은 사람이더라고. 친절하고 정직하고 또 잘난 체하지 않고. 너도 보았다시피 내 가족조차도 모두 나라면 손 뗐다고 하는 이 판에 나를 환영해 주니 내가 고맙지 않겠어?"

거티는 납득이 잘 안 가면서도 아무 말도 못 하고 고개만 저었다. 그녀는 릴리가 스스로 선택할 수 있었다면 결코 친하게 지내지 않았을 사람들과 가까이 지냄으로써 스스로를 천하게 만들 뿐 아니라 그럼으로써 전과 같은 삶의 방식으로 떠밀려 가기 때문에 그것으로부터 빠져나올 마지막 기회를 스스로 박탈하고 있다고 느꼈다. 거티는 릴리의 실제 경험이 어떤 것이었는지에 대해 막연한 감밖에 없었다. 하지만 거티 스스로 자신의 비밀스러운 희망을 친구의 곤경을 위해 희생한 그 잊을 수 없는 밤 이래로 릴리의 곤경을 생각하며 지속적인 동정심을 가지고 그녀를 대해 왔다. 거티 같은 성격의 소유자에게 그런 희생은 그것을 바친 사람에 대한 도덕적 의무감이 되었다. 한번 릴리를 도와준 이상 계속해서 그녀를 도와주어야 했다. 그리고 도움을 주는 이상 릴리를 믿어야 했다. 왜냐하면 믿음이야말로 그녀의 천성의 주요 원천이었기 때문이다. 그러나 안락한 삶을 다시 맛본 바트 양이 딱한 거티의 존재

외에는 황량하기 짝이 없는 뉴욕의 8월로 돌아올 수 있었다 하더라도 자신의 세속적 지혜에 따르면 그런 자기 부정의 행위를 해서는 안 되는 것이었다. 그녀는 캐리 피셔의 말이 옳다는 것을, 시즌이 아닌 때에 뉴욕에서 어물쩍거리는 것은 자신의 패배에 대한 치명적 인정이라는 사실을 알 수 있었다. 릴리는 고머 부부와의 격동의 대륙 횡단 여정으로부터 자신의 상황에 대한 인식이 바뀌어서 돌아왔다. 고민이 없고 물질적 편안함이 보장된 일상을 통해 사치의 습관이 재생되면서 그런 것들의 가치에 대한 그녀의 인식이 점차적으로 무디어졌고, 그런 것들로도 채울 수 없는 공허에 대해 더욱 의식하게 되었다. 매티 고머의 무차별적인 좋은 성격과 릴리를 그 누구와도 꼭 같이 대하는 그녀 친구들의 겉핥기식 사교성 — 그 집단의 변별적 특징인 이 모든 면모가 시간이 지나자 더욱더 견디기 힘들어졌다. 그리고 릴리는 함께 지내는 이들을 더욱더 비판적으로 보게 됨에 따라 자신이 그들을 이용하는 행동이 덜 정당화된다고 느꼈다. 그리하여 이전의 환경으로 돌아가고 싶은 갈망이 일종의 집착으로 굳어졌다. 하지만 릴리의 목적의식이 강해지면 강해질수록 그 목적을 획득하기 위해선 다시한번 자존심을 죽여야 한다는 불가피한 인식을 하게 되었다. 일단은 그런 이유 때문에 알래스카에서 돌아오고 난 뒤에도 고머 부부에게 지속적으로 매달리는 불쾌한 일을 감당해야 했다. 비록 그들의 사교적 분위기의 기조와 잘 맞지는 않았지만 자신의 윤곽을 흐리지 않고 다른 사람에게 자신을 맞추는 그녀의 오랜 습관, 그녀 특유의 그 기술을 말끔하게 수행하는 뛰어난 솜씨로 인해 그녀는 고머 그룹에서 주요한 위치를 점하는 존재가 되었다. 만일 그들처럼 시끌벅적하게 구는 게 결코 그녀답지 않은 일이었다면 그녀는 매티 고머가 밴드의 시끄러운 음절들보다 더 소중하게 여기는 편안한 우아함의 기조에 기여했다. 샘 고머와 그의 특별한 친구들은 실상 릴리를 다소 경외의 태도로 대했다. 그러나 폴 모페스를 비롯한 매티의 추종자들은 릴리가 그들 자신에게는 명백히 없는 바로 그런 질적 특징을 가지고 있기 때문에 자신들이 그녀를 소중하게 생각한다는 사실을 느낄 수 있도록 해 주었다. 사교계에서의 나태함의 규모가 예술적 활동성의 규모만큼이나 큰 모페스가 사소한 예절의 온갖 격식들을 전혀 모르거나 무시하는 고머식의 삶, 약속을 안 지켜도 그만이고 지킨다 하더라도 그림 그릴 때 입는 윗도리에 슬리퍼를 신고 나타나도 되는 그런 삶의 편안함에 자신을 내맡기긴 했지만, 그는 스스로는 양성할 시간이 없었던 우아함을 알아볼 능력은 여전히 보존하고 있었다. 모페스는 브라이의 집에서 활인화 준비를 하는 동안 릴리의 조형적 가능성에 깊은 인상을 받았다 ― '얼굴은 말고, 표현을 하기에는 표정이 너무 잘 절제되어 있으니 말이야. 하지만 나머지 부분은 ― 맙소사, 얼마나 훌륭한 모델이 될지!' 그래서 그는 비록 자신이 릴리를 만난 사교계에 대한 혐오감이 워낙 커서 그곳에서 그녀를 찾으려 하지는 않았지만, 매티 고머의 난장판인 응접실에서 어슬렁거리는 동안 릴리를 보고 그녀의 말을 듣는 특권은 충분히 인식하고 즐기고 있었다.

릴리는 알래스카에서 돌아온 뒤 고머 부부와 함께 어울리는 일의 조야함을 완화해 줄 교우 관계의 작은 핵을 많은 사람들의 소용돌이 속에서 그렇게 형성했다. 그리고 특히 뉴포트 시즌이 끝난 뒤 사교계의 조류가 다시 롱아일랜드로 돌아온 뒤에 자신의 세계에 대해 희미하게나마 먼발치에서 볼 수 있었다. 캐리 피셔가 필요에 의해서 마구잡이로 사람들을 사귀는 것만큼이나 취향이 제멋대로인 케이트 코비가 때때로 고머 부부의 집에 나타났는데, 그녀는 처음에는 릴리를 거기서 만났다는 사실에 아주 깜짝 놀랐으나 이제는 그 사실을 거의 지나칠 만큼 당연한 일로 받아들이고 있었다. 피셔 부인 또한 자주 이웃에 나타나 자신의 경험에 대해 얘기해 주고 릴리에게 자신이 최신 기상 정보라고 부르는 것을 전달해 주곤 했다. 그리고 릴리도 한 번도 캐리 피셔와 속을 완전히 터놓은 적은 없지만 거티 패리시보다는 그녀와 얘기를 나누는 것이 더 편했다. 거티 패리시가 있으면 피셔 부인이 마음 편하게 당연시하는 대부분의 것들에 대해서 그 존재조차도 인정할 수 없었으니 말이다.

더욱이 피셔 부인은 상대방을 당황시키는 호기심이 없었다. 릴리가 처한 상황의 속내를 들여다보고자 하는 바람 같은 게 없었으며 단순히 곁에서만 바라보고 그에 근거해 나름의 결론을 내렸다. 그리고 속엣말을 주고받은 후 자신의 결론을 다음과 같이 단순 명료하게 요약했다. "최대한 빨리 결혼을 해야만 해."

릴리는 희미하게 웃었다. 이번만은 피셔 부인의 생각이 독창적이지 못했으니까. "거티 패리시처럼 '좋은 남자의 사랑'이라는 틀림없는 만병통치약을 추천하는 거야?"

"아니, 내가 추천하는 두 후보자 중 어느 하나도 그런 묘사에 들어맞지는 않아." 피셔 부인이 잠시 생각에 잠겼다가 말했다.

"둘 중 어느 하나? 진짜로 후보자가 둘이나 있단 말이야?"

"글쎄, 한 사람 반이라고 하는 게 나을지도 모르지, 적어도 당분간은."

바트 양은 그 말을 듣고 상당한 흥미를 느꼈다. "다른 조건이 같다면, 반쪽짜리 남편이 나을 것 같은데. 누구야?"

"내 말을 다 듣기도 전에 화부터 내지는 마. 조지 도싯이야."

"오……." 릴리는 나무라는 듯한 목소리로 낮게 말했다. 그러나 피셔 부인은 전혀 기죽지 않고 말을 계속했다. "그래, 왜 그 사람은 안 돼? 그 부부, 유럽에서 돌아왔을 때 처음 몇 주 동안 달콤한 기간이 있었지. 하지만 이제 사이가 무척 나빠진 상태야. 버사는 전보다도 훨씬 더 미친 여자처럼 굴고, 조지의 신뢰는 거의 바닥이 났지. 파티가 아주 끔찍했어. 불쌍한 네드 실버튼밖에 없었는데, 그 아이 아주 갤리선을 젓는 노예 꼴이었어.(사람들이 내가 그 불쌍한 아이를 불행하게 만든다고들 했었지!) 그런데 점심을 먹고 나서 조지가 나한테 산보를 하자고 해서 한참 같이 걸었거든. 그때 나한테 곧 끝장을 낼 거라고 했어."

바트 양은 믿을 수 없다는 몸짓을 했다. "그 건이라면 끝장은 절대 오지 않아. 버사가 자신이 원하면 언제든지 그를 되찾을 수 있는 방법을 알고 있거든."

피서 부인은 잠자코 계속 릴리를 살펴보았다. "만일 조지를 받아 줄 다른 여자가 있다면 그렇지 않지! 그래, 바로 그게 현 상태야. 그 불쌍한 친구는 혼자 설 능력이 없거든. 난 그가 아주 마음씨 좋고 기운 넘치는 열렬한 젊은이였던 때를 기억하고 있어." 그녀는 말을 멈췄다가 릴리에게서 눈길을 거두며 이어 나갔다. "그는 버사하고 단 십 분도 함께 있지 않을 거야, 만일 그가 알 수만 있다면……."

"안다니……?" 바트 양이 되물었다.

"그러니까 예를 들어서…… 당신은 기회가 많았잖아! 그에 게 증거만 있으면, 그러니까 당신이……."

릴리가 불쾌한 기분으로 얼굴을 붉게 물들이며 그녀의 말을 막았다. "그 얘기는 더 이상 하지 말자, 캐리. 생각만으로도 끔찍하니까." 그러고 나서 친구의 주의를 돌리기 위해, 가볍게 기분 전환이라도 하려는 듯 덧붙였다. "그럼 두 번째 후보자는 누군데? 그 사람에 대해서도 잊어서는 안 되지."

피서 부인도 릴리를 따라 웃었다. "내가 그 사람 이름을 말하면 당신이 마찬가지로 놀라 비명을 지를지도 모르겠는 데…… 심 로즈데일."

바트 양은 비명을 지르지는 않았다. 생각에 잠긴 눈으로 친구를 바라보며 조용히 앉아 있었다. 사실 그 제안은 릴리에게 도 지난 몇 주간 가능성으로 나타났고, 한 번 이상 떠올랐다. 그러나 그녀는 잠시 후 심드렁한 어조로 말했다. "로즈데일 씨는 밴 오스버그나 트레너 같은 사람들 속에 자신을 확고히 심어 줄 아내를 원해."

피셔 부인은 릴리의 생각을 읽으려는 듯 강렬한 눈으로 그녀를 바라보았다. "그게 바로 당신이 할 수 있는 일이거든…… 그의 돈으로! 그 결합이 당신들 두 사람 모두를 위해서 얼마나 멋진 해결책이 될지 모르겠어?"

"그가 그 사실을 알아차리게 할 방법이 없을 것 같은데." 릴리가 그 화제를 더 이상 끌지 않고 싶다는 뜻으로 웃으며 대답했다.

그러나 사실 그 생각은 피셔 부인이 떠난 후에도 오랫동안 그녀의 머릿속에서 떠나지 않았다. 그녀는 고머 부부와 가까이 지낸 이후로 로즈데일을 별로 만나지 못했다. 이제 로즈데일은 그녀가 추방된 그 낙원 안으로 뚫고 들어가기 위해 지속적으로 노력을 경주하고 있었기 때문이다. 그러나 한두 번 다른 좋은 대안이 없는 일요일에 그가 고머 부부 집에 나타났고, 이런 경우 자신이 그녀의 상황을 어떻게 보고 있는지에 대해 아무런 의심의 여지도 남기지 않았다. 그가 여전히, 아니 전보다 훨씬 더 그녀에게 반해 있다는 사실은 불쾌할 정도로 분명했다. 로즈데일은 자신과 비슷한 사람들과 교유하던 고머의 환경에서 편안하게 행동했기 때문에 자신이 그녀를 승인하고 있다는 사실을 충분히 표현하는 걸 저지할 수수께끼 같은 관습의 저촉을 안 받았던 것이다. 그러나 릴리에게는 로즈데일이 자신을 두고 영리하게 주판알을 퉁기고 있다는 사실이 그가 표현하고 있는 경탄의 질에서 느껴졌다. 그는 고머 부부에게 자신이 "릴리 양"— 이제 그는 그녀를 "릴리 양"이라고 불렀다 — 을 그들이 사교계에서 아무런 존재감도 없던 시절부터 알았다는 사실을 과시하는 데서 즐거움을 느끼고 있었다. 그들 사이의 친분이 무척 오래된 것임을 폴 모페스에게 과시하는 일은 더욱더 즐겼다. 그러나 그는 그런 친분 관계가 바쁘게 흘러가는 사교계 조류의 표면에 이는 잔물결, 다양한 흥미로운 일과 취미 생활을 가진 남자가 이 편안한 집에서 즐기는 그런 종류의 여가에 불과하다는 사실도 분명히 알리고 있었다.

릴리로서는 자신들의 과거의 관계에 대한 이런 견해를 받아들이고, 자신의 새로운 친구들 사이에서 흔한 농담조의 말로 그 견해를 대면해야 한다는 사실이 너무나 굴욕적이었다. 그러나 그녀에게는 감히 로즈데일과 맞서 싸울 의지가 없었다. 전보다도 훨씬 더 그랬다. 릴리는 자신의 거절이 로즈데일에게는 그가 당했던 모든 거절 중에서도 가장 짜증 나는 경험이었으리라고 짐작했다. 그리고 그가 트레너와 자신 사이에 있었던 그 끔찍하고도 한심한 거래에 대해 조금이라도 알고 있으며 그것에 기반해 가장 천박한 추측을 하고 있다는 사실을 생각하면 자신은 그의 손아귀에 아무 대책도 없이 잡혀 있다는 생각이 들었다. 그러나 캐리 피셔의 제안으로 인해 그녀 안에서 새로운 희망이 움텄다. 그녀는 로즈데일을 끔찍이 싫어하긴 했지만 더 이상 그를 절대적으로 경멸하지는 않았다. 왜냐하면 그는 서서히 자기 인생의 목표를 달성해 가고 있었는데, 릴리에게는 그런 사람이 그렇지 않은 사람보다 항상 덜 경멸받을 가치가 있었기 때문이다. 그는 릴리가 항상 그에게서 느껴 왔던 차분하고 꾸준한 집요함으로 사교계의 적대감이라는 두꺼운 방어의 벽을 뚫고 들어가고 있었다. 그는 이미 자신의 부와 그것의 훌륭한 활용을 통해 세상 속에서 선망할 만한 탁월함을 획득하고 있었으며 월가 전체가 그에게 5번가만이 갚을 수 있는 빚을 지고 있었다. 그의 이름은 그런 빚들 덕분에 시 위원회들과 자선 이사회 등에 나타나기 시작했고, 그는 사회적 지위가 높은 낯선 이들이 모이는 연회에 모습을 드러냈으며, 패션을 선도하는 클럽 중 한 군데에서 그의 후보 자격이 논의되었을 때 반대의 목소리가 적어졌다. 그는 트레너가의 정찬에 한두 번 참석했으며, 밴 오스버그가에서 베푸는 떠들썩한 대연회에 대해 정확한 수준의 조롱을 섞어 말하는 법을 배웠다. 그리고 이제 그에게 필요한 단 한 가지 요건은 사교계에서 상승의 지루한 최후 단계를 단축시켜 줄, 사교계의 연줄을 가진 아내를 맞이하는 것이었다. 바로 그런 목적을 염두에 두고 그가 일 년 전 자신의 애정을 바트 양에게 고정했던 것이었다. 하지만 그는 그사이 목적지에 조금 더 가깝게 올라섰고, 그녀는 남아 있는 몇 계단을 단축시켜 줄 능력을 상실했다. 릴리는 이 모든 것을 침울한 순간에 자신에게 찾아온 명백한 시선으로 보았다. 과거에 그녀의 눈을 부시게 만든 것은 성공이었다. 실패의 황혼 속에서는 진실이 명백하게 구분되어 보였다. 그리고 그녀가 이제 핵심을 보려는 자세로 보니 그 황혼에서 희미한 안심의 불꽃이 점차 밝아지고 있는 것이었다. 로즈데일의 구애에는 이익 추구의 동기도 있었지만 그 밑에는 그가 자신을 진심으로 좋아하는 열정이 명백하게 숨겨져 있는 듯도 싶었다. 릴리가 그가 감히 자신을 좋아하려고 했다는 사실을 감지하지 않았다면 그렇게까지 진심으로 그를 혐오하지는 않았을 터였다. 그렇다면, 만일 이익 추구의 동기가 더 이상 그 열정을 유지시켜 주지 않더라도 열정 자체 만큼은 지속된다면 어떤 결과가 나타날 것인가? 그녀는 그의 비위를 맞추려고 노력해 본 적조차 없었다. 그녀가 그를 경멸 하는 것이 명백한데도 그가 그녀에게 이끌린 것이었다. 만일 지금 그녀가 수동적일망정 그를 그렇게 강하게 유인한 자신의 힘을 의식적으로 발휘하려고 노력한다면? 만일 그녀가 로즈 데일이 더 이상 자신과 결혼할 다른 이유가 없는 지금, 사랑을 위해 그가 자신과 결혼하도록 만들 수 있다면?

6장

　사교계에서 점점 중요한 사람들이 된 고머 부부는 롱아일 랜드에 별장을 짓고 있었다. 그리고 자주 새 저택을 살피러 가는 여주인의 시중을 드는 것이 릴리 바트 양의 의무 중 하나였다. 고머 부인이 그 저택에서 조명과 하수 설비 등의 문제에 몰두하는 동안 릴리는 저택이 자리한 곳으로부터 경사를 이루고 있는, 나무가 에두른 만을 따라 맑은 가을 공기를 마시며 한가하게 산보했다. 혼자 있는 것에 중독된 사람이랄 수는 없었지만 혼자 있는 일이 자신의 삶을 채운 공허한 소음으로부터의 반가운 도피처인 듯한 순간들이 있었다. 그녀는 자신을 제외하고 돌아가는 오락과 사업의 조류에 따라 수동적으로 휩쓸려 다니는 일에 지쳐 있었다. 자신이 버릇없는 응석받이 아이의 손에 들린 값비싼 장난감 이상의 의미가 없다는 것을 느끼고 있는 동안 다른 사람들이 쾌락을 추구하고 돈을 낭비하는 모습을 보는 것은 피곤한 일이었다.

릴리가 바로 그런 기분을 느끼며 어느 날 아침 낯선 골목을 꾸불꾸불 돌아 해안으로부터 돌아오고 있을 때 갑자기 조지 도싯의 모습이 확 눈에 들어왔다. 도싯가의 별장은 고머 부부가 새로 구입한 집 바로 옆이었고 릴리는 한두 번 그 부부를 지나치다가 본 적이 있었다. 하지만 그들이 서로 너무 다른 사람들과 사교를 하고 있었기 때문에 릴리는 이렇게 그를 맞닥뜨리리라고는 전혀 예상하지 못했다.

도싯은 우울하고 멍한 상태로 고개를 수그리고 휘청휘청 걷고 있었기 때문에 바트 양과 정면으로 마주칠 때까지 그녀를 보지 못했다. 그러나 그녀의 예상과는 달리 그녀를 보고 멈칫하는 것이 아니라 오히려 반갑게 다가와 인사를 건넸다.

"바트 양! ……나와 악수해 주겠지요? 뵀으면 했더랬어요…… 감히 편지를 쓸 수도 없었어요." 그의 얼굴은 붉은 기가 도는 헝클어진 머리와 엉킨 콧수염으로 인해서 쫓기는 것처럼 불안해 보였다. 마치 그의 삶이 그 자신과 그를 발뒤꿈치에서 바짝 뒤쫓고 있는 생각들 사이의 끊임없는 경주라도 되는 듯했다.

그의 표정 때문에 릴리는 공감 어린 목소리로 인사를 받았고, 그는 그녀의 어조에 용기를 얻은 듯 말을 이었다. "사과를 드리고 싶었어요…… 내가 그 처참한 역할을 한 데 대해서 용서해 달라고……."

그녀는 얼른 손짓을 함으로써 그의 말을 막았다. "그 얘기는 하지 말기로 해요. 당신이 참 안됐다고 생각하고 있었어요." 그녀는 약간 경멸조로 말했고, 그가 즉시 그 의미를 알아차렸다는 사실을 알 수 있었다.

그의 얼굴은 핼쑥한 눈가까지 온통 붉게 물들었다. 그 모습이 너무 딱해서 그런 어조로 말한 것이 후회가 될 정도였다. "그러시는 게 당연해요. 모르시니까⋯⋯ 설명을 드리고 싶어요. 내가 속았어요. 아주 끔찍하게⋯⋯."

"그렇다면 더 안됐군요." 그녀가 빈정거리지 않고 끼어들었다. "하지만 저야말로 그 문제를 함께 이야기할 상대는 아니라는 것을 아셔야죠."

그는 그 말이 진정으로 이해가 안 되는 듯 물었다. "왜 안 되죠? 이 세상 그 누구보다도 꼭 당신께 설명을 드려야⋯⋯."

"설명 같은 것은 필요하지 않아요. 상황에 대해 아주 분명하게 이해하고 있으니까요."

"아⋯⋯." 그가 다시 고개를 떨구고 우유부단한 손길로 오솔길을 따라 심어진 관목을 잡아채며 낮은 목소리로 말했다. 하지만 릴리가 그냥 지나가려 하자 다시 기운을 내서 말했다. "바트 양, 제발 나를 버리지 마세요! 우리 좋은 친구 사이였잖아요⋯⋯ 항상 내게 잘해 주셨고⋯⋯ 지금 내게 얼마나 친구가 필요한지 모르시는군요."

그 말이 애처롭고 나약해서 릴리는 동정심을 느꼈다. 그녀 또한 친구가 필요했으니까. 그녀 자신 외로움의 고통을 맛보았으니까. 그리고 따지고 보면 그야말로 버사의 가장 큰 희생물이었다. 버사 도싯의 잔인한 행동에 대해 분개심이 드는 만큼 그 딱한 남편에 대해 마음이 누그러지는 것도 사실이었다.

"지금도 잘해 드리고 싶어요. 당신에 대해 앙심 같은 건 없어요." 그녀가 말했다. "하지만 그런 일이 있고 난 뒤 우리가 다시 친구가 될 순 없다는 사실을…… 상대방을 만나서는 안 된다는 사실을 이해하셔야죠."

"아, 당신은 정말 사려가 깊어요…… 너그럽고…… 항상 그러셨지요!" 그가 그녀에게 자신의 비참한 눈길을 고정했다. "하지만 왜 우리가 친구가 될 수 없다는 거죠? 왜 안 되죠? 내가 이토록 참회하고 있는데? 내가 다른 사람들의 거짓과 배신 때문에 고통을 받도록 저주하신다면 너무 심한 거 아닌가요? 그만하면 충분히 처벌을 받았는데. 나에겐 한숨을 돌릴 여유도 없어야 하나요?"

"저의 희생으로 얻어진 화해 속에서 완벽하게 한숨 돌리셨을 거라고 짐작했는데요." 릴리가 다시 참을성을 잃고 말했다. 그러나 그가 애원하듯 말을 막았다. "그런 식으로 말씀하지 마세요. 그것이야말로 내가 받은 최악의 처벌이었으니까. 맙소사! 내가 무엇을 할 수 있었나요? 내게 아무런 힘도 없지 않았습니까? 당신은 희생물로 뽑혔던 겁니다. 내가 무슨 말을 했어도 당신에게 해가 되었을 거예요……."

"말씀드렸잖아요, 당신 잘못이라고는 생각하지 않는다고. 제가 이해해 주셔야 한다고 부탁드리는 것은, 버사가 그런 식으로 저를 이용했으니…… 그 이후 버사가 행동으로 보여 준 모든 일들 때문에…… 당신과 제가 만나는 것은 불가능하다는 거예요."

그는 계속해서 유약하기 짝이 없는 모습으로 그녀 앞에 서 있었다. "그런가요? 그래야만 하나요? 그러지 않아도 되는 상황이 있지 않을까요……?" 그가 더 넓은 반경 안에 있던 노변의 잡초를 내리치며 말을 멈추었다. 그런 뒤 다시 말을 이었다. "바트 양, 잠깐만요, 내게 잠시만 시간을 주세요. 다시는 만날 수 없다면, 지금 잠깐만 내 말을 들어 주세요. 그 — 그 일이 있었기 때문에 우리가 다시는 친구로 되돌아갈 수 없다는 말씀인데요. 하지만 적어도 당신의 동정심에 호소할 수는 없습니까? 나를 포로로 — 당신만이 구해 줄 수 있는 포로로 — 생각해 달라고 말씀드린다면 당신의 마음이 움직이지 않을까요?"

릴리가 속으로 깜짝 놀랐다는 사실이 그녀가 금세 얼굴을 붉힌 데서 드러났다. 과연 그의 말이 캐리 피셔가 어렴풋이 예견한 것을 뜻하는 것일까?

"당신께 도움이 될 방법이 있을 거라는 생각이 안 드는군요." 그녀가 나직이 대꾸했다. 그의 표정은 그가 점점 더 흥분하고 있다는 사실을 드러내서 릴리는 조금 움츠러들었다.

릴리의 어조로 인해 도싯이 정신을 차린 듯했다. 릴리의 말은 과거에도 그가 가장 흥분한 순간에 종종 그런 효과를 발휘했다. 고집으로 굳어졌던 그의 얼굴선이 부드러워지면서 그가 갑자기 유순하게 말했다. "당신이 전처럼 저를 너그러운 눈으로 봐 주신다면 제가 지금 드리는 말씀의 뜻을 아실 겁니다. 저로서는 지금보다 더 당신의 도움이 절실했던 적은 없습니다!"

그녀는 그에 대한 자신의 영향력을 상기시키는 이 말에 자신도 모르게 감동을 받으며 잠시 멈칫했다. 스스로 겪은 고통으로 인해 마음이 누그러지기도 했고, 남들의 조롱거리인 그의 망가진 삶을 순간적으로 들여다보게 됨으로써 그의 유약함에 대한 경멸감이 완화되기도 했다.

"정말 마음이 안 좋군요. 기꺼이 도와 드리고 싶어요. 하지만 다른 친구들, 다른 분들의 조언을 받으실 수 있을 거예요."

"당신 같은 친구는 한 사람도 없었습니다." 그가 단순하게 말했다. "그리고, 더욱이, 모르시겠어요? 당신밖에 없습니다." 그의 목소리가 속삭임으로 변했다. "당신만이 진상을 아는 유일한 분입니다."

그녀는 다시 자신의 얼굴이 붉어지는 것을 느낄 수 있었다. 다시 한번 지금 자신을 향해 다가오고 있는 기회를 대면하는 데서 오는 긴장으로 가슴이 두근거렸다. 그는 눈을 들어 간청의 표정을 담아 그녀를 바라보았다. "아시죠, 그렇지 않습니까? 이해하시지요? 절망 상태입니다. 막다른 골목이에요. 해방되고 싶습니다. 그리고 나를 해방시켜주실 분은 당신입니다. 당신이라면 그러실 수 있다는 사실을 알고 있습니다. 내가 지옥에 꽉 묶여 있도록 그냥 방치하고 싶으신 건 아니잖습니까? 당신은 그런 식의 복수를 원할 분이 아닙니다. 내게 항상 잘해 주셨지요. 지금도 너그러운 눈을 하고 계십니다. 내게 안 됐다고 말하고 계시지요. 그 마음을 행동으로 보여 주는 것은 당신의 선택입니다. 그리고 그 어떤 것도 당신을 막을 수는 없습니다. 물론 이해하시죠. 조금도 소문을 내지 않겠습니다. 당신과 그 일을 연결할 단 한마디 말도, 단 한 음절도 꺼내지 않겠습니다. 결코 그런 일은 없을 거예요. 내게 필요한 건 단지 '난 이걸…… 그리고 이걸…… 그리고 이걸 알지.' 이렇게 확실하게 말할 수 있는 능력입니다. 그럼 갈등은 끝날 것이고 길은 열릴 것이며 그 모든 끔찍한 사태가 순식간에 사라질 겁니다."

그는 지친 달리기 선수처럼 중간중간 쉬어 가며 숨 가쁘게 말했다. 그리고 그 사이사이 그녀는 시시각각 변하는 안개의 틈새를 통해 보듯이 평화와 안전이 빛나는 거대한 광경을 볼 수 있었다. 그의 모호한 호소 뒤에 숨어 있는 명백한 의도를 못 알아보기란 불가능했다. 피셔 부인의 암시가 아니었더라도 그녀 스스로도 그 빈틈을 채울 수 있었을 것이다. 여기 극도로 외롭고 모욕당한, 그래서 그녀를 향해 돌아선 남자가 있었다. 그녀가 바로 그 순간에 그에게 다가간다면 그는 모든 허황된 믿음을 다 바쳐 그녀의 것이 될 터였다. 그리고 그를 그렇게 만들 능력이 자신의 손안에, 거기 그는 짐작도 하지 못할 만큼 완벽하게 있었다. 단 한순간의 결정으로 복수와 복귀를 모두 손아귀에 넣을 수 있었다. 그 기회의 완벽성에는 뭔가 현란한 점이 있었다.

그녀는 말없이 그에게서 눈길을 돌려 인적 없는 가을 오솔길을 멀리 바라보았다. 그리고 갑자기 공포에, 자신에 대한 공포, 그리고 끔찍한 유혹의 힘에 대한 공포에 사로잡혔다. 과거의 모든 유약한 행위들이 열성적인 수많은 공범들이라도 되는양 자신들이 이미 닦아 놓은 길로 그녀를 잡아당기고 있었다.

그녀는 재빨리 몸을 돌려 도싯에게 손을 내밀며 말했다.

"안녕히 가세요……. 미안해요. 제가 할 수 있는 일은 이 세상에 단 한 가지도 없군요."

"단 한 가지도? 아, 그렇게 말씀하지 마세요." 그가 외쳤다. "진실을 말씀하세요, 당신도 다른 사람들처럼 나를 버리는 거라고. 나를 구할 능력이 있는 유일한 존재인 당신마저도!"

"안녕히…… 안녕히 가세요." 그녀는 서둘러 반복했다. 그리고 막 자리를 뜨는데 그가 애원조로 외치는 소리가 마지막으로 들렸다. "딱 한 번만 더 만나 주십사는 청마저 거절하시진 않겠죠?"

고머의 영지로 다시 들어선 릴리는 빠른 걸음으로 잔디밭을 가로지르며 공사가 덜 끝난 집을 향해 다가갔다. 자신의 여주인이 좀 분개해서 그녀가 왜 늦나 이유를 추측해 보고 있을 거라고 생각했다. 스스로 시간을 잘 안 지키는 사람들이 대부분 그렇듯 고머 부인도 기다리는 일은 무척 싫어했다.

그러나 바트 양이 집 앞길에 도착했을 때 발견한 것은 다리를 높게 들고 걷는 말 두 마리가 끄는, 접이식 포장이 달린 멋진 사륜 쌍두마차가 관목 너머 정문 쪽으로 사라지는 모습이었다. 그리고 저택 입구에 고머 부인이 방금 일어난 일에 대해 기뻐하는 속마음을 드러내는 빛나는 얼굴로 서 있었다. 릴리가 다가가자 그녀의 얼굴은 당황한 기색으로 더 붉어졌다. 그녀는 소리 내어 조금 웃으며 말했다. "손님이 누구였는지 봤어? 오, 당신이 큰길로 돌아오는 줄 알았지. 조지 도싯의 부인이 왔었어. 이웃으로서 인사를 차리기 위해서 왔다고 하더군."

릴리는 평소처럼 침착하게 그 말을 대했다. 하지만 버사의 특이한 성격을 잘 알고 있었기 때문에 단순히 이웃으로서 인사를 하러 왔다는 그녀의 말을 곧이곧대로 믿을 수는 없었다. 그리고 고머 부인은 릴리가 놀라는 기색이 없는 것을 보고 안도했는지 웃으며 조롱조로 말을 이었다. "물론 진짜 이유는 궁금해서였겠지. 집 안 구석구석을 다 보여 달라고 하더라고. 하지만 아주 사람 좋게 행동했어. 잘난 체하지 않고, 알잖아, 아주 친절했어. 사람들이 그녀를 왜 그렇게 좋아하는지 이해가 가."

이 놀라운 사건, 더욱이 도싯과 자신의 조우와 너무 완벽하게 일치하기 때문에 그것과 전적으로 무관하다고는 볼 수 없었던 이 사건으로 인해 릴리는 즉시 막연한 불안감이 들었다. 이웃답게 행동한다는 건 버사의 사전엔 없는 일이었고, 더욱이 그녀가 자기 무리 밖의 사람을 일부러 만나러 다니는 일은 더더욱 없었다. 그녀는 자신들의 그룹에 끼고 싶어 하는 사람들의 세계를 항상 무시해 왔고, 자신의 이익이라는 동기를 충족시킬 수 있을 때만 그 개개 구성원들을 알은체해 왔다. 그리고 그녀가 그렇게 낮은 계층의 사람을 일부러 찾아 주는 행위가 비정상적이었기 때문에 그것은 그녀에게서 그런 특권을 받은 사람들의 눈에 특별히 더 가치가 있는 일이었다. 릴리가 아는 한 그랬으며 그 방문 이후 고머 부인이 보이는 태도와 행동에서 그 점을 확인할 수 있었다. 고머 부인이 만족감을 전혀 감추지 못했고, 특히 그 방문 이후 며칠 동안은 시도 때도 없이 버사의 의견을 인용하고 버사의 드레스가 어디 제품인지 추측했기 때문이다. 고머 부인의 타고난 게으름과 그녀 주변 인들의 태도로 인해 습관적으로 억눌러져 있던 모든 은밀한 야망들이 이제 버사의 접근에서 비롯된 빛 속에서 새롭게 싹 트고 있었다. 그리고 릴리는 버사가 무슨 이유로 접근했든 간 에 만일 그 관계가 지속된다면 자신의 미래에 타격이 될 것이 틀림없다는 사실을 깨달았다.

릴리는 고머 부부만큼 새로운 다른 친구들 한둘을 방문하 는 것으로 고머 부부의 저택에서 보내는 시간을 쪼개려고 계 획했었다. 그리고 이 다소 우울한 소풍으로부터 돌아온 후 즉 시 도싯 부인의 영향력이 아직도 공기 중에 감돌고 있는 걸 알아차렸다. 양가가 교환 방문을 했고, 컨트리클럽에서 함께 차를 마셨으며, 사냥꾼들의 무도회에서 만나기도 했다. 심지 어 함께 정찬을 한다는 소문까지 있었는데, 매티 고머는 바트 양이 있는 자리에서는 그 대화를 얼버무리며 그녀답지 않게 신중함까지 보였다.

바트 양은 일요일에 그들과 헤어져 뉴욕으로 돌아가려고 이미 계획을 세워 놓았었다. 그리고 거티 패리시의 도움으로 자신이 겨울 동안 지낼 가능성이 농후한 작은 호텔까지 찾아 놓았었다. 호텔이 사교계 동네의 끝자락에 위치하고 있었기 때문에 그녀가 차지할 그 몇 평의 가격은 그녀의 재정 능력을 훨씬 넘어섰다. 그러나 릴리는 바로 지금이야말로 자신이 멀쩡 하게 잘 살고 있는 모습을 보여 주는 것이 절대적으로 중요한 시기라는 논리로 그보다 못한 동네에 대한 자신의 혐오감을 정당화했다. 실상 그녀로서는 일주일 치 집세라도 당겨 낼 능력이 있는 한 거티 패리시가 사는 것처럼 살기란 불가능했다. 그녀는 지금만큼 변제 불능의 문턱에 다다른 적은 단 한 번도 없었다. 하지만 적어도 일주일 단위로 지불할 호텔비는 수중에 있었고, 트레너에게서 받은 돈으로 이전에 진 빚 중에서 가장 심각한 것은 이미 다 지불한 뒤였기 때문에 아직까지는 상당한 액수의 빚을 더 질 수도 있었다. 그러나 그녀의 상황은 그녀가 그 불안정성을 전적으로 의식하지 않아도 될 만큼 유쾌한 것은 아니었다. 보이는 것이라곤 벽돌 벽들과 비상계단들뿐인 칙칙하고 답답한 전망을 가진 방들, 낮은 천장과 커피 냄새가 밴 어둠침침한 식당에서의 외로운 식사 — 아직까지는 곧 빼앗길 수많은 특권들로 간주되는 이 모든 물질적 불편은 그녀에게 자신이 처한 상태의 불이익을 끊임없이 제시해 주고 있었다. 그렇기 때문에 릴리는 피셔 부인의 충고를 더욱더 끈질기게 생각하게 되었다. 아무리 그 문제를 피하려고 해봤자 결론은 자신이 로즈데일과 결혼해야만 한다는 것이었다. 그리고 조지 도싯의 예상치 않은 방문으로 인해 이 확신은 더욱 공고해졌다.

릴리가 뉴욕으로 돌아온 후 첫 일요일에 도싯이 그녀의 좁은 응접실에 나타났다. 그는 릴리가 몇몇 소품을 이용해서 지나치게 화려하고 사치스러운 가구를 가리려고 한 좁은 응접실에서 긴박한 위기를 향해 달려가는 사람처럼 안절부절못하고 오락가락하고 있었다. 그러나 그녀가 나타나자 좀 진정된 표정이 되었다. 그리고 자신이 그녀를 귀찮게 하려고 찾아온 것은 아니라고, 단지 삼십 분 동안 함께 앉아서 그녀가 원하는 어떤 얘기든 하려고 왔다고 공손하게 말했다. 실제로 그가 원하는 것은 단 한 가지 주제라는 것을 릴리는 잘 알고 있었다. 그것은 그 자신과 그 자신의 비참함이다. 그가 그리로 온 것은 그녀의 동정이 필요했기 때문이었다. 하지만 그는 짐짓 그녀의 안부를 물으며 시작했다. 그리고 릴리는 자신의 대답을 들은 그가 처음으로 자신의 곤경에 대해 희미하게 깨달으면서 그의 두꺼운 자기 몰두의 표면이 뚫리는 모습을 볼 수 있었다. 릴리의 늙은 맹수 같은 고모가 실제로 그녀에게 아무것도 물려주지 않은 일이 가능했단 말인가? 도와줄 사람이 아무도 없어서 그녀가 이렇게 혼자 살고 있다는 것, 그리고 그 보잘것없는 유산이 지불될 때까지 목숨이나 부지하면 다행일 정도라는 것이 정녕 사실이란 말인가? 그의 내면에서 공감의 능력은 고사한 것이나 다름없었지만, 그래도 그는 너무나 강렬하게 고통을 겪고 있었기 때문에 다른 사람들의 고통이 의미할지도 모르는 것에 대해, 그리고 그녀가 알아차렸듯이, 거의 동시에 그녀의 이 특정한 불행이 어떻게 자신에게 도움이 될지도 어렴풋이 이해했다.

그녀가 마침내 정찬 전에 옷을 갈아입어야 한다는 구실로 그를 쫓아 보냈을 때 그는 문턱에 서서 애원하듯 머뭇거리다가 불쑥 말했다. "정말 큰 도움이 되었어요…… 다시 만나 준다고 말씀해 주십시오……." 하지만 그 같은 직접적인 호소에 동의하기란 불가능했다. 그래서 친절하지만 단호한 태도로 말했다. "죄송하지만…… 왜 그럴 수 없는지 잘 아시잖아요."

눈알까지 붉어진 그는 문을 뒤로 닫고 당황스러우면서도

고집스러운 태도로 그녀 앞에 섰다. "당신이 원하기만 한다면 저를 만나 주실 수 있는 방법이 있다는 것 알고 있습니다. 만일 상황이 달라진다면…… 그런데 상황을 변화시키는 것은 당신께 달려 있습니다. 단 한마디면 됩니다. 그러면 저를 비참한 지경에서 구원해 주실 수 있습니다!"

그들의 눈이 마주쳤고, 한순간이었지만 그녀는 유혹이 얼마나 가까운가를 느끼며 다시 한번 몸을 떨었다. "뭘 잘못 알고 계시군요. 무슨 말씀이신지 모르겠습니다. 전혀 모르겠어요." 그녀가 반복적으로 외쳤다. 그것은 자신과 자신의 위기 사이에 장벽을 쌓으려는 안간힘이었다. 그리고 그가 "당신은 지금 우리 두 사람을 모두 희생시키고 있는 겁니다."라는 말을 신음처럼 내뱉고 돌아섰을 때, 그녀는 마치 주문이라도 외우듯 "무슨 말씀인지 모르겠습니다. 전혀 모르겠습니다."라는 말을 되풀이했다.

릴리는 자신에게 한 수 가르쳐 주는 듯했던 피셔 부인과의 대화 이래 로즈데일 씨를 거의 만나지 못했다. 그러나 두세 번 마주쳤을 때 그에 대한 자신의 호감이 증대되는 것은 확실히 느낄 수 있었다. 그가 자신을 전과 마찬가지로 흠모한다는 사실에는 의심의 여지가 없었다. 그리고 그녀는 그 흠모의 정을 고양시켜 이익 때문에 망설이는 마음을 스스로 극복하도록 만들 능력이 자신에게 있다고 믿었다. 그것은 쉬운 과제는 아니었다. 그러나 긴긴 밤 잠 못 이루며 조지 도싯이 자신에게 그렇게 명백하게 제공할 준비가 되어 있는 것에 대한 생각에 직면하는 것도 쉬운 일은 아니었다. 비열함을 비열함으로 대하기, 그것보다는 로즈데일을 택하는 편이 낫다고 생각되었다. 어떤 순간에는 로즈데일과의 결혼만이 자신의 곤경을 벗어날 유일하게 명예로운 해결책인 것처럼 느껴지기도 했다. 그녀는 실제로 자신의 상상력이 약혼의 날 이상으로 가는 것을 허용하지 않았다. 약혼만 하면 모든 것이 물질적 평안이라는 안개 속으로 희미하게 사라질 터였다. 그리고 그 후원자의 사람됨은 다행스럽게도 그 안개 속에 희미하게 남아 있었다. 그녀는 긴긴 밤들을 지새우며 어떤 일들은 생각을 안 하는 게 낫다는 사실을, 무슨 수를 써서라도 쫓아내야 하는 한밤중의 이미지들이 있다는 사실을, 그리고 그중에는 로즈데일의 아내로서의 자신의 이미지도 들어 있다는 사실을 배웠다.

캐리 피셔는 그녀 스스로 솔직하게 인정했듯 브라이 부부가 뉴포트에서 성공을 거둔 데 힘입어 턱시도에 있는 작은 집에서 가을의 몇 달을 지내고 있었다. 그리고 릴리는 도싯이 방문하고 난 다음 일요일에 바로 그곳으로 향했다. 그녀가 도착했을 때는 정찬 시간이 거의 다 되어 있었지만, 여주인은 아직 외출 중이었고, 불이 지펴진 작고 고요한 그 집의 적요는 그녀의 정신 위에 평화롭고 친밀하게 내려앉았다. 캐리 피셔의 환경에 일찍이 그런 감정이 일어났던 적이 있었는지 의심스러웠다. 그러나 그곳에서는 릴리가 최근에 살던 세상과 대조적으로 가구의 위치에서도, 그녀를 방으로 안내하는 하녀의 고요한 유능함에서도 평온과 안정의 기운이 느껴졌다. 피셔 부인의 파격은 결국 대대로 이어져 내려오던 사회적 신조로부터의 피상적인 일탈에 불과했다. 반면 고머 무리의 태도는 그런 신조를 처음으로 만들어 보려는 시도를 대표한다고 할 수 있었다.

릴리는 유럽에서 돌아온 뒤 처음으로 유쾌한 분위기를 맛보았고 정찬을 먹기 위해 계단을 내려갈 때 익숙한 연상 때문인지 한 무리의 오랜 친구들을 만나게 될 것이라는 기대 비슷한 것까지 하게 되었다. 그러나 이런 기대는 아직도 자신에게 충실한 친구들은 자신이 바로 그런 만남에 노출되지 않도록 최선을 다할 친구들이라는 사실을 기억하면서 즉각적으로 저지되었다. 그녀를 기다리고 있던 것은 대신 응접실의 벽난로 앞에서 여주인의 어린 딸 앞에 가정적으로 무릎을 꿇고 있던 로즈데일 씨였는데, 릴리는 그다지 놀라지도 않았다.

아버지다운 태도를 보이는 로즈데일을 만났다고 해서 릴리의 마음이 누그러지지는 않았다. 그러나 그가 아이에 대해 보이는 가정적인 다정함을 목격하지 않을 도리는 없었다. 어쨌든 그것은 여주인 앞에서 손님이 보이는 계산적이고 의무적인 다정함은 아니었다. 응접실에 그와 아이 말고 다른 사람은 없었으니 말이다. 그리고 그의 태도에선 그의 경의의 대상인 작고 비판적인 존재에 비해 어딘가 단순하고 친절해 보이는 면이 느껴졌다. 그렇다. 그는 친절할 터였다. 맹수가 제 짝에게 친절하듯이, 그렇게, 조악하고 파렴치하며 탐욕스러운 가운데서도 친절할 터였다. 문턱에 선 릴리는 그런 생각이 들었다. 벽난로 가에 있던 그의 모습이 그녀의 혐오감을 경감시킬지, 아니면 오히려 더 구체적이고 친밀한 것으로 만들지 살피는 데는 잠깐이면 충분했다. 그가 그녀를 보자마자 즉시 일어서서 매티 고머의 응접실에서 본 화려하고 당당한 로즈데일로 돌아갔기 때문이다.

그가 자신 외의 유일한 손님으로 선택된 것도 릴리에게 놀라운 일은 아니었다. 릴리와 피셔 부인은 릴리의 미래에 대해 잠정적으로 논의한 이후로 만나지 못했지만, 릴리는 적대적인 세력으로 가득 찬 세상을 안전하고 유쾌하게 통과할 수 있도록 해 준 피셔 부인의 날카로운 예지가 그녀 친구들에게 도움이 되도록 사용된 적도 적지 않다는 사실을 알고 있었다. 실상 풍요의 들판으로부터 자신의 소득을 열심히 수집하는 동안 실제로는 다른 사람들 — 불운하고, 인기가 없으며, 성공적이지 못한 사람들, 깎인 성공의 그루터기에서 굶주리며 애를 쓰고 있는 모든 동지들 — 에 대해 공감을 하는 것이 캐리 피셔의 특징이었다.

경험이 풍부한 피셔 부인은 릴리가 로즈데일과 처음 저녁을 함께 하면서 그의 사람됨을 노골적으로 느끼게 하는 실수를 저지르지 않았다. 케이트 코비와 두세 명의 남자가 정찬에 합류했고, 릴리는 친구가 얼마나 섬세히 신경을 썼는지를 주목하며 자신이 자신을 위해 애써 마련된 기회들을 실제로 효과적으로 활용할 용기를 얻을 때까지 그녀가 그 기회들을 유예하고 있다는 사실을 알 수 있었다. 릴리는 외과 의사에게 모든 걸 맡기는 환자와도 같은 수동적인 태도로 자신을 그 계획에 내맡기고 있었다. 그리고 그 거의 무기력에 가까운 느낌은 손님들이 다 떠나고 피셔 부인이 그녀를 찾아 위층으로 왔을 때까지도 지속되었다.

"당신 방에 가서 불을 쬐며 담배 한 대 피워도 되겠어? 내 방에서 얘기하면 아이를 깨우게 될 것 같아서." 피셔 부인은 손님을 보살피는 주인의 눈으로 그녀를 살펴보았다. "그럭저럭 편하게 지낼 만해? 유쾌한 작은 집이지? 아이하고 몇 주 동안 이라도 조용히 지낼 수 있는 게 얼마나 큰 축복인지."

캐리는 드문 충족의 순간에 너무나 모성적으로 굴어서 바트 양은 가끔 만일 그녀에게 시간과 돈이 충분히 있다면 그녀가 그 둘 다를 딸을 위해 완전히 바치지 않을까 궁금해하곤 했다.

"이 휴식은 아주 많은 노력 끝에 정당하게 얻은 거야. 그 정도는 나 스스로에게 인정해 줘야 해." 그녀가 벽난로 가까이 방석이 놓인 소파에 편안하게 몸을 묻으며 말을 이었다. "루이자 브라이는 아주 엄격한 감독이야. 고머 부부와 함께 있다면 얼마나 좋을까 생각하곤 했지. 사람들이 사랑 때문에 질투도 하고 의심도 한다고들 하지만…… 사교계의 야심에 비하면 아무것도 아니야! 루이자는 우리를 방문한 여자들이 내가 자기와 함께 있기 때문에 나를 방문한 건지, 아니면 자기가 나와 함께 있기 때문에 자기를 방문한 건지 고민하느라고 밤잠을 못 이루곤 한다니까. 그러고는 내 생각을 알아보려고 항상 함정을 파고 있는 거야. 물론 난 가장 오랜 친구들과 의절을 해야 했지. 루이자가 단 한 사람이라도 내 덕분에 사귀게 되었다고 의심해선 안 되었으니까…… 근데, 실은 그게 바로 그녀가 나를 데리고 있는 이유잖아. 그리고 시즌이 끝나면 나한테 두

둑한 수표를 써 주는 이유이고 말이야!"

피셔 부인은 아무 이유도 없이 자신에 대한 이야기를 꺼낼 사람은 아니었다. 그리고 직설적으로 말하는 게 습관이라 해도 가끔씩 우회적으로 말하는 수법을 안 쓰기는커녕 오히려 마술사가 결정적인 순간에 수다를 떨면서 소매 속의 내용물을 바꿔치기하는 것과 같은 목적을 위해 그 수법을 활용했다. 그녀는 희미한 담배 연기 사이로 계속해서 생각에 잠긴 얼굴로 바트 양을 바라보았는데, 바트 양은 하녀를 물리친 뒤라 스스로 경대 앞에 앉아서 풀어 내린 물결치는 머리를 어깨 위로 흔들고 있었다.

"머리카락이 멋있어, 릴리. 좀 가늘어졌나? 그렇게 가볍고 탄력이 있으니 그랬다고 해도 무슨 상관이야? 그렇게 많은 여자들의 고민이 곧장 머리로 가는 것 같아. 하지만 당신 머리는 그 아래 고민이라곤 전혀 들어 있던 적이 없는 것처럼 보여. 당신 오늘 저녁처럼 멋있어 보인 적이 없었어. 매티 고머가 모페스가 당신 초상화를 그리고 싶어 한다고 그러더군…… 그리라고 하지 그래?"

바트 양의 즉각적인 대답은 거울에 비친 문제의 용모에 비판적 눈길을 보내는 것이었다. 그런 뒤 그녀는 약간 짜증이 섞인 목소리로 말했다. "폴 모페스한테 초상화를 받고 싶은 생각 없어."

피셔 부인은 생각에 잠긴 듯했다. "그……래. 지금은 특히…… 결혼한 다음에 그려도 되겠지." 그녀는 잠시 사이를 두었다가 말을 이었다. "그런데 말이야, 며칠 전에 매티가 찾아왔어. 지난 일요일에…… 그것도 다른 사람도 아니고 버사 도싯 하고 왔더라고!"

그녀는 다시 이 말이 릴리에게 가져온 효과를 가늠하기 위해 말을 멈췄다. 그러나 빗을 들고 있던 바트 양의 손길은 흔들림 없이 이마에서 목덜미까지 내려갔다.

"그때처럼 놀란 적이 없다니까." 피셔 부인이 계속 말을 이어 나갔다. "친하게 지낼 가능성이 그들보다 덜한 두 여자는 모른다고…… 버사의 관점에서 말이야. 물론 불쌍한 매티야 자신이 특별히 선택된 게 당연하다고 생각하지. 토끼도 항상 아나콘다가 자신에게서 매력을 발견한다고 생각할 게 틀림없으니까. 그러니까, 당신도 알잖아, 내가 매티가 진짜 사교계 사람들과 어울리면서 지루해지는 일을 은근히 원하고 있다고 항상 말했었지. 그리고 이제 그럴 기회가 왔으니 그 기회를 위해 옛 친구들을 모조리 희생시키려고 할 거야."

릴리는 빗을 내려놓고 친구에게 꿰뚫어 보는 듯한 시선을 보내며 말했다. "나도 포함해서?"

"아, 릴리." 피셔 부인이 자리에서 일어나 벽난로에 통나무 하나를 다시 밀어 넣으며 낮은 목소리로 말했다.

"그게 버사가 원하는 거잖아, 그렇지 않아?" 바트 양이 침착한 목소리로 말을 이었다. "항상 뭔가 이유가 있는 여자니까. 그리고 내가 롱아일랜드를 떠나기 전에 그 여자가 매티를 친구로 삼으려고 공작을 시작하는 걸 직접 목격했어."

피셔 부인은 직접적인 답변을 피하려는 듯 한숨을 쉬었다. "어쨌든 매티를 완전히 손아귀에 넣었지. 매티가 자기는 사교계에서 완전히 독립적이라고 그렇게 떠들어 댄 것이 속물근성의 좀 더 섬세한 형태에 지나지 않았던 거야! 매티는 이미 버사가 원하는 것은 뭐든지 믿게 되어 버렸어. 그리고, 내 불쌍한 친구, 릴리, 버사의 조종 작업은 당신에 대해 끔찍한 소리를 흘리는 것으로 시작된 것 같더라고."

릴리는 축 늘어진 머리카락의 그늘 아래 얼굴을 붉혔다. "세상은 너무 악해." 그녀가 자신을 살피는 피셔 부인의 걱정 어린 눈초리를 피하며 낮게 말했다.

"예쁜 곳은 아냐. 그리고 그 안에서 넘어지지 않으려면 그 규칙에 따라 싸워야 해. 그리고 무엇보다도, 릴리, 혼자서 싸우면 안 돼!" 피셔 부인은 자신이 띠워 온 함축적 의미들을 모두 모아 단호히 말했다. "당신이 나한테 별 얘기를 안 해 줘서 나는 짐작만 하고 있어. 하지만 우리가 살고 있는 이 급박한 세상에선 어떤 사람을 이유 없이 미워할 만한 시간이 없어. 그리고 만일 버사가 다른 사람들까지 이용해서 당신한테 상처를 주려고 할 정도로 계속 고약하게 군다면 그건 아직도 당신을 두려워하기 때문이거든. 그 여자의 관점에서 당신이 두려운 이유는 딱 한 가지야. 그리고 내 생각에는 만일 버사를 벌주고 싶다면 그 방법은 당신 손아귀에 있어. 내가 보기엔 당신만 원하면 내일이라도 당장 조지 도싯과 결혼할 수 있어. 하지만 당신이 그런 식의 복수를 원하지 않는다면 버사로부터 스스로를 구할 수 있는 유일한 방법은 다른 사람과 결혼하는 거야.

7장

    피셔 부인이 릴리의 상황에 비춰 준 빛은 우울한 겨울 새벽의 것이었다. 그것은 사실의 윤곽을 그늘이나 색깔의 가감 없이 냉정하게 보여 주었고, 주변의 한계라는 빈 벽에서 굴절된 빛 특유의 냉정한 정확성에 바탕하고 있었다. 그녀가 열어 준 창문을 통해서는 결코 하늘이 보이지 않았다. 그러나 속된 필요에 굴복한 이상주의자는 자신이 그렇게까지 내려갈 수 없다는 추론을 이끌어 내는 데 속된 사람의 정신을 활용해야만 하는 법이다. 그리고 피셔 부인이 자신의 상황을 정식화하도록 두는 편이 릴리 스스로 그렇게 하는 것보다 쉬운 것은 명백했다. 하지만 일단 그 내용을 직면하고 나니 그것의 결과가 모조리 보였다. 그리고 그 결과가 다음 날 오후 로즈데일과 산보를 하러 나서는 순간보다 더 분명히 그녀에게 보인 적은 없었다.

11월이었지만 아직 여름의 빛이 조금쯤 남아 있던 고요한 날이었다. 그리고 풍경이 보여 주는 선에 있던 어떤 것, 풍경을 감싸고 있던 황금빛 안개에서 풍기는 어떤 분위기가 바트 양이 셀든과 함께 벨로몬트의 언덕을 올랐던 9월의 어느 날을 상기시켜 주었다. 그 기억은 현재 자신이 처한 상황과 역설적인 대조를 이루며 릴리 앞에 끈질기게 머물렀다. 셀든과의 산보는 지금의 산보의 결과로서 기획된 바로 그런 클라이맥스로부터 결정적으로 도망친 행위를 대표했다. 하지만 그녀를 괴롭히는 다른 기억들도 있었다. 기획은 솜씨 있게 되었으나 운명의 악의 때문에, 혹은 그녀 자신의 목적의식이 탄탄하지 못했기 때문에 항상 의도했던 결과를 낳는 데 실패했던 다른 비슷한 상황들에 대한 기억 말이다. 아무튼 지금은 목적의식이 탄탄했다. 지루한 재활의 작업이 다시 시작되어야만 했다. 그리고 버사 도싯이 자신과 고머 부부 사이의 우정을 파괴하는 데 성공한다면 그 작업은 더 큰 역경을 상대로 싸워 이겨야 한다는 것을 의미했다. 그리고 피난처와 안정에 대한 릴리의 갈망은 버사에게 이겨야겠다는 열렬한 갈망으로 인해 더 강화되어 있었다. 부와 지위만이 버사를 상대로 이길 수 있었다. 로즈데일 — 릴리가 창출할 자신이 있는 그런 인물로서의 로즈데일 — 의 아내라면 자신의 적에게 취약하지 않은 전선을 제시할 수 있을 터였다.

릴리는 로즈데일이 너무나 솔직하게 창조하고자 하는 그런 장면 속에서 자신의 역할을 잘 수행해 내기 위해 어떤 강력한 자극제에 의존하듯 그런 생각에 의존해야 했다. 불가피하게 자신을 움츠리게 하는 그의 눈길과 어조를 상대하며 그의 곁에서 걷고 있던 릴리는 지금 잠시 그의 기분을 받아 주는 것이 궁극적으로 그를 지배하기 위해 자신이 지불해야 할 값이라고 다짐하고 있었다. 그리고 그렇게 걷는 동안 저항이 양보로 바뀌어야 할 정확한 시점이 언제인지, 그리고 그가 지불해야 할 가격을 그에게 알릴 시점이 언제인지 계산해 보려고 노력하고 있었다. 그러나 그의 산뜻한 자신감은 그녀에게 그런 암시를 할 지점을 허락하지 않는 것 같았다. 그리고 그의 매너가 보이고 있는 피상적인 다정함 뒤에 뭔가 단단하고 독립적인 것이 놓여 있다는 느낌도 들었다.

그들이 호수 위 험한 바위가 있던 호젓한 협곡에 잠시 앉았을 때 그녀가 그에게 아름답고 심각한 눈길을 보냄으로써 절정을 향해 가던 구애의 시간을 갑자기 멈추었다.

"당신이 하신 말씀을 분명하게 믿어요, 로즈데일 씨." 그녀가 고요하게 말했다. "그리고 당신이 원하실 때 언제든 결혼할 준비가 되어 있습니다."

이 선언에 움찔한 로즈데일은 번들거리는 머리카락의 뿌리까지 붉어졌다. 그리고 자리에서 갑자기 벌떡 일어나더니 거의 우스꽝스러울 만큼 불편한 자세로 그녀 앞에 섰다.

"그게 당신이 원하시는 바라고 짐작하고 드리는 말씀입니다." 그녀가 여전히 고요한 어조로 말했다. "이전에 제게 그런 제안을 하셨을 때는 동의하지 못했지만, 이제 당신을 훨씬 더 잘 알고, 내 행복을 당신의 손에 맡길 준비가 되어 있습니다."

릴리는 그런 경우에도 당황하지 않는 그녀답게 고상하고 단도직입적인 태도로 말했다. 그녀의 태도는 고통스럽도록 어두운 상황을 꿰뚫고 비춰지는 커다랗고 지속적인 빛과도 같았다. 로즈데일은 그 빛이 불편하게 밝아 잠시 주춤하는 듯했다. 마치 퇴로가 모조리 다 드러나 버려서 어색해하는 듯한 모습이었다.

그는 곧 짧게 소리 내어 웃더니 황금빛 담뱃갑을 꺼내서 보석 반지를 낀 통통한 손가락으로 황금 띠가 둘러진 담배를 찾아 더듬거렸다. 담배 한 개비를 집어 든 그는 잠시 손을 멈추고 그것을 바라보다가 말했다. "친애하는 릴리 양, 우리 사이에 약간의 오해라도 있었다면 정말 죄송합니다. 하지만 당신의 반응으로 미루어 제 청혼이 워낙 절망적이었기 때문에 저에게는 정말로 그 청혼을 재개할 의사가 없었습니다."

이 노골적인 거절에 릴리는 피가 끓었다. 하지만 치솟는 화를 가라앉히며 온유하고 위엄 있게 말했다. "제 거절이 결정적인 것이라는 인상을 드렸다면 그것은 제 잘못이지요."

그녀의 재치는 그가 이해하기엔 항상 너무 빨랐다. 그는 그녀의 말뜻을 알아듣지 못하고 어리둥절해서 침묵을 지켰다. 그러자 그녀가 손을 내밀고 전혀 슬픈 기색이 없는 목소리로 덧붙였다. "작별 인사를 나누기 전에 적어도 그런 식으로 저에 대해 생각해 주신 적이 있다는 사실에 감사를 드리고 싶군요."

그녀의 손길, 눈짓의 감동적인 부드러움이 로즈데일의 약한 부분에 호소했다. 그로 하여금 그녀를 포기하기 가장 어렵게 만드는 것이 바로 그녀의 이 절묘한 접근 불가능성, 전혀 경멸감을 표시하지 않으면서도 전달할 수 있는 거리감이었다.

"왜 작별 인사를 말씀하시는 거죠? 그래도 좋은 친구로 지낼 수 있지 않을까요?" 그가 그녀의 손을 놓지 않은 채 다급히 말했다.

릴리는 조용히 자신의 손을 빼냈다. "좋은 친구라면 어떤 친구를 말씀하시는 건가요?" 그녀가 살짝 미소를 띤 얼굴로 말했다. "결혼은 안 하고 연애만 하는 것인가요?"

로즈데일은 다시 편안한 자세를 되찾으며 웃었다. "그렇죠, 그게 대충 맞는 표현이겠지요. 당신을 사랑하지 않을 수는 없으니까요. 남자라면 다 그럴 겁니다. 하지만 결혼을 안 해도 된다면 청혼할 생각은 없습니다."

그녀는 계속해서 미소를 머금고 말했다. "솔직하신 점이 마음에 드는군요. 하지만 그런 식으로 우정을 지속할 수는 없을 것 같네요."

릴리는 자신들이 협상의 마지막 단계에 실제로 도달해서 더 이상 할 얘기가 없다는 사실을 알리듯 돌아섰다. 로즈데일은 자신이 결국 그녀의 손아귀에서 놀아난 기분을 느끼며 당황해서 그녀 뒤를 몇 발짝 쫓아갔다.

"릴리 양……." 그가 황급하게 그녀를 불렀다. 그러나 그녀는 그의 말이 들리지 않는다는 듯 계속 걸었다.

그가 재빨리 몇 발짝 걸어가서 그녀를 따라잡았고, 간청하는 손길로 그녀의 팔을 잡았다. "릴리 양, 그렇게 서둘러 가 버리지 마세요. 사내한테 너무 심하게 하시는군요. 하지만 진실을 말하는 걸 개의치 않으신다면 왜 내가 진실을 말할 기회를 안 주시는지 모르겠군요."

그녀는 그의 손길로부터 본능적으로 움츠리며 잠시 눈살을 찌푸렸다. 하지만 그의 말을 피하려는 태도는 아니었다.

"제 인상으론," 그녀가 대답했다. "제 허락을 기다리지 않고 이미 진실을 말씀하신 것 같은데요."

"그렇다면, 왜 내 이유를 들어 주지 않나요? 릴리 양이나 나나 이미 웬만큼 노련한 사람들이라 조금 정직하게 말한다고 해서 서로 그것 때문에 상처받을 건 아니잖습니까. 난 당신한테 완전히 빠져 있다고요. 그건 뭐 새로운 뉴스도 아니죠. 작년 이맘때보다도 더 빠져 있어요. 하지만 상황이 변했다는 사실을 직시해야 하니까요."

그녀는 계속해서 조롱하는 듯한 침착한 태도로 그를 대했다. "그러니까 제가 당신이 전에 생각하셨던 것만큼 바람직한 신붓감이 아니라는 말씀이신가요?"

"맞아요. 그게 내 말입니다." 그가 단호하게 말했다. "무슨 일이 있었는지에 대해서는 말하지 않겠어요. 나는 당신에 대한 소문들을 믿지 않아요…… 믿고 싶지도 않고. 하지만 소문들이 있는 건 사실이죠. 그리고 내가 그 소문들을 안 믿는다고 해서 상황이 변하지도 않습니다."

그녀는 관자놀이까지 빨개졌다. 그러나 필요의 심각성이 그녀의 입술에서 반박의 말이 튀어나오는 것을 제지했고, 그녀는 계속해서 침착하게 그를 대할 수 있었다. "그게 사실이 아니라면," 그녀가 말했다. "바로 그 점이 상황을 변화시키는 것 아닌가요?"

그는 눈을 가늘게 뜨고 침착하고 치밀하게 계산을 하는 눈초리로 그 말을 하는 그녀를 바라보았고, 그 눈초리는 그녀에게 자신이 최고급의 인간 상품 이상이 아니라는 느낌을 주었다. "소설에서는 그럴 거라고 생각합니다. 하지만 실제 현실에서는 그렇지 못하다고 확신합니다. 당신도 나만큼이나 그 사실을 잘 알고 계십니다. 이왕 진실을 말하기로 한 거 진실 전체를 말합시다. 작년에는 당신과 결혼하지 못해서 안달이 났었어요. 그리고 당신은 나를 쳐다보려고도 안 했지요. 올해는…… 글쎄, 당신 쪽에서는 결혼할 마음이 생긴 것 같습니다. 그렇다면, 그사이에 뭐가 달라졌지요? 당신의 상황이지요, 그게 답니다. 그때는 당신이 나보다 더 나은 상대를 잡을 수 있다고 생각했던 거고, 이제는……."

"당신이 그렇게 생각하고 계신다는 거군요?" 그녀가 조롱조로 말했다.

"그래요, 맞습니다, 그렇게 생각하고 있어요. 어떤 면에서는 그렇다는 거예요." 주머니에 손을 찌르고 그녀 앞에 선 그의 가슴은 발랄한 조끼 아래서 단단히 팽창하고 있었다. "상황은 그런 거지요, 아시다시피. 나는 지난 몇 년간 사교계에서 지위를 올리려고 한 계단 한 계단 차근차근 밟아 왔어요. 내가 그런 말을 해야 한다는 게 우습다고 생각해요? 내가 사교계에 들어가고 싶어 한다고 말하기를 꺼릴 이유가 뭐지요? 아무도 경주마나 화랑을 소유하고 싶다고 말하는 걸 부끄러워하지 않아요. 그러니까, 사교계에 대한 취미도 또 다른 종류의 취미에 지나지 않는 거지요. 지난해에 나를 무시한 치들에게 복수를 하고 싶은 걸지도 모르지요. 그게 듣기에 더 낫다면 그렇게 말해도 좋습니다. 어쨌든, 난 최상류층 집안에서 받아들여지기를 원하고, 그것을 향해서 조금씩 조금씩 올라가고 있어요. 하지만 중요한 사람들과의 관계를 어그러뜨리는 지름길이 어울려서는 안 되는 사람들과 어울리는 모습을 보이는 거라는 사실을 알지요. 그리고 그게 바로 내가 실수를 피하려는 이유입니다."

바트 양은 그의 앞에 계속 잠자코 서 있었다. 그녀의 침묵은 그의 정직함에 대한 조롱으로도, 혹은 반쯤 마지못한 존경의 표현으로도 해석될 여지가 있었다. 그는 잠시 쉬었다가 말을 이었다. "그겁니다, 보시다시피. 내가 당신에게 지금처럼 반한 적도 없지만 만일 지금 당신과 결혼한다면 중요한 사람들과 영원히 척을 지게 된다는 거. 지난 몇 해 동안 공들여 작업한 모든 것이 다 헛것이 되어 버리는 것이지요."

이 말을 듣는 그녀의 태도에서는 분개의 흔적이 완전히 사라져 보이지 않았다. 가식적인 사교계에서 그렇게 오랫동안 생활한 뒤라 백주에 이익을 계산하는 모습을 보는 일은 오히려 신선했다.

"이해가 되는군요." 그녀가 말했다. "일 년 전에는 제가 쓸모가 있었지만 지금은 걸림돌이 되겠군요. 정직하게 얘기해 주신 점이 마음에 듭니다." 그녀는 미소와 함께 손을 내밀었다.

그 몸짓은 다시 한번 로즈데일 씨의 침착함을 흐트러뜨리는 효과를 가져왔다. "맙소사, 정말 끔찍하게 공명정대한 분이군요, 정말!" 그가 외쳤다. 그리고 그녀가 다시 한번 돌아서서 가려는 순간 갑자기 말했다. "릴리 양…… 잠깐만요. 내가 그런 소문 따위는 안 믿는다는 것 알고 계시죠…… 자신의 필요에 따라서 당신을 희생시키는 것을 전혀 주저하지 않는 여자가 꾸며 낸 거짓말이라는 것 알고 있습니다……."

릴리는 재빠른 경멸의 몸짓을 보이며 그대로 갔다. 그의 동정보다는 그의 무례를 견디는 것이 쉬웠다.

"정말 친절하시군요. 하지만 더 이상 그 문제를 논할 필요는 없을 것 같습니다."

그러나 로즈데일은 특유의 무능력, 즉 암시를 알아차리지 못하는 능력을 발휘해 아주 간단히 그녀의 저항을 무시했다. "뭘 논하자는 게 아닙니다. 단지 아주 분명한 제안을 하나 드리고 싶습니다." 그가 우겼다.

그녀는 그의 눈빛과 어조에서 그에게 새로운 목적이 있다는 사실을 알아채고 자신도 모르게 멈춰 섰다. 그러자 로즈데일이 계속해서 목적이 분명한 눈으로 그녀를 바라보며 말했다. "내가 신기하게 여기는 것은 당신이 그 여자를 혼내 줄 수단을 손안에 쥐고서도 여태껏 활용을 안 하고 계신다는 겁니다." 그녀는 그의 말에 놀라서 계속 입을 다물고 서 있었다. 그러자 그가 한 발짝 더 다가와 낮은 목소리로 직설적으로 말했다. "왜 당신이 작년에 구입한 그 편지들을 사용하시지 않는 겁니까?"

릴리는 그 질문에 충격을 받고 할 말을 잃었다. 그 말 이전에 그녀가 생각한 것은 기껏해야 그녀가 조지 도싯에 대해 갖는 영향력에 대한 언급 정도였다. 그것을 언급하는 일이 놀라울 정도로 노골적이라고 해서 로즈데일이 그런 말을 삼가지는 않을 거라고 생각했다. 그러나 이제 그녀는 자신의 짐작이 얼마나 사실과 동떨어진 것이었는지 알 수 있었다. 그리고 그가 그 편지의 비밀을 알고 있다는 사실을 깨닫고 너무나 놀란 나머지 우선 당장은 그가 그 지식을 어떤 특별한 용도에 활용하고 있는지에 대해서는 의식도 하지 못했다.

그녀가 일시적으로 침착성을 잃었기 때문에 그에게는 자기 말의 요점을 강조할 시간이 있었다. 로즈데일은 상황을 더 완벽하게 장악하기 위해서인 듯 서둘러 말을 이었다. "그러니까 당신의 입장에 대해서는 내가 아주 잘 알고 있습니다…… 당신이 그녀의 운명을 얼마나 완벽하게 당신 손아귀에 쥐고 있는지 알고 있어요. 무슨 연극 대사 같지요? ……그렇지만 어떤 연극들에는 진실이 꽤 있습니다. 그리고 당신이 그 편지들을 서명을 모을 목적으로 산 것은 아니라고 생각합니다."

그녀는 점점 더 그의 말을 이해하지 못한 채 그를 바라보고 있었다. 그녀가 받은 유일하게 확실한 인상은 그의 힘에 대한 공포의 감정 속에 용해되고 있었다.

"내가 그 편지들에 대해 어떻게 아는지 궁금하신 거겠지요?" 그가 그녀의 표정을 읽은 뒤 자부심에 찬 태도로 자문자답했다. "내가 베네딕을 소유하고 있다는 사실을 잊으신 모양입니다…… 하지만 그건 지금 중요한 일은 아니지요. 일이 돌아가는 상황을 파악하는 것은 비즈니스를 할 때 아주 유용한 소양입니다. 그리고 난 그 소양을 내 사적인 일에도 사용하고 있는 것뿐입니다. 왜냐면 이것은 부분적으로는 내 일이기도 하니까요, 아시다시피…… 적어도 이 일이 내 일이냐 아니냐는 당신께 달린 겁니다. 상황을 있는 그대로 바라봅시다. 우리가 군이 논할 필요가 없는 이유 때문에 도싯 부인이 지난봄에 당신께 아주 고약한 피해를 입혔어요. 다들 도싯 부인이 어떤 여자인지 알고 있지요. 그리고 그 여자의 가장 친한 친구들조차도 자신들의 이익이 달린 일과 관련해서라면 그 여자가 맹세를 한다 해도 그 여자의 말을 안 믿을 겁니다. 하지만 자신들이 분쟁의 당사자가 아닌 한 그녀가 하는 대로 놔두는 편이 그들에게 더 쉬운 것이지요. 그러니 당신은 단지 그들의 게으름과 이기심에 희생된 겁니다. 그게 상당히 공정한 설명 아닙니까? ……어쨌든 어떤 사람들은 당신이 가장 확실한 대답을 가지고 있다고도 하지요. 만일 당신이 알고 있는 것을 조지 도싯에게 다 말해 주고 그 부인에게 나가라고 할 기회만 준다면 그가 당장 내일이라도 당신과 결혼할 거라고들 합디다. 내 생각에도 분명히 그럴 것 같소. 하지만 당신은 그런 형태의 복수를 원하는 것 같지 않고, 순수하게 거래의 관점에서 보더라도 난 당신의 방식이 옳다고 봅니다. 그런 식의 거래 뒤엔 모두 손을 더럽히게 되니까요. 그러니 당신이 새로 시작하려면 버사 도싯과 싸우는 대신 그녀가 당신을 지지하게 만들어야 합니다."

그는 숨을 들이쉬기엔 충분할 만큼 길게, 하지만 그녀가 항의의 말을 할 시간은 주지 않고 말을 쉬었다. 그리고 그가 자신의 주장을 확신하는 사람다운 직설적인 태도로 자신의 생각을 밝히고 설명하며 강력하게 주장하는 동안 그녀는 점차 분개의 말이 자신의 입술 위에서 얼어붙고 있다는 사실을, 그가 논리를 제시하는 태도의 단순한 냉정함으로 인해 자신이 그에게 사로잡히고 있음을 깨달았다. 그가 자신이 그 편지들을 입수한 경로를 어떻게 알게 되었는지 궁금해할 시간은 없었다. 그녀에게는 그 편지들을 활용할 음모의 흉측한 번뜩임 밖에 있는 모든 세계는 깜깜했다. 그리고 첫 순간이 지난 뒤에는 그녀를 사로잡고 그의 의지에 종속시킨 것은 그 생각의 끔찍함이 아니었다. 그 대신 그 생각이 제시하는 바가 그녀 자신 마음속으로 가장 바라고 있는 것과 너무나 미묘하게 흡사하다는 사실이었다. 만일 그녀가 버사 도싯의 우정을 되찾을 수만 있다면 그는 당장 내일이라도 그녀와 결혼할 터였다. 그리고 그 우정을 공공연히 재개하기 위해서, 그 우정을 철회하게 만든 모든 요인들의 암묵적 철회를 유도하기 위해서 그녀는 단지 그 여자에게 자신의 손에 그렇게 기적적으로 전달된 그 꾸러미가 담고 있던 잠재적인 위협을 알려 주기만 하면 되는 것이었다. 릴리는 순식간에 처량한 도싯이 그녀를 압박하고 있는 노선보다도 이 노선이 더 우월하다는 것을 알아볼 수 있었다. 도싯의 방법은 자신의 적에게 공개적으로 상처를 주는 일에 성공이 달려 있었지만, 이 방법에 따르면 거래가 제삼자는 전혀 눈치 챌 필요가 없는, 당자 간의 사적인 이해관계로 축소되었다. 로즈데일이 비즈니스 거래의 용어로 얘기하는 것을 듣자니 그런 이해관계는 재산의 양도나 경계선의 수정처럼 서로 간에 피해가 없는 상호 편의 봐 주기 정도로 여겨질 수 있는 듯했다. 그 거래를 영구적인 거래, 어떤 양보에도 그에 상응하는 대가가 따르는 정당 정치의 한 형태 정도로 보는 것은 확실히 인생을 단순화해 주었다. 릴리의 지친 마음은 오락가락하는 도덕적 측량을 피해 구체적인 계량의 영역으로 이렇게 도피하는 일에 매력을 느꼈다.

로즈데일은 그녀가 침묵 속에 귀를 기울여 듣는 모습을 보고 그녀가 자신의 계획에 점차적으로 순응하고 있다고 볼 뿐 아니라 그녀가 그 계획이 제공하는 위험할 정도로 파장이 긴 기회들에 대해 알아들었다고 간주하는 듯했다. 아무 말 없이 계속 그의 앞에 서 있는 그녀에게 로즈데일이 금세 자문자답하듯 불쑥 말했기 때문이다. "얼마나 간단한 일인지 아시겠습니까? 그렇지만 그 일이 너무 단순하다는 생각에 휩쓸리지는 마십시오. 당신의 건강이 양호한 데서 출발하는 것은 아니니까요. 이제 서로 얘기가 되니까 말이지만 말은 바로 합시다. 그리고 사태 전체를 정확히 파악하자고요. 버사 도싯이 그 전에 당신에 대해서…… 그러니까…… 뭔가 문제가…… 작은 의문점이랄까, 그런 게…… 제기되지 않았다면 감히 당신을 건드리지 못했으리라는 사실을 당신도 잘 아시죠. 그건 인색한 친척을 둔 반반한 여자한테 있을 법한 일이겠지요. 어쨌든 그런 일이 있었던 것이 사실이고 그 여자는 거기서 이미 작업할 토대가 마련되었다는 사실을 본 겁니다. 내가 무슨 말을 하는지 아시겠어요? 이런 작은 문제들이 다시 떠오르면 안 돼요. 버사 도싯에게 선을 그어 주는 것은 좋은 일이에요. 하지만 정확히 그 선에 머물러 있게 해야 합니다. 바짝 겁을 먹게 만들

수 있죠. 하지만 계속 겁을 먹고 있게 하려면요? 당신이 그녀
만큼 강하다는 것을 보여 주는 것이죠. 지금 당신의 처지로는
세상에 있는 편지 전부를 가지고도 그렇게 할 수 없어요. 하
지만 당신을 단단히 받쳐 줄 사람만 있다면 그녀를 당신이 두
고 싶은 자리에 그대로 놔둘 수 있소. 그게 바로 이 비즈니스
에서 내 몫이지요…… 그걸 내가 당신께 제공하겠다는 겁니다,
지금. 내가 없다면 그 일을 완전히 없던 일로 할 수 없습니다.
그럴 수 있을 거라고 보고 성급히 행동하지는 마십시오. 반년
안에 과거의 걱정을 다시 하고 있거나 아니면 더 심한 걱정거
리에 시달리게 될 테니까요. 내가 바로 당신이 그러겠다고만
하면 그 모든 것으로부터 당신을 구해 줄 채비를 하고 있는
겁니다. 그렇게 하시겠습니까, 릴리 양?" 그가 갑자기 가까이
다가오며 덧붙였다.

　그 말들, 그리고 그것에 따른 동작이 합해져 나타난 효과에
릴리는 자신도 모르게 빠져들었던 최면 상태와도 같은 복종
상태로부터 깜짝 놀라며 깨어났다. 빛은 그것을 더듬어 찾는
사람에게 우회적인 방법으로 오는 법이다. 릴리에게는 그녀의
공범이 되고자 하는 이가 그녀가 당연히 자신을 신뢰하지 않
고 자기한테서 전리품을 가로채려는 수작을 할 수도 있다고
가정하고 있다는 사실을 깨달으면서 느낀 혐오감을 통해 그
빛이 왔다. 그의 내면이 움직이는 모습을 훔쳐보자 전체 거래
가 새로운 방식으로 보이는 듯했다. 그녀는 그 행위의 본질적
비열함이 거기에는 아무런 위험 부담이 따르지 않는다는 사
실에 있다는 점을 알아챘다.

그녀는 재빠른 거절의 동작과 함께 몸을 움츠리며 자신의 귀에도 놀랍게 들리는 목소리로 말했다. "잘못 아셨습니다…… 아주 오해하고 계시는군요…… 사실에 대해서도, 추론에서도."

로즈데일은 그녀가 자신으로 하여금 믿게 만들었던 것과 그렇게 정반대 방향으로 갑자기 반응하는 것을 보고 당황해서 잠시 동안 그녀를 빤히 바라보았다.

"그게 도대체 무슨 말씀이십니까? 우리 생각이 서로 통하는 줄 알았는데!" 그가 외쳤다. 그리고 그녀가 "아, 이제 서로 통하는군요."라고 낮은 목소리로 말하자 갑자기 화를 발칵 내며 대꾸했다. "그렇다면 그 편지들이 그 남자한테 보낸 거라서 그런 모양이군요? 흥, 그 남자한테서 고맙다는 인사라도 받으면 내 손에 장을 지지겠소!"

8장

가을날들이 겨울을 향해 기울어 가고 있었다. 다시 한번 여가의 세계가 전원에서 뉴욕을 향한 움직임을 보였고, 5번가는 주말에는 여전히 한산했지만 월요일부터 금요일까지는 서서히 의식을 회복하고 있는 집들의 전면과 전면 사이로 마차 행렬의 폭이 넓어지고 있었다.

두 주 전쯤 있었던 말 품평회 때 잠깐 극장과 레스토랑이 매일 링 주변을 도는 말들과 같은 유의 비싸고 낭비적인 인간의 전시회로 채워지면서 제법 활기를 띠는 듯했다. 바트 양의 세계에서는 말 품평회와 그것이 유인하는 군중들은, 겉으로는 자신들처럼 선택된 소수자들은 경멸하는 구경거리로 분류되었다. 하지만 중세의 영주가 마을 공동 목초지의 무도회에 참석하기도 하듯이 사교계도 비공식적으로, 그리고 지나가다

들르는 것처럼 그 행사를 들여다봐 주기는 했다. 고머 부인도 다른 사람들과 마찬가지로 자신과 자신의 말들을 과시할 기회를 저버릴 만큼 고상하지는 못했다. 그리고 릴리에게도 가장 눈에 잘 띄는 박스 좌석의 친구 곁에 앉을 기회가 한두 번은 주어졌다. 그러나 여전히 친한 사이인 척하는 이런 제스처로 인해 릴리는 매티와 자신의 관계에 변화가 생겼다는 사실, 그리고 고머 부인의 혼란스러운 인생관에서 차별이 점차 분명해지고, 사교계의 기준이 점차 강화되고 있다는 사실을 더욱 선명히 의식하지 않을 도리가 없었다. 이 새로운 기준에 따른 첫 번째 희생자가 릴리 자신이 될 것이라는 점은 불가피한 사실이었다. 그리고 고머 부부가 뉴욕에 일단 자리 잡고 나면 사교계의 전체 흐름으로 인해서 매티가 자신을 떼어 놓는 일이 쉬울 것이라는 사실을 알 수 있었다. 요컨대 릴리는 자신을 매티에게 필수 불가결한 존재로 만드는 과제에 실패한 것이었다. 아니, 그보다는, 릴리의 그런 노력이 그녀가 행사할 수 있는 어떤 힘보다도 강한 영향력에 의해 좌절된 것이었다. 궁극적으로 말해서 그 영향력이란 바로 돈의 힘이었다. 버사 도싯의 사교계에서의 신용은 난공불락의 은행 구좌에 기초한 것이었다.

릴리는 로즈데일의 말이 자신의 처지의 어려움에 대해서도 그가 제공하는 앙갚음의 완벽성에 대해서도 과장한 것이 아니라는 사실을 알고 있었다. 물질적 자원에서 버사와 동등해진 다음에는 릴리의 자질이 우월하기 때문에 버사라는 적을 물리치는 것이 쉬울 수 있었다. 그런 우세가 의미하는 바나 그것을 거부함으로써 증가하고 있는 자신의 불이익에 대해 릴리는 겨울의 첫 몇 주 동안 더욱더 분명하게 의식하고 있었다. 그때까지는 릴리도 사교계의 주된 흐름 밖에서라도 움직이는 시늉을 할 수 있었다. 그러나 사교계가 뉴욕으로 돌아오고 산발적인 행동들이 집중됨에 따라 자신이 과거의 생활 습관으로 자연스레 돌아가지지 않는다는 사실만으로도 자신이 사교계에서 확실하게 제외되었다는 사실을 알 수 있었다. 만일 한 시즌의 고정된 일상으로 되돌아갈 수 없다면 그것은 자신이 사교계의 비존재로서 무중력 상태로 내팽개쳐졌다는 뜻이었다. 릴리는 불만족스러운 온갖 꿈을 꾸는 중에도 한 번도 자신이 다른 중심의 주변에서 회전한다는 가능성을 진짜로 생각해 본 적은 없었다. 세상을 경멸하는 것은 쉬웠지만, 다른 주거 지역을 찾는 일은 어려운 것임에 틀림없었다. 그녀의 아이러니에 대한 감각이 아직 완전히 없어진 것은 아니어서 릴리는 자신의 이전 생활에서 가장 지루하고 사소했던 세부들이 갑자기 비정상적인 가치를 획득하게 되는 현상을 자조와 함께 주목했다. 그 생활의 가장 지루하고 단조로운 일들 — 카드를 남기고 노트를 적고 재미없는 사람들과 나이 든 사람들에 대해 의무적으로 공손함을 표해야 하는 일, 그리고 지루한 정찬을 미소로 견뎌 내는 일 등 — 이 이제 그런 임무에서 강제적으로 해방되고 보니 매력적으로 느껴졌다. 그런 의무들이 얼마나 유쾌하게 그녀의 텅 빈 나날을 채울 수 있었을 것인지! 실제로 릴리는 자신의 카드를 상당량 친구들의 집에 남겼더랬다. 그녀는 미소를 지으며 용기 있고 끈질기게 자신에게 익숙한 세상의 눈앞에 자신을 드러내고 있었다. 그녀는 또한 희생자를 경멸한다는 건강한 반응을 통한 너무 끔찍한 무안을 당하지도 않았다. 사교계는 그녀로부터 등을 돌리지 않았다. 단지 무심하고 심드렁하게 그녀 곁을 지나쳐 갔다. 그 결과 그녀는 자존심에 철저히 상처를 입었으며, 그럼으로써 자신이 얼마나 완벽하게 사교계의 총애를 받던 존재였는지를 절실하게 느끼지 않을 수 없었다.

그녀는 자신도 놀랄 만큼 재빨리 경멸감을 느끼며 로즈데일의 제안을 거부했다. 분개해서 고상하게 발끈하는 능력을 잃은 것이 아니었기 때문이다. 하지만 그녀는 그 고상한 입지에서 오랫동안 숨 쉴 수가 없었다. 그녀가 받은 훈련에는 도덕적 힘의 지속성을 계발시켜 주는 과정이 없었기 때문이다. 그녀가 간절하게 원하던 것, 그리고 자신에게 주어져야 마땅하다고 느끼고 있던 것은 가장 고상한 태도가 가장 손쉬운 것인 그런 상황이었다. 지금까지는 그녀의 간헐적인 저항이 그녀의 자존심을 충분히 유지시켜 줄 수 있었다. 만일 그녀가 조금 미끄러져 내려갔다가 일어섰다면, 그때마다 그녀가 일어선 지점이 이전보다 조금 낮은 지점이었다는 사실을 나중에야 깨달았다. 그녀가 로즈데일의 제안을 거부했던 것은 그녀의 의식적인 노력과는 무관한 일이었다. 그녀의 전 존재가 그 제안에 저항했던 것뿐이었다. 그리고 그녀는 아직도 자신이 그의 말에 귀를 기울였다는 사실만으로도 자신이 전에는 도저히 참아 줄 수 없었던 생각과 더불어 살기를 배웠다는 사실을 깨닫지 못하고 있었다.

피셔 부인보다 덜 날카로울지는 모르지만 더 다정한 관심을 가지고 그녀를 지켜보고 있던 거티 패리시에게는 릴리의 내적 갈등의 결과가 이미 분명히 보였다. 거티는 릴리가 이미 실제로 얼마나 편리를 위한 볼모가 되어 있는지는 알지 못했다. 그러나 릴리가 '체면 유지하기'라는 파멸적인 정책에 열렬하고 돌이킬 수 없게 매달려 있는 모습은 보았다. 거티는 이제 릴리가 역경을 통해서 성장할 것이라는 자신의 초기 기대를 되돌아보며 고소를 머금었다. 거티는 릴리가 빈곤을 통해서 자신이 상실한 것이 중요한 것은 아니었다는 사실을 배울 수 있는 사람이 못 된다는 사실을 이제 충분히 이해할 수 있었다. 그러나 이 사실 때문에 거티에게 릴리는 더욱더 불쌍한, 도움이 필요한 존재, 릴리 본인은 자신에게 필요하다고 생각하지도 못하고 있는 다정한 보살핌이 더욱 필요한 존재였다.

릴리는 뉴욕에 돌아온 뒤 패리시 양의 아파트 계단을 자주 오르지 않았다. 거티의 공감 어린 말 없는 심문에 뭔가 짜증스러운 면이 있었다. 릴리는 자신이 처한 상황의 진정한 어려움은 자신과 가치관이 그렇게 다른 어느 누구와도 논의될 수 없다고 느꼈다. 한때 자신의 삶과 대조된다는 면에서 매력적이었던 거티의 제한된 삶은 이제 너무나도 고통스럽게 자신의 존재가 지향하고 있는 축소의 방향을 상기시켰다. 어느 날 오후 릴리가 마침내 거티를 찾아보아야겠다는 뒤늦은 결심을 실행에 옮겼을 때, 그녀는 이 축소된 기회에 대한 의식에 더욱 강렬하게 사로잡혔다. 냉랭한 겨울 햇빛이 눈부시게 비추고 있는 5번가를 따라 걷고 있던 릴리의 눈앞에서는 까다롭게 장식된 마차들의 행렬이 끊임없이 이어지고 있었다. 그리고 사륜마차의 작은 사각형 창문을 통해 방문객 리스트를 들여다보고 있는 낯익은 얼굴의 옆모습들, 시종들에게 노트와 카드를 서둘러 전달하는 손들 따위가 엿보였다. 영원히 돌아가는 거대한 사교계의 바퀴를 이렇게 목격하고 난 릴리에게는 거티의 아파트로 올라가는 계단의 가파름과 협소함이, 그 계단이 인도하고 있는 비좁은 막다른 골목의 삶이 더욱 절실하게 느껴졌다. 별 볼 일 없는 사람들이 오르도록 운명지어진 보잘것없는 계단들. 얼마나 많은 수천의 보잘것없는 사람들이 바로 그 순간에도 전 세계 곳곳에 있는 그런 계단을 오르락내리락하고 있을 것인가. 릴리가 오르고 있던 거티의 아파트 계단을 내려오던, 축 늘어진 검은 옷을 입은 중년 여인처럼 형편없고 흥미롭지 못한 사람들이!

"그이는 불쌍한 제인 실버튼 양이었어. 나하고 상의를 하려고 오셨어. 그 자매가 생계 유지를 위해서 뭔가 해 보시고 싶대." 거티가 자신을 따라 응접실로 들어가는 릴리에게 그렇게 설명했다.

"생계 유지를 위해서? 그렇게 힘들대?" 바트 양은 약간 짜증난 목소리로 물었다. 다른 사람들의 딱한 사정에 대해 듣기 위해 온 것은 아니었으니까.

"아무것도 남은 게 없는 모양이야. 네드가 진 빚 때문에 모든 것을 잃었대. 네드가 캐리 피셔하고 헤어지고 나서 너도 알다시피 아주 희망에 차 있었지. 버사 도싯은 카드놀이를 좋아하지 않기 때문에 좋은 영향력을 발휘할 거라고 기대했대. 그리고…… 음, 버사 도싯이 제인 양에게 네드가 남동생처럼 느껴진다고, 카드놀이와 경마 등을 하지 않도록, 그리고 다시 글을 쓸 수 있도록 요트 여행에 데리고 가고 싶다고 다정하게 말했다더라고.”

패리시 양은 방금 떠난 손님의 황당한 심정을 반영하는 한숨을 내쉬며 말을 멈췄다. “그렇지만 그게 다가 아냐. 그보다 훨씬 더 나빠. 네드가 도싯 부부하고 다툰 것 같대. 아니면, 적어도 버사가 네드를 만나 주지 않는대. 그래서 네드가 너무 불행해한 나머지 다시 도박을 하고 온갖 이상한 사람들하고 어울린다고 해. 그런데 사촌 그레이스 밴 오스버그는 네드가 프레디한테 아주 나쁜 영향을 끼치고 있다고, 프레디가 지난봄에 하버드를 떠난 이후로 네드와 시간을 무척 많이 보내고 있다고 비난한대. 제인 양을 불러서 아주 끔찍한 소동을 벌였나 봐. 그리고 잭 스테프니와 허버트 멜슨도 거기 있었는데, 프레디가 제인 양한테 네드가 소개한 어떤 끔찍한 여자와 결혼하겠다고, 이제 자기도 성년이라서 자기 돈이 있으니까 자기 맘대로 할 거라고 협박을 했대. 불쌍한 제인 양이 어떤 심정이었을지 짐작할 수 있겠지…… 그래서 당장 나한테 오신 거야. 그리고 내가 뭔가 할 일을 찾아 드리면 네드의 빚을 갚고 네드를 떠나보낼 만큼 돈을 벌 수 있을 거라고 생각하시는 것 같아. 네드가 하루 저녁 브리지를 하면서 진 빚만 갚으려 해도 얼마나 오래 걸릴지 전혀 감이 없는 것 같았어. 크루즈 여행에서 돌아올 때 이미 빚이 끔찍하게 많았는데…… 어떻게 네드가 캐리보다 버사의 영향을 받으면서 그렇게 돈을 더 많이 써야 했는지 모르겠어. 짐작이 가?"

릴리는 이 질문에 짜증스러워하는 몸짓을 하며 대답했다. "아이, 거티, 난 사람들이 어떻게 더욱더 많은 돈을 쓰게 되는 지는 언제나 이해할 수 있어. 어떻게 더 적게 쓰게 되는지는 전혀 이해가 안 되지만!"

그녀는 모피 옷을 벗고 거티의 안락의자에 앉았고, 그러는 동안 거티는 찻잔 등을 챙기느라 분주했다.

"하지만 도대체 그분들이 무엇을 할 수 있을까? 실버튼 자 매 말야. 어떻게 생계를 유지하신다는 거지?" 릴리는 자신의 목소리에 여전히 짜증의 어조가 묻어 있는 것을 스스로 의식 하며 물었다. 그건 자신이 전혀 논하고 싶지 않았던 화제였다. 정말로 그런 문제에 대해 전혀 관심이 안 갔다. 그러나 릴리는 청년 실버튼의 감정 실험에 희생된 존재들, 그 두 명의 무채색 의 위축된 인물들이 릴리 자신의 문턱에도 그렇게 가까이 잠 복해 있는 우울한 필연성에 어떻게 대처할 작정인지에 대해서 갑자기 편벽된 호기심이 발동했다.

"모르겠어…… 무슨 일이든 찾아보려고 해. 제인 양은 낭독 을 아주 잘하시지…… 하지만 책을 읽어 달라고 할 고객을 발 견하기는 어려워. 그리고 애니 양은 그림을 좀 그리시고……."

"오, 맞아…… 압지에다 사과꽃 그리는 일. 좀 있으면 내가 해야 하는 일이겠지!" 릴리가 패리시 양의 튼튼하지 않아 보이 는 다탁을 부술 듯한 기세로 갑자기 자리에서 벌떡 일어서며 외쳤다.

릴리는 고개를 숙이고 컵을 제자리에 놓았다. 그리고 다시 원래 자리에 깊숙이 몸을 묻었다. "마구 이리저리 오락가락할 공간이 없다는 사실을 잊었어. 작은 아파트에선 얼마나 아름답게 행동해야 하는지! 오, 거티, 난 착한 사람으로 살 운명이 아니었는데." 그녀가 한숨과 함께 두서없이 말했다.

거티가 걱정스러운 눈길을 들어 그녀의 창백한 얼굴을 바라보았는데, 릴리의 눈에는 불면증에 시달리는 사람 특유의 광채가 번뜩이고 있었다.

"정말 피곤해 보이는구나, 릴리. 차 마시고 이 쿠션에 기대."

바트 양은 차는 받아 들었지만 쿠션은 참을성 없는 손길로 밀어 냈다.

"나한테 그거 주지 마! 뒤로 기대고 싶지 않아…… 그럼 잠들 거야."

"왜, 잠들면 왜 안 돼? 내가 생쥐처럼 조용히 있을게." 거티가 다정하게 권했다.

"아니…… 아니야. 조용히 있지 마. 무슨 얘기라도 해 줘…… 내가 깨어 있게 해 줘! 밤에 잠을 못 자니까 오후만 되면 끔찍하게 졸려."

"밤에 잠을 못 자? 언제부터?"

"모르겠어…… 생각이 안 나." 그녀는 자리에서 일어나 빈 잔을 다탁 위에 내려놓았다. "한 잔 더 진하게 타서 줄래? 지금 깨어 있지 않으면, 난 오늘 밤에 끔찍한 것을 보게 될 거야…… 완벽하게 끔찍한 것을!"

"그렇지만 차를 너무 많이 마시면 더 나쁠 텐데."

"아니, 아니…… 좀 줘. 그리고 제발 설교하지 말아 줘." 릴리가 명령조로 대꾸했다. 그녀의 목소리에서는 위험한 기운이 느껴졌고, 거티는 그녀가 두 번째 잔을 받기 위해서 내미는 손이 흔들리는 것을 보았다.

"하지만 넌 정말 너무 피곤해 보여. 어디 아픈 게 틀림없어……."

바트 양은 놀라서 찻잔을 내려놓았다. "내가 어디 아파 보여? 내 얼굴에 그게 나타나?" 그녀는 자리에서 일어나 빠른 걸음으로 책상 위 작은 거울을 향해 갔다. "얼마나 끔찍한 거울인지…… 온통 얼룩덜룩하고 색이 바랬네. 이 거울로는 누구라도 귀신 같아 보일 거야!" 그녀는 돌아서서 애원하는 눈길로 거티를 뚫어지게 바라보았다. "이 바보, 왜 그렇게 끔찍한 얘길 나한테 하는 거야? 아파 보인다는 말만 들어도 병이 나겠어! 아파 보인다는 건 못생겼다는 말이니까." 그녀는 거티의 두 손목을 잡고 그녀를 창가로 이끌었다. "궁극적으로는 내가 진실을 아는 게 좋겠지. 내 눈을 똑바로 바라봐 줘, 거티, 그리고 말해 줘. 내가 완벽하게 끔찍해 보여?"

"지금은 완벽하게 아름다워 보여, 릴리. 눈이 빛나고, 뺨은 갑자기 그런 홍조를 띠고……."

"아, 그럼 내가 방금 들어왔을 때는 창백했다는 얘기네…… 끔찍하게 창백했다는 얘기지? 내가 완전히 망가졌다고 왜 솔직하게 얘기 안 해 줘? 내 눈이 지금 빛나고 있는 것은 내가 그렇게 불안하기 때문이야…… 하지만 아침에는 내 눈이 납처럼 보여. 그리고 주름이 생기고 있는 게 보여…… 걱정과 실망과 실패에서 오는 주름! 잠 못 이루는 밤마다 주름이 하나씩

늘어나는 거야…… 하지만 그렇게 끔찍한 생각들을 해야 하
는데 어떻게 잠들 수 있겠어?"

"끔찍한 생각들이라니…… 뭘 말하는 거야?" 거티가 릴리의
열에 들뜬 손가락으로부터 가만히 자신의 허리를 빼내며 물
었다.

"무슨 생각들이냐고? 글쎄, 무엇보다도 가난을 생각하
지…… 그리고 가난보다 더 끔찍한 것은 알지 못해." 릴리는
갑자기 지친 표정을 하며 몸을 돌려 다탁 부근 안락의자에
몸을 파묻었다. "방금 네드 실버튼이 어떻게 돈을 그렇게 많
이 썼는지 이해가 가느냐고 물었지. 나는 물론 이해할 수 있
어…… 부자들하고 어울리다 보니까 그렇게 된 거야. 너는 네
드나 나 같은 사람들이 부자들하고 어울린다기보다는 그 사
람들한테 의지해서 산다고 생각하겠지. 물론 어떤 의미에서는
그 사람들한테 의지해서 살기도 하지. 하지만 그런 특권을 누
리려면 값을 치러야 해! 그 사람들의 정찬을 먹고, 그 사람들
의 포도주를 마시고, 그 사람들의 담배를 피우고, 그 사람들
의 마차와 오페라 좌석과 자가용을 사용하지…… 그건 맞아.
하지만 그런 사치들 하나하나에는 다 세금이 붙거든. 남자들
은 그 세금을 하인들에게 주는 후한 팁으로, 분에 넘치는 카
드놀이로, 꽃과 선물로…… 그리고…… 그리고…… 다른 많은
비싼 것들로 지불해. 여자들도 물론 팁과 카드놀이로 지불하
지……. 오, 그리고, 맞아, 나는 브리지도 다시 해야 했어……
그리고 최고의 양재사한테 가서 옷을 맞추고, 경우에 맞는 옷
을 전부 갖추고, 또 항상 신선하고 절묘하고 즐거운 존재가 되

는 것으로 지불하지!"

그녀는 잠시 눈을 감고 뒤로 기댔다. 그리고 거티는 창백한 입술은 살짝 열리고 반짝이는 지친 눈 위를 눈꺼풀이 덮은 상태로 거기 앉아 있던 릴리의 얼굴에 드리운 변화를 감지하고 깜짝 놀랐다. 낮의 잿빛이 갑자기 그 인공적인 밝음을 꺼뜨려 버린 듯했기 때문이다. 하지만 릴리가 눈길을 들자 그 환영 같은 모습은 사라졌다.

"아주 즐거운 일은 못 되는 것 같지? 그래, 맞아…… 난 거기 신물이 나 있어! 하지만 그런 것들을 모조리 포기해야 한다는 생각만으로도 죽을 것 같아…… 그런 생각 때문에 밤잠을 못 이루고 너한테 진한 차를 타 달라고 하는 거야. 더 이상 이런 식으로 오래 지탱할 수는 없어, 너도 알다시피…… 난 이제 갈 데까지 간 거야. 이제 난 뭘 할 수 있지…… 내가 도대체 어떻게 계속 삶을 지탱해 나갈 수 있을까? 나도 저 불쌍한 실버튼 자매들의 운명으로 떨어져 버리고 말 거야. 남의 눈을 피해서 직업 소개소 주변을 어슬렁거리고 '여성들의 거래소[7]'에 압지에 그린 그림을 들고 가 팔려고 애쓰고! 이미 그런 똑같은 일을 하려고 하는 여자들이 수천수만인데, 그중에 돈을 한 푼이라도 버는 방법에 대해서 나보다 모르는 여자는 단 한 사람도 없을걸!"

그녀는 시계를 급히 보더니 다시 일어섰다. "늦었네, 가야겠

---

7) 당시 미국 일흔다섯 개 도시에 있던 여성들을 위한 판매처로 제작자를 밝히지 않고 물건을 내놓을 수 있었다. 점잖은 집안의 여성들이 가난 때문에 빵, 과자, 잼, 수예품 등을 만들어 파는 장소로 이용되었다.

어…… 캐리 피셔하고 약속이 있거든. 그렇게 걱정스러운 눈으로 보지 마, 좋은 친구…… 내가 지껄인 말도 안 되는 소리에 너무 신경 쓸 것 없어." 그녀는 다시 거울 앞에 서서 가벼운 손길로 머리를 고치고 베일을 내린 후 모피 외투를 솜씨 있게 매만졌다. "물론, 너도 알다시피, 아직 직업 소개소와 그림을 그린 압지까지는 안 갔으니까. 하지만 지금으로선 좀 힘든 상황이고, 만일 내가 할 일을 찾는다면…… 노트를 쓰고 방문객 리스트를 작성하고, 뭐 그런 일 말이야…… 유산을 물려받을 때까진 도움이 되겠지. 그리고 캐리가 일종의 사교계용 비서를 원하는 사람을 찾아 주기로 약속했어…… 너도 알다시피 돈은 많고 사교계에서 처신하는 법은 모르는 사람을 상대하는 것이 캐리 전문 분야잖아."

바트 양은 거티에게 자신의 걱정거리를 다 털어놓은 것은 아니었다. 실은 당장 급하게 돈이 필요했다. 미룰 수도 피할 수도 없는 속된 주간 생활비를 마련해야 했다. 지금 살고 있는 아파트를 포기하고 하숙집에 사는 무명의 존재로, 혹은 거티 패리시의 응접실에 있는 침대라는 잠정적인 호의로 축소된다고 해도, 그것은 그녀가 직면하고 있던 문제를 연기하는 방편에 지나지 않았다. 또한 지금 살고 있는 곳에 계속 살면서 스스로 돈을 버는 쪽이 더 기분 좋고 현명한 일인 것처럼 생각되었다. 전에는 그렇게 해야 할 가능성에 대해서 한 번도 진지하게 생각해 본 적이 없었기 때문에, 자신이 생계비를 버는 사람으로서 불쌍한 실버튼 양만큼 무력하고 무능하다는 사실의 발견은 그녀의 자신감에 심각한 타격이 되었다.

남들이 자신을 그렇게 봐 주었기 때문에 릴리는 스스로도 자신이 정력과 능력이 넘치는 사람이라고, 어떤 상황에 처해서도 그 상황을 장악하는 타고난 능력이 있는 사람이라고 보는 데 익숙했다. 그리고 막연하게 자신의 그런 재능이 사교계 입문을 추구하는 사람들에게 소용이 될 것이라고 기대하고 있었다. 그러나 불운하게도 때와 장소에 맞게 말하고 처신하는 기술을 시장에 제공할 수 있는 특정한 직업의 이름이 존재하지 않았고, 릴리의 우아함이라는 막연한 재산을 활용할 직업을 찾는 것은 피셔 부인의 능력으로도 힘들었다. 피셔 부인은 친구들이 먹고살 만하게 간접적인 도움을 주는 능력이 뛰어났고 이런 종류의 기회 몇 가지를 릴리에게 제공했다고 당당하게 주장할 만했다. 그러나 그보다 더 정당한 방식의 생계책은 피셔 부인이 도와주려고 보통 나서는 곤경에 처한 사람들의 능력 범위 밖에 있었고, 피셔 부인의 능력 범위 밖에 있기도 했다. 더욱이 릴리가 이미 제공된 기회를 활용하는 데 실패했기 때문에 더 이상 릴리를 위한 노력을 하지 않을 만도 한 상황이었다. 하지만 피셔 부인의 한없이 좋은 성격 덕분에 그녀는 실제적인 공급의 필요에 맞춰 인위적인 수요를 창출하는 명인이 되었다. 그녀는 그런 목적을 추구하면서 바트 양을 위한 발견의 항해에 즉시 나섰고, 탐험의 결과 "뭔가를 발견했다."라고 릴리에게 알리며 그녀를 소환했던 것이다.

혼자 남은 거티는 릴리의 곤경에 대해, 그리고 그것을 해소

하는 데 도움이 못 되는 자신에 대해 안타까운 마음으로 생각에 잠겼다. 릴리가 지금으로선 거티 자신이 줄 수 있는 그런 종류의 도움에 관심이 없는 것이 틀림없었다. 패리시 양이 보기에는 릴리가 전에 어울리던 사람들과 완전히 교제를 끊고 새롭게 삶을 재조직하는 것 외에는 희망이 없는 듯했다. 그에 비해 릴리의 에너지는 모두 과거의 삶에 집착하고, 환상을 유지할 수 있는 한 전에 어울리던 사람들과 눈에 띄게 동일하게 살려는 단호한 노력에 바쳐져 있었다. 거티의 눈에는 그런 태도가 불쌍해 보였다. 그러나 예를 들어 셀든이라면 그랬을 것처럼 그런 태도를 냉정하게 비판적으로 보지는 못했다. 그녀는 자신과 릴리가 상대방의 팔을 베고 누워 마음을 나눴던, 그리하여 자신의 심장에 있던 피가 릴리에게 전달되는 듯한 느낌을 받았던 그날 밤을 잊지 않고 있었다. 하지만 자신의 희생도 충분하지 않았던 듯했다. 그 시간의 숨죽인 영향의 흔적은 릴리에게 남아 있지 않았다. 그러나 여러 해 동안 보잘것없는 사람들의 평범한 고통을 접촉하면서 단련된 거티의 친절한 마음씨는 시간에 구애받지 않고 조용히 참으며 기다리는 능력을 가지고 있었다. 그러나 그녀는 걱정을 로런스 셀든과 나누는 위안을 스스로에게 거부할 수는 없었다. 로런스가 유럽에서 돌아온 뒤 전처럼 사촌끼리의 친교를 재개했었기 때문이다.

셀든 자신은 물론 자신들의 관계에 어떤 변화가 있었다는 사실을 의식하지 못하고 있었다. 돌아온 셀든의 눈에는 거티가 전과 다름없이 단순하고, 요구하는 게 많지 않으며, 헌신적인 사촌으로 보였다. 그녀에게 남의 마음을 살피는 능력이 전보다 더 있어 보였지만, 셀든은 그냥 그렇게 느꼈을 뿐 특별히 그 이유가 무엇인지 알고자 하지는 않았다. 거티 자신에게는 한때 셀든과 릴리 바트에 대해 전처럼 거리낌 없이 이야기하는 것은 불가능한 일이라고 여겨졌다. 그러나 그녀 자신의 가슴속에서 은밀하게 일어났던 일은 갈등의 안개가 걷힌 뒤로는 자아의 경계를 무너뜨리는 일로, 개인적 감정의 소모가 인간에 대한 이해라는 더 일반적인 조류로 흡수되는 일이 되었을 뿐이다.

릴리가 거티를 방문한 지 이 주 후에야 거티가 셀든에게 릴리에 대한 자신의 염려를 이야기할 기회가 생겼다. 셀든은 일요일 오후에 방문해서 그녀의 목소리와 눈짓에서 뭔가 자신과 따로 할 이야기가 있다는 사실을 눈치채고, 활력이라고는 별로 없던 그녀의 차 모임을 견뎌 냈다. 마침내 다른 손님들이 다 떠나고 나자 거티는 즉시 셀든에게 언제 릴리를 마지막으로 보았느냐는 질문으로 자신의 관심 화제를 꺼냈다.

셀든은 눈에 띄게 망설였고, 그녀는 그것을 보고 약간 놀랐다.

"전혀 만난 적이 없는데…… 돌아온 뒤에 만날 기회를 계속 놓쳤거든요."

이 예기치 않았던 대답 때문에 거티도 잠시 말문이 막혔다. 그녀가 어떻게 이야기를 해야 하나 계속 주저하고 있는데 그가 다음과 같이 덧붙임으로써 그녀의 부담을 덜어 주었다. "만나 보고 싶긴 했는데…… 유럽에서 돌아온 뒤에 고머 같은 치들하고만 함께 지내는 것 같더라고요."

"그러니까 더 만나 봤어야지요. 아주 불행하게 지내고 있는데."

"고머 부부하고 지내면서 불행했다고요?"

"오, 고머 부부 같은 사람들하고 가깝게 지내는 것을 변호할 생각은 없어요. 하지만 그것도 이제는 끝난 것 같아요. 버사 도싯이 릴리와 다툰 뒤로 사람들이 굉장히 못되게 대하고 있는 거 알잖아요."

"아……" 셀든은 갑자기 벌떡 일어나서 창문 쪽으로 걸어가며 탄성을 질렀고, 어두운 거리에 눈길을 준 채 서 있었다. 그동안 그의 사촌이 설명을 계속했다. "주디 트레너도, 그녀의 가족도 그녀를 버렸어요…… 그리고 모두 버사 도싯이 그렇게 끔찍한 소문을 퍼뜨렸기 때문에. 거기다 돈도 하나도 없어요…… 페니스턴 부인이 릴리에게 모든 걸 다 물려줄 것처럼 하시더니 아주 적은 유산만 남겨 주고 다 끊어 버렸잖아요."

"그래…… 나도 알아요." 셀든이 퉁명스럽게 동의를 표하고 방 쪽으로 돌아섰다. 그리고 불안한 걸음걸이로 문과 창문 사이의 제한된 공간을 오락가락했다. "맞아…… 아주 끔찍하게 부당한 취급을 당했지요. 하지만 불운하게도 그것은 공감을 표현하고자 하는 남자가 릴리에게 할 수는 없는 말이지요."

거티는 그 말에 실망하면서 다소 서늘한 느낌을 받았다. "다른 방법으로 공감을 보여 줄 수도 있을 거예요." 그녀가 말했다.

셀든은 짧게 웃으며 그녀 곁 벽난로 쪽에 놓인 작은 소파에 앉았다. "무슨 생각을 하고 있는 건데요, 대책 없는 선교사님?" 그가 물었다.

거티는 얼굴을 붉혔다. 잠깐 동안은 그것만이 그녀가 할 수 있는 대답이었다. 하지만 곧 더 분명하게 자신의 생각을 표현했다. "두 사람이 전에 아주 좋은 친구 사이였지요…… 릴리가 전에 당신 의견을 아주 중요하게 생각했어요…… 그리고 만일 릴리가 지금 당신이 자신과 거리를 두고 있는 것을 당신 견해의 표현으로 해석한다면 훨씬 더 심하게 불행을 느낄 거라고 생각해요."

"아, 다정한 친구, 릴리에게 자신이 느끼는 모든 종류의 민감한 느낌을 더해 줌으로써 릴리의 불행감 ─ 적어도 거티가 느끼는 그 불행감 ─ 을 확대하지는 말아요." 셀든이 아무리 노력해도 그의 목소리에서 건조함이 제거되지는 않았다. 그러나 거티가 알 듯 말 듯 한 표정을 짓자 조금 더 부드럽게 말했다. "하지만 당신이 뭐든 내가 바트 양을 위해서 할 수 있는 일의 중요성을 너무 과장하긴 해도, 내가 어떤 일이든 기꺼이 할 자세가 되어 있다는 것만은 틀림없지…… 당신이 그렇게 하라고 한다면 말이에요." 그가 잠시 동안 그녀의 손 위에 자신의 손을 올려놓았고, 그 순간 그들 사이에서 이루어진 흔하지 않은 접촉의 조류에 실려 의미의 교환이 이루어졌고, 그것이 숨겨진 애정의 저수지를 채워 주었다. 거티는 자신이 셀든의 대답의 의미를 알 수 있었던 것만큼이나 명확히 셀든도 자신의 요청이 내포하고 있는 희생을 이해하고 있다는 느낌을 받았다. 그리고 갑자기 그 모든 것이 자신들 사이에서 분명해졌다는 느낌 덕분에 다음 말을 하기가 더 쉬워졌다.

"그렇다면 부탁해요. 내가 부탁하는 이유는 릴리가 전에 당신이 큰 도움이 되었다고 말했기 때문이고, 릴리에게 지금보다 도움이 더 필요한 적이 없었기 때문이에요. 릴리가 안락과 사치에 얼마나 의존해 왔는지…… 얼마나 초라하고 못생기고 불편한 걸 못 견뎌 하는지 알고 있겠지요. 릴리 자신도 어쩔 수 없는 거예요…… 그렇게 살 걸 당연시하면서 자랐고, 한 번도 그 밖으로 나가는 경험을 못 해 봤거든요. 하지만 이제 릴리는 자신이 좋아하는 것을 모두 빼앗겼는데, 그런 것을 좋아하라고 그녀에게 가르친 사람들마저 릴리를 버린 거예요. 제 생각엔 누군가가 릴리에게 손을 내밀어 그 이면을 보여 준다면…… 삶과 릴리 자신에게 얼마나 많은 가능성이 남아 있는지를 보여 준다면……" 거티는 자신의 웅변에 당황해서, 그리고 릴리의 만회를 위한 자신의 모호한 열망을 정확히 표현하는 일이 쉽지 않아서 말을 멈췄다. "저 스스로 릴리를 도울 수는 없어요. 제 능력 밖의 일이거든요." 그녀가 말을 이었다. "저한테 짐이 될까 봐 두려워하고 있는 것 같아요. 이 주 전에 우리 집에 왔을 때 앞으로 살아갈 방법에 대해서 아주 크게 걱정을 하고 있는 것 같았어요. 캐리 피셔가 할 일을 찾아 준다고 했다는데. 며칠 후에 개인 비서 자리를 찾았다고 소식을 보내면서 저더러 걱정하지 말라고, 모든 게 다 괜찮고, 시간이 나면 와서 다 얘기하겠다고 쪽지를 보내왔어요. 하지만 그 뒤로 아직 저를 찾아오지 않았고, 원하지도 않는데 제가 찾아가면 안 될 것 같아서 가고 싶지는 않아요. 우리가 아직 어렸을 때 무척 오랜만에 만난 적이 있었거든요. 그때 제가 뛰어가서 릴리를 껴안았던 적이 있어요. 그때 릴리가 '내 허락을 받기 전에는 나한테 뽀뽀하지 마, 거티.'라고 말한 다음, 일 분 후에 저에게 뽀뽀해 달라고 하더라고요. 그래서 그 이후로는 무슨 일이든 릴리가 먼저 부탁할 때까지 기다리거든요."

셀든은 침묵을 지키며 그녀의 말에 귀를 기울였다. 자신도 모르게 표정이 변하는 걸 막기 위해서 좁고 거무스레한 자신의 얼굴에 집중하고 있는 듯한 표정이었다. 거티가 말을 마치자, 셀든이 살짝 미소를 띠며 말했다. "당신이 기다림의 지혜를 배웠다면, 왜 저한테는 뛰어가라고 하는 건지……" 그러나 그녀의 눈이 보이고 있는 고통스러운 호소의 표정을 보고 말을 멈추었다. 그리고 작별 인사를 하기 위해 일어서며 덧붙였다. "어쨌든 당신이 원하는 대로 해 보겠습니다. 그리고 실패를 하더라도 당신 탓을 하지는 않겠어요."

셀든이 바트 양을 피한 것은 그가 그의 사촌으로 하여금 믿게 한 것처럼 그의 의도와 무관한 것은 아니었다. 처음에는, 사실, 몬테카를로에서 마지막으로 함께 지낸 시간의 기억 탓에 여전히 극도로 분개하고 있던 동안에는 그녀의 귀국을 조바심하며 기다렸다. 그러나 그녀는 영국에서 머물며 시간을 끌었고, 그는 그녀의 그런 처신에 실망했다. 마침내 그녀가 귀국했을 때는 마침 일 때문에 서부에 가 있을 때였다. 서부에서 돌아온 뒤에는 공교롭게도 릴리가 고머 부부와 알래스카로 여행을 떠났다는 사실을 알게 되었다. 이 새로운 교유 관계를 알게 되면서 릴리를 만나고 싶었던 그의 생각이 얼어붙어 버렸다. 만일 그녀가 자신의 인생 전체가 산산조각이 나는 것 같은 순간에 고머 부부의 사교계 입지 다지기 작전에 즐겁게 참여할 수 있다면 그녀가 그런 사건들로 인해서 회복 불능의 상처를 입었다고 볼 이유는 없는 듯했다. 실제로 그녀가 내딛는 걸음 하나하나가 그와 그녀가 한두 번 잠깐 동안의 각성의 순간에 만났던 그 영역으로부터 점점 더 먼 곳으로 그녀를 데려가는 듯했다. 그리고 그 사실을 깨달았을 때 처음에는 마음이 찔리는 듯 아팠지만, 그 순간을 넘기고 나서는 오히려 안도감이 들었다. 그에게는 바트 양의 습관적인 행동에 기반해 그녀를 판단하는 것이 가끔 드물게 보이는 일탈적 행동에 기반해 판단하는 것보다 훨씬 더 간단했다. 그 일탈의 순간에 그녀가 자신을 향해 다가오는 것이 자신의 생활에 너무나 큰 혼란을 몰고 왔었으니 말이다. 그녀가 그런 일탈이 재발되는 것을 더욱더 불가능하게 만드는 행동을 계속했고, 그랬기 때문에 그는 자신이 그녀를 관습적으로 바라보는 상황으로 되돌아가는 것에 더욱 강한 안도감을 느꼈다.

그러나 거티 패리시의 말을 듣고 나서 그는 그런 자신의 견해가 얼마나 진정으로 자신의 것이 아닌지, 그리고 자신이 릴리 바트를 생각하면서 평온하게 지내는 것이 얼마나 불가능한 일인지를 충분히 알 수 있었다. 셀든은 릴리에게 도움이 필요하다는 — 심지어 자신이 제공할 수 있는 막연한 도움이라도 — 말을 듣자마자 즉각적으로 다시 그 생각에 사로잡혔다. 거티의 아파트를 나와 거리에 당도했을 때는 거티의 호소가 함축하고 있던 절박감에 완전히 설득된 상태였다. 그래서 그는 그 자리에서 당장 릴리가 머무는 호텔로 향했다.

호텔에 도착했을 때 그를 기다리고 있던 것은 바트 양이 거처를 옮겼다는 소식이었다. 그러나 그가 재차 따져 묻자, 호텔의 사무원은 그녀가 주소를 남겼다는 사실을 기억해 냈고, 당장 장부를 뒤져 그것을 찾기 시작했다.

거티 패리시에게 알리지도 않고 이런 결정을 내렸다는 것은 확실히 기이한 일이었다. 그랬기 때문에 사무원이 주소를 찾는 동안 셀든은 막연한 불안감이 들었다. 찾는 데 시간이 한참 걸렸기 때문에 그동안 셀든이 느끼던 막연한 불안감은 불길한 예감으로 변했다. 그러나 마침내 종잇조각이 전달되었을 때, 그가 읽은 것은 "엠포리엄 호텔, 노마 해치 부인 전교(轉交)"였고, 그걸 보는 순간 그의 불길한 예감은 믿을 수 없다는 표정으로 그 종잇조각을 뚫어지게 바라보는 것으로 변했다. 그리고 그 행동은 다시 혐오감에 차서 그가 그 종잇조각을 두 조각으로 찢어 버린 뒤 재빨리 집을 향해 걸어가는 것으로 바뀌었다.

9장

엠포리엄 호텔로 이사한 릴리가 그곳에서의 첫날 밤을 보내고 깨어난 아침의 기분은 순수하게 육체적인 만족감이었다. 부드러운 베개가 놓인 폭신한 침대에 다시 누워서 햇빛이 잘 드는 넓은 방 반대편 벽난로 곁 탁자 위에 초대하듯 차려진 아침 식사를 바라보는 일은 그동안의 생활과의 대조로 인해 더욱 호사스럽게 느껴졌다. 분석과 반성은 나중에 해도 좋은 일이었다. 그러나 당장은 그 방에 방석 따위가 넘쳐 나고 가구가 지나치게 복잡하게 꾸며졌다는 사실조차도 신경 쓰이지 않았다. 다시 한번 편안함 속에, 불편함이 뚫고 들어갈 여지가 없는 어떤 부드럽고 두툼한 것에 휘감겨 있다는 느낌 때문에 최소한의 비판적인 태도조차도 취할 수가 없었다.

그 전날 오후 캐리 피셔의 인도로 만난 부인에게 인사를 할 때, 릴리는 자신이 새로운 세계로 발을 들여놓고 있다는 사실을 의식하고 있었다. 노마 해치 부인(최근에 이혼을 했기 때문에 처녀 적의 이름으로 돌아갔다는 설명이 있었다.)에 대한 캐리의 설명은 모호했는데, 릴리는 그녀가 '서부에서' 왔다는 사실 아래 그녀의 모든 정황을 이해했다. 그리고 그녀는 엄청나게 많은 돈을 가지고 왔다는 드물지 않은 사정을 통해서 서부에서 왔다는 사실의 약점을 보완하고 있었다. 요컨대 노마 해치 부인은 부자로서 어떻게 처신해야 할지 몰라 부유하고 있는, 릴리의 손길을 필요로 하는 존재라고 했다. 피셔 부인은 릴리가 어떤 식으로 그녀를 인도해야 할지에 대한 구체적인 이야기는 하지 않았다. 그리고 피셔 부인 자신도 해치 부인을 직접 알지는 못하는데 멜빌 스탠시를 통해서 그 여자에 '대해 알게 되었다고' 자인했다. 멜빌 스탠시는 한가한 변호사로 유흥을 즐기는 클럽 생활의 한 부류 안에서 팔스타프[8] 같은 존재였다. 사교계에서의 위치로 말하자면 고머 부류의 사람들과 바트 양이 지금 막 발을 들여놓고 있는 더 침침한 지역 사이의 연결 고리를 형성하는 사람으로 알려져 있었다. 하지만 해치 부인의 세계가 침침하다는 묘사는 은유로만 맞는 것이다. 릴리가 실제로 마주친 해치 부인은 휘황한 전깃불이 밝힌 방 한가운데 앉아 있었다. 그리고 그 빛은 여기저기 불쑥 튀

8) 셰익스피어 희곡 『헨리 5세』, 『헨리 4세』, 『윈저의 즐거운 아낙네들』에 등장해서 희극적인 긴장 완화를 제공하는 인물. 뚱뚱하고 속되고 정직하지 못하고 비겁하지만 동시에 영리하고 통찰력 있으며 언어유희에 능한 인물이기도 하다.

어나온 다양한 장식물들로부터 핑크빛 다마스크와 금박 장식을 한 소파 위에서 고루 반사되었다. 해치 부인은 우묵한 침대에서 조개껍질에서 나오는 비너스처럼 일어섰다.[9] 조개껍질에서 나오는 비너스라는 비유는 그녀의 모습에 대한 묘사로 정당한 것이다. 눈이 큰 그녀의 아름다운 모습에는 유리 진열장 아래 약간 창백하게 보이는 물건에서 발견될 법한 고정성이 있었다. 그녀가 자신보다 몇 살은 더 젊다는 사실을 즉각적으로 알게 되었지만, 그 점을 고려하더라도 그녀는 지나치게 환했다. 그리고 그녀의 화사함과 편안한 태도와 옷차림과 목소리의 공격성 아래 지울 수 없는 순진함, 서부에서 온 여자들의 내부에서 놀라울 만큼 극단적인 경험과 기묘하게 공존하고 있는 그 순진함을 고려해도 마찬가지였다.

릴리가 어쩌다 처한 그 환경은 그곳의 거주자들만큼이나 그녀에게 낯선 것이었다. 그녀는 뉴욕 호텔 생활을 중심으로 한 사교계에 대해서 무지했다. 그것은 환상적인 요구를 만족시킬 기계들과 기구들이 지나치게 많이 들어차 있고, 지나치게 덥고, 지나치게 화려한 천으로 장식한 세계였는데, 그곳에서는 문화적인 생활의 편안함은 사막에서만큼도 손에 넣을 수 없었다. 이 작열하는 화려함의 분위기 속에서 가구들만큼이나 화려하게 장식된 창백한 인간들, 확실한 목적도 영구적인 관계도 없는 사람들이 오가고 있었다. 그들은 식당에서 연

9) 로마 신화에서 사랑과 미의 여신인 비너스는 바다의 거품으로부터 태어났으며 국자가리비 껍질을 타고 처음 나타난다. 보티첼리가 「비너스의 탄생」에서 묘사한 장면으로 유명하다.

주회장으로, 야자수 정원에서 음악실로, '미술 전시회'에서 맞춤옷 디자이너의 개업식으로 호기심의 나른한 파도를 타고 부유했다. 발을 높이 치켜들고 걷는 말들이나 정교하게 꾸며진 자동차들이 이 귀부인들을 막연한 대도시의 거리들로 실어 나르려고 기다리고 있었다. 그리고 그녀들은 자신들이 두른 흑담비 털의 무게 때문에 더욱 핼쑥해진 모습으로 돌아와 다시 호텔에서의 일상이라는 질식할 듯한 무기력으로 빨려들어갔다. 그들 뒤 어딘가에, 그들 삶의 배경에 진짜 인간다운 활동에 의해 채워진 진짜 과거가 있었다는 사실에는 의심의 여지가 없었다. 그들 자신은 아마도 강한 야망, 끈질긴 정력, 인생에서 건강하게 거친 부분과의 다양한 접촉들의 산물이었을 것이다. 그러나 그들에게는 연옥에 있는 시인의 그림자들처럼[10] 실제적인 존재감이라고는 없었다.

릴리는 이 창백한 세계에 발을 디딘 지 얼마 되지 않아서 해치 부인이 그 안에서는 그래도 가장 중량감 있는 존재라는 사실을 깨달았다. 아직은 진공 상태에서 떠다니고 있지만 나름의 윤곽을 계발시킬 수 있는 미약한 조짐이 보이는 여자였다. 그렇게 해치 부인의 윤곽을 계발하려는 노력을 하는 과정에서 릴리는 멜빌 스탠시 씨의 적극적인 도움을 받았다. 스탠시 씨야말로 해치 부인을 그녀의 최초 계발의 장소로부터 대도시의 호텔 생활이라는 한 단계 더 높은 자리로 옮겨 놓은

---

10) 단테의 『신곡』 「지옥 편」에 나오는 죄를 짓지는 않았지만 세례를 받지 못해 연옥을 떠도는 구원받지 못한 영혼에 대한 암시.

사람이었다. 스탠시 씨가 제공하는 기사도는 시끌벅적하고, 즐거운 기회를 그녀에게 제안하고, '개막 공연'의 박스 좌석과 1000달러짜리 과자 상자를 발견하는 일이었다. 해치 부인을 위해 말 전람회에서 최상급 판정을 받을 수 있는 말을 발견해 준 것도, '일요일 판 부록'의 지속적인 장식물이 된 그녀의 사진을 찍을 사진사를 소개해 준 것도, 그녀 중심의 사교계를 구성할 무리를 꾸려 준 것도 스탠시 씨였다. 이질적인 인물들로 이루어진 그 무리는 아직 사람을 더 채워 넣어야 할 커다란 공간이 남겨져 있는 소규모 그룹이었다. 그러나 릴리가 그 그룹의 규제가 더 이상 스탠시 씨의 손에 달려 있지 않다는 사실을 발견하는 데는 오랜 시간이 걸리지 않았다. 종종 그렇듯이 청출어람이었다. 해치 부인은 이미 엠포리엄의 세상 너머에 존재하는 우아함의 높이와 사치의 깊이를 의식하고 있었다. 그 발견과 더불어 그녀는 즉시 더 우월한 안내자, 자신이 교환하는 서신에 적절한 어조를 부여하고 자신의 모자를 '맵시' 나게 해 주며, 자신의 메뉴에 올릴 적절한 음식을 골라 줄 수 있는 능숙한 여성의 손길을 열렬히 원하게 되었다. 요컨대, 바트 양은 이제 막 싹트기 시작한 사교 생활의 관리자 역할을 하며 그녀를 인도해 주어야 했다. 바트 양의 공식적 직함인 비서로서의 임무는 아직까지는 해치 부인이 편지를 쓸 대상이 거의 없었기 때문에 제한적이었다.

해치 부인식 삶의 일상적인 세부는 그 일반적인 기조만큼이나 릴리에게 낯설었다. 그 귀부인의 습관은 동양적인 나태와 무질서를 특징으로 했기 때문에 그녀의 비서에게는 특히 견디기 힘든 것이었다. 해치 부인과 그녀의 친구들은 함께 시간과 공간의 범위 밖을 떠다니는 것처럼 보였다. 정해진 시간이 없었고, 정해진 의무가 없었으며, 밤과 낮이 혼동되고 퇴행적인 일들이 마구 뒤섞인 채 혼합되었다. 그래서 티타임에 점심을 먹고, 정찬은 극장 관람 후의 시끌벅적한 저녁 식사와 섞이는 일이 흔했다. 그리고 그런 저녁 식사는 해치 부인의 저녁 시간을 새벽까지 연장시키곤 했다.

이런 헛된 활동들의 잡동사니를 통해서 기묘한 식객들의 무리 — 손톱 손질사들, 미용사들, 헤어 디자이너들, 브리지와 프랑스어와 '육체 계발'을 가르치는 사람들 — 가 오고 갔다. 그 식객들은 겉모습이나 해치 부인과의 관계에서 그녀의 공인된 친구들과 별로 구별되지 않았다. 그러나 릴리에게 가장 기묘했던 것은 그 친구들의 무리에 자신의 지인들이 몇몇 포함되어 있다는 사실이었다. 그녀는 자신이 평소에 어울리던 사람들과 완전히 단절된 채 지낸다고 생각하며 다소 안도하고 있었다. 그러나 지인들이 워낙 많아 피셔 부인의 세계와도 한 끝이 닿아 있는 스탠시 씨가 피셔 부인의 세계에 있던 가장 빛나는 장식물들 중 몇몇을 엠포리엄의 서클로 끌어당겼다는 사실을 발견했다. 릴리는 처음에 해치 부인의 응접실에 습관적으로 출몰하는 사람들 중 네드 실버튼이 있다는 사실을 알고 정말 놀랐다. 그러나 릴리는 곧 그가 스탠시 씨가 발탁한 인물들 중에서 가장 중요한 인물도 아니라는 사실을 알게 되었다. 해치 부인의 그룹에서 주목을 받고 있는 중심인물은 밴 오스버그 집안의 엄청난 재산을 상속할 작고 호리호리한 젊은이 프레디 밴 오스버그였다. 프레디는 대학을 졸업한 지 얼마 되지 않았는데, 릴리의 몰락 이후 부상한 인물이었다. 이제 릴리는 그가 해치 부인 삶의 바깥 여명에 얼마나 환한 광채를 비추고 있는지 놀라서 바라보았다. 그렇다면 이런 곳이 젊은 청년들이 사교계의 공식적인 절차에서 풀려난 뒤 '들르는' 곳들 중 하나라는 얘기였다. 이런 곳이 그들 여주인들의 조바심에 찬 희망을 그렇게 자주 좌절시키던 '선약'이었던 것이다. 릴리는 자신이 사교계의 태피스트리 뒤, 실이 매듭지어지고 느슨한 끄트머리가 나와 있는 쪽에 있다는 기묘한 느낌을 받았다. 잠시 동안 그녀는 그 쇼에서, 자신이 거기서 담당하는 몫에서 일종의 쾌감을 느꼈다. 관습의 아이러니를 경험한 그녀의 눈에 이곳에는 분명하게 신선한 편안함과 파격이 있었다. 그러나 이런 유쾌한 순간들은 자신이 보내고 있는 긴 혐오의 날들에 대한 짧은 반작용이었을 뿐이었다. 해치 부인이 사는 방식의 휘황찬란한 공허에 비하면 릴리의 이전 친구들의 삶은 질서 잡힌 활동으로 가득 차 있는 것처럼 느껴졌다. 그녀가 알고 지내던 사람들 중에서 가장 무책임한 미인도 물려받은 의무, 관습적인 관용, 거대한 시민적 기구의 운동에서 일정한 역할을 담당하고 있었다. 그리고 그 모든 것들은 전통적인 기능들의 연대 속에서 서로 척척 잘 들어맞았다. 정해진 의무들을 수행했다면 바트 양의 위치는 단순했을 것이다. 하지만 막연히 해치 부인을 수행하는 과업은 상당히 곤혹스러운 일이었다.

이런 곤혹스러움을 창출하는 주체는 그녀의 고용인은 아니었다. 해치 부인은 처음부터 거의 감동적일 정도로 릴리의 인정을 받기를 갈망했다. 그녀의 아름다운 눈은 부의 우월성을 주장하기는커녕 간절한 무경험자의 호소를 담고 있었다. 그녀는 '멋진' 일을 하기를 원했고 '예쁘게' 행동할 수 있는 방법을 배우고 싶어 했다. 어려움은 그녀의 이상과 릴리의 이상 사이 접촉점을 찾는 일에서 왔다.

해치 부인은 막연한 열정 속에서, 그녀가 무대와 신문과 패션 잡지와 릴리의 시야에서는 더욱 멀리 벗어나 있는 현란한 운동의 세계에서 골라 낸 열망의 안개 속에서 헤엄치고 있었다. 이런 혼동스러운 개념들로부터 그녀를 사교계의 가장 높은 곳까지 진출시킬 수 있는 요소들을 분리해 내는 것이 릴리의 명백한 의무였다. 그러나 그 임무의 수행은 재빨리 커 가고 있는 회의로 인해 저지되었다. 릴리는 실상 자신의 상황에 내재한 모호함에 대해 더욱더 의식을 해 가고 있었다. 그녀가 관습적인 의미에서 흠잡을 데 없는 해치 부인의 태도에 대해 회의하고 있기 때문은 아니었다. 해치 부인의 문제는 항상 처신의 문제라기보다 취향의 문제였다. 그녀의 이혼 기록은 도덕적이기보다는 지리적인 조건에 기인한 것으로 보였다. 그리고 그녀의 애매한 성격의 가장 나쁜 점은 지나치게 느슨하고 관용적인 기질에서 기인하는 듯했다. 그러나 릴리가 해치 부인이 미용사에게 점심을 먹고 가라고 한다든지 프레디 밴 오스버그의 극장 박스 좌석에 오라고 '미용 박사'를 초대하는 것에는 크게 괘념치 않는다 쳐도, 그보다 좀 덜 분명한 관습으로부터의 이탈에 대해서는 마음이 편하지 않았다. 예를 들어 스탠시와 네드 실버튼의 관계는 자연스러운 친분에 따른 것이라고 보기에는 지나치게 가깝고 성격이 불분명한 것이었다. 그리고 그 두 사람은 프레디 밴 오스버그가 해치 부인을 점점 더 좋아하는 것을 장려하려고 노력한다는 점에서 의견이 일치하는 것처럼 보였다. 아직까지는 구체적으로 이름 붙일 만한, 그 두 사람이 심한 장난을 쳤다고 부를 만한 상황은 발생하지 않았다. 그러나 릴리는 그들의 실험 대상이 너무 젊고 너무 부자이며 너무 순진하다는 사실을 막연히 의식하고 있었다. 그리고 프레디가 자신이 해치 부인의 사교계에서의 전진을 돕는 일에 그와 협력해 함께 작업하고 있는 것으로 여기는 듯해서 더욱 당황스러웠다. 그런 견해는 프레디가 해치 부인의 미래에 대해 영구적인 관심을 갖고 있다는 것을 뜻했기 때문이다. 릴리가 사태가 이렇게 전개되는 것을 보고 아이러니를 느끼며 재미있다는 생각을 한 순간도 있기는 했다. 해치 부인 같은 그런 미사일을 배신의 사교계의 가슴 한복판으로 쏘아 올린다는 생각은 흥미가 없지 않은 일이었다. 바트 양은 한가한 시간에 아름다운 노마가 밴 오스버그 집안의 가족 연회에서 최초로 소개되는 모습을 상상하며 재미를 느끼기도 했다. 그러나 그런 거래에 개인적으로 연루된다는 생각은 그런 상상만큼 유쾌한 것은 아니었다. 잠깐의 쾌감은 곧 점증하는 회의의 시간으로 이어졌다.

이런 회의가 짙어지고 있던 어느 날 늦은 오후에 릴리는 로런스 셀든의 방문을 받고 깜짝 놀랐다. 그가 들어섰을 때 그녀는 핑크빛 다마스크가 넘실거리는 황무지에 혼자 있었다.

해치 부인의 세계에서는 티타임은 사교계의 의식에 바쳐져 있지 않았고, 따라서 해치 부인은 안마사의 손에 맡겨져 있었다.

셀든이 들어서는 것을 본 릴리는 속으로 놀라고 당황스러웠다. 그러나 그의 태도가 냉정한 것을 보고 그녀도 침착성을 되찾았다. 그녀는 즉시 놀랍고 반갑다는 어조로 어떻게 그렇게 의외의 장소에 자기가 있다는 사실을 알고 찾아왔는지, 무엇 때문에 그런 수고를 하게 되었는지 솔직하게 물었다.

셀든은 이 질문에 예외적으로 진지한 태도를 취했다. 그녀는 그가 그렇게 상황을 장악하지 못하는 모습을 한 번도 본 적이 없었다. 그는 너무도 명백하게 그녀가 자기 앞에 놓을지도 모르는 어떤 장애물에도 걸려 넘어질 것 같은 모습을 하고 있었다. "만나고 싶었어요." 그가 말했고, 릴리는 셀든이 스스로 원하는 바를 대단히 자제하고 있었던 모양이라고 대답하고 싶은 유혹을 억제하지 못했다. 그녀는 사실 그의 연락 두절을 지난 몇 달간 자신이 한 경험 중에서도 가장 비통한 것의 하나로 느끼고 있었다. 그가 자신을 버렸다는 사실로 인해서 그녀는 자존심의 표면 아래 깊숙하고 민감한 부분에 상처를 입었던 것이다.

셀든은 이 도전에 정면으로 맞섰다. "당신께 도움이 될 수 있을 거라고 생각할 수 없었다면 내가 왜 왔겠어요? 당신이 나를 원할 수도 있다고 상상할 때 그것이 내게 유일한 구실이었는데요."

그녀에겐 이 말이 어설픈 회피로 들렸고, 그런 생각 때문에 그녀의 대답에는 날카로운 화살이 박혀 있었다. "그렇다면 지금은 제게 도움이 될 거라고 생각하셔서 오셨나 보군요."

그는 다시 망설였다. "맞아요. 의논 상대라는 사소한 역할을 해 드리려고요."

똑똑한 남자치고는 확실히 우둔한 시작이었다. 그리고 그의 어색한 태도가 그의 방문에 자신이 개인적인 중요성을 부여할까 봐 염려하는 마음에서 비롯된 것이라고 생각하니 그를 만나서 반가운 마음이 일순에 식었다. 가장 어려운 상황에서도 그를 만나면 언제나 반가운 마음이 들었다. 그를 미워할지언정 그가 당장 눈앞에 안 보였으면 했던 적은 없었다. 지금 그녀는 그를 증오하는 마음에 무척 근접해 있었다. 그러나 그의 목소리, 그의 가느다란 검은 머리카락에 빛이 비치는 모습, 그가 앉아 있거나 움직이는 모습, 그가 옷을 입은 모습 — 릴리는 그와 같이 사소한 것들조차 자신의 마음속 가장 깊은 곳에 함께 직조되어 있다는 사실을 의식했다. 그와 함께 있으면 일종의 고요가 찾아왔다. 그리고 자신의 정신에 깃든 혼란의 상태가 그쳤다. 그러나 그런 영향력에 저항하고 싶은 충동을 느끼면서 릴리가 급히 말했다. "그런 역할을 하기 위해서 오시다니 참 선한 일을 하고 계시군요. 그렇지만 제게 이야기를 나눠 볼 특별한 뭔가가 있다고 생각하신 이유가 뭘까요?"

비록 가벼운 대화의 어조를 한결같이 유지하기는 했지만 그 질문의 방식은 셀든에게 자신이 주제넘게 남의 일에 참견하고 있다는 사실을 상기시켜 주었다. 그리고 셀든은 잠시나마 그 생각 앞에서 멈칫거렸다. 그들 사이의 상황은 돌연한 감정의 폭발을 통해서만 해결될 수 있는 것이었다. 하지만 그들이 받은 모든 훈련과 그들의 사고의 습관은 그런 식의 폭발을 불가능하게 하는 것이었다. 코끼리처럼 큰 해치 부인의 소파 중 하나의 양 끝에서 서로를 마주 보고 있는 동안 셀든의 침착성은 저항이 되어 굳어진 듯했고, 바트 양의 그것은 반짝이는 아이러니의 표면을 이루며 굳어진 듯했다. 문제의 소파, 그리고 그 괴물 같은 장식물들로 채워진 아파트가 마침내 셀든에게 어떻게 대답해야 할지를 암시해 주었다.

"거티가 당신이 해치 부인의 비서로 일하고 있다고 얘기해 주었습니다. 그리고 제가 알기로 거티는 당신이 어떻게 지내시는지 궁금해하고 있지요."

바트 양은 이 설명을 듣고도 전혀 누그러지는 기색이 없었다. "그럼, 왜 거티가 직접 나를 찾아오지 않았지요?" 그녀가 물었다.

"당신이 주소를 보내지 않았기 때문에 당신을 귀찮게 하고 싶지 않아서 그런 것이죠." 셀든이 미소를 띤 채 말을 이었다. "난 그런 것 때문에 주저하느라고 못 오지는 않았습니다. 그렇지만 당신을 불쾌하게 해 드린다 하더라도 난 거티만큼 크게 다치지는 않겠지요."

릴리는 미소를 그에게 돌려주며 말했다. "아직 그 정도까지는 오시지 않았어요. 하지만 그러시게 될 것 같군요."

"그건 당신께 달린 거죠, 그렇지 않나요? 제가 원하는 것은 당신이 원하는 대로 저를 써 주십사 하는 것 이상은 아니니까요."

"그렇다면 무엇까지 해 주실 수 있는데요? 제가 어떻게 하길 원하시는데요?" 그녀는 똑같이 가벼운 어조로 물었다.

셀든은 다시 한번 해치 부인의 응접실을 둘러보았다. 그러고 나서 이 마지막 검사의 동작으로부터 얻어 낸 것으로 보이는 단호한 태도로 말했다. "당신을 여기서 모시고 나가도록 허락해 주십시오."

릴리는 이 갑작스러운 공격에 얼굴을 붉혔다. 그런 뒤 단단한 방어의 자세로 차갑게 대답했다. "그러고 나면 제가 어디로 가야 한다는 말씀인가요?"

"우선 거티한테 돌아가셔야지요, 괜찮으시다면. 중요한 건 이곳을 떠야 한다는 겁니다."

유난히 딱딱한 셀든의 어조는 릴리가 그가 그 말을 하기 위해 얼마나 용기를 내야 했는지를 보여 주는 것이었을지도 모른다. 하지만 릴리는 반란의 화염에 감정이 휩싸여 있었기 때문에 셀든의 감정을 짐작할 여유가 없었다. 그는 그녀에게 가장 친구가 필요했던 시기에 자신을 저버리고, 아마도 고의로 피한 뒤에 느닷없이, 아무 자격도 없이 자신의 생활에 끼어들어 이렇게 기묘한 권위적인 태도를 보이고 있는 것이었다. 그런 태도는 릴리의 내부에서 자존심과 자기방어의 본능을 최대한으로 불러일으켰다.

"정말 감사드립니다." 그녀가 말했다. "제 계획에 그렇게 관심을 가져 주셔서. 하지만 저는 제가 있는 곳에 무척 만족하고 있으며, 전혀 떠날 생각이 없습니다."

셀든은 이미 자리에서 일어나 그녀가 감당하기 어려울 만큼 기대에 찬 태도로 그녀 앞에 서 있었다.

"그건 단지 당신이 지금 어디 계신지 스스로 모르고 있다는 걸 뜻할 뿐입니다!" 그가 외쳤다.

릴리도 머리끝까지 화가 치솟아 자리에서 일어났다. "해치 부인에 대해서 불쾌한 이야기를 하려고 여기 오신 거라면……."

"제 관심사는 당신과 그녀의 관계일 뿐입니다."

"해치 부인과 제 관계는 제가 부끄러워할 게 없는 관계입니다. 이전의 친구들이 제가 굶어 죽거나 말거나 제 사정을 알면서도 신경 쓰지 않았을 때 제가 먹고살도록 도와준 사람입니다."

"말도 안 돼요! 굶어 죽는 것이 유일한 대안은 아니지요. 당신이 다시 독립할 때까지 항상 거티와 함께 지낼 수 있다는 것을 아시잖아요."

"제 사정에 대해서 그렇게 잘 아시는 것을 보니 아마…… 제 고모의 유산을 제가 상속받을 때까지라는 뜻으로 하신 말씀이겠지요?"

"그래요. 거티가 말해 줬어요." 셀든은 당황해하지 않으며 말했다. 그는 이제 완전히 진지해져서 자신의 의견을 말하는 걸 굳이 억제하려 하지 않았다.

"하지만 거티는 모르지요." 바트 양이 대답했다. "제가 그 유산 전체를 다 빚 갚는 데 써야 한다는 것을."

"맙소사!" 셀든이 그 의외의 말에 침착함을 잃고 외쳤다.

"땡전 한 푼까지 다, 그리고 그 외에도 더." 릴리가 되풀이했다. "그러니 이제 제가 왜 거티의 친절을 받아들이기보다 해치 부인과 지내는 편을 선호하는지 아마 이해하시겠죠. 제 적은 수입 외에는 아무런 돈도 없어요. 그러니 살아가려면 돈을 좀 더 벌어야 하거든요."

셀든은 잠시 망설이다가 조금 더 침착한 어조로 말했다. "그렇지만 당신의 수입과 거티의 수입이면…… 제가 자세한 상황에 대해 이야기하는 것을 허락하셨으니 말씀이지만…… 당신 스스로 돈벌이를 하시지 않고도 두 분이 생활을 해 나가실 수 있을 텐데요. 거티는 그렇게 하고 싶어 하고 또 제가 알기로는 그렇게 지낸다면 아주 행복해할 겁니다……."

"그렇지만 전 아니거든요." 바트 양이 그의 말을 중단시키며 말했다. "그렇게 하는 게 거티한테 폐가 되기도 하고 또 저 스스로에게도 현명한 일이 아닌 이유가 많이 있습니다." 그녀가 잠시 말을 쉬었다. 그리고 그가 자신의 설명을 기다리는 것처럼 보이자, 고개를 재빨리 들며 말했다. "그 이유를 설명해 드릴 것까지는 없겠지요."

"제가 그 이유를 알아야만 한다고 말씀드릴 자격은 없습니다." 셀든이 그녀의 어조를 무시하며 대답했다. "이미 말씀드린 것 이상으로 논평이나 제안을 할 자격은 없지요. 그런 말씀을 드린 저의 자격이란 한 여성이 자신도 모르게 그릇된 처지에 놓이게 될 때 그 점에 대해 알려 드려야 하는 보편적인 남자의 권리일 뿐입니다."

릴리는 미소를 지었다. "그러니까," 그녀가 응수했다. "그릇된 처지란 우리가 사교계라고 부르는 곳 바깥을 지칭하시는 것이겠죠. 그렇지만 해치 부인을 만나기 훨씬 전에 제가 이미 그 신성한 구역으로부터 추방당했다는 사실을 기억하셔야죠. 제가 보는 한에서는 그 구역 안에 있거나 밖에 있거나 진정한 차이는 거의 없습니다. 당신이 언젠가 제게 그 차이를 심각하게 생각하는 것은 그 안에 있는 사람들뿐이라고 말씀하셨던 게 기억나는군요."

릴리가 벨로몬트에서 그들이 나누었던 그 추억 어린 대화에 대해 암시할 때 그녀에게는 사심이 전혀 없지도 않았다. 실제로 자신의 그 같은 암시에 셀든이 어떻게 반응하는지 상당히 긴장해서 지켜보고 있었다. 그러나 그 실험의 결과는 실망스러웠다. 셀든은 그 암시에 신경을 쓰느라 자신이 말하고자 하는 요점으로부터 벗어날 의사가 없었다. 그는 다만 더욱 강조하며 말했다. "안에 있느냐 밖에 있느냐의 차이는 당신 말씀대로 아주 작지요. 그리고 그것은 이 문제와는 아무런 상관도 없습니다. 그 안에 들어가고 싶어 하는 해치 부인의 욕망 때문에 내가 그릇된 처지라고 보는 그런 처지에 당신이 놓이게 된다는 점을 제외하면 말입니다."

그의 어조가 완화되기는 했으나 그의 말 한마디 한마디가 릴리의 저항을 강화하는 효과를 가져왔다. 그가 그녀에게 불러일으킨 염려 자체가 그녀의 반감을 더욱 강화했다. 그녀가 기대한 것은 개인적인 공감의 어조, 그에 대한 자신의 영향력의 회복의 기미였다. 그런데 그가 보인 것은 냉정하고 사심 없는 태도였고 그녀의 호소에 대한 대응의 결핍이었다. 그녀는 자존심에 상처를 입었고, 그의 참견에 맹목적인 분개심을 느꼈다. 그가 오로지 거티가 보냈기 때문에 찾아왔다는 확신,

그리고 자기가 어떤 곤경에 처해 있다 해도 그 사실을 안다고 해서 결코 자발적으로 자기를 도우러 오지는 않았을 것이라는 확신이 들었다. 따라서 그녀는 그가 더 이상은 머리카락 하나 굵기만큼도 더 다가오지 못하게 하겠다고 단단히 결심했다. 스스로 자신의 처지에 내재하는 문제에 대해 회의를 하더라도, 셀든 덕분에 그 사실을 인식하기보다는 지속적으로 어둠 속에 남아 있는 편을 선택하고 싶었다.

"모르겠군요." 그가 말을 멈춘 틈에 그녀가 말했다. "왜 제가 당신이 묘사하는 것과 같은 처지에 있다고 상상하시는지. 하지만 당신은 항상 제게 제가 받은 교육의 유일한 목적이 여자에게 자신이 원하는 걸 얻도록 가르치는 것이라고 하셨지요. 그렇다면 제가 지금 하고 있는 일이 바로 그런 것이라고 가정하시지 않을 이유가 있나요?"

이렇게 요약하며 그녀가 지은 미소는 더 이상 속엣말을 나누고 싶지 않다는 것을 단호히 전달하는 장애물 같은 것이었다. 그 밝은 미소가 자신을 다가오지 못하게 막고 있어서 셀든은 거의 자신이 그녀의 가청 거리 밖에 있는 느낌을 받으며 말했다. "제가 당신을 그런 식 교육의 성공 사례라고 부른 적은 없는 것 같습니다만."

릴리는 그 말에 함축된 의미에 얼굴을 붉혔지만 이내 마음을 다잡으며 가볍게 웃었다.

"아, 조금 더 기다려 보시죠…… 결론을 내리시기 전에 시간을 좀 더 주세요!" 그리고 그가 그녀가 내보이는 꿰뚫을 수 없는 표면의 균열을 찾으며 그녀 앞에서 망설이고 있는 동안 그녀가 말을 이었다. "저를 포기하지 마세요. 아직은 제가 제가 받은 훈련에 값하는 존재가 될 가능성이 있으니까요!"

10장

"저 스팽글들 좀 봐요, 바트 양…… 어느 것 하나도 제대로 바느질된 게 없네요."

야위고 키만 훌쩍 큰 여자 반장이 릴리 곁에 있는 탁자에 그 저주받은 철사와 망사의 구조물을 던지듯 내려놓고 줄지어 앉은 다음 사람에게 갔다.

작업실엔 사나운 북쪽 빛 아래 스무 명의 여자들이 부풀린 머리 아래서 녹초가 된 얼굴을 그들의 도구들 위로 숙이고 있었다. 그 일은, 즉 운이 좋은 여성의 얼굴을 위한 이 만화경처럼 변화하는 배경의 창조라는 일은 확실히 단순한 산업 이상의 것이었다. 일하는 여성들 자신의 얼굴은 실제로 영양실조에 걸려서가 아니라 뜨거운 공기와 앉아서 하는 고역의 유해함 때문에 누르스름했다. 그들은 유행의 첨단을 걷는 모자 제

작소에 고용되어 있었고, 옷도 꽤 잘 입었으며 보수도 괜찮았다. 그러나 그들 중 가장 젊은 축도 중년 여성처럼 무표정하고 혈색이 나빴다. 그 작업실 전체에서 아직 피가 도는 것처럼 보이는 피부는 하나뿐이었다. 그 피부는 지금 짜증 탓에 화끈거리고 있었으니, 바트 양은 그 여자 반장의 꾸중을 듣고 모자들에서 중복해서 붙인 스팽글을 떼기 시작했다.

거티 패리시는 릴리가 얼마나 아름답게 모자를 잘라 내서 꾸미는지를 기억해 내고 해결책이 나타났다는 희망에 부풀었다. 젊은 귀부인 모자상들이 패션가의 후원을 업고 가게를 차렸는데, 그들의 '작품'에 전문가의 손으로는 결코 할 수 없는, 설명하기 어려운 솜씨를 발휘한 사례들이 있었기 때문에 거티는 미래에 대해 낙관적인 비전을 가질 수 있었다. 릴리조차도 노마 해치 부인과 결별한 뒤 자신이 친구들에게 의존하는 존재로 전락될 필요는 없다는 확신이 들었다.

그 결별은 셀든의 방문 몇 주 후에 이루어졌다. 만일 그의 불운한 충고로 인해 릴리가 저항감을 느낀 일만 없었더라도 그 결별은 더 일찍 이루어질 수 있었다. 스스로 지나치게 상세히 따지려고 신경을 안 썼을 거래에 자신이 연루되었다는 느낌은 곧 스탠시 씨가 만일 그녀가 "그들을 끝까지 돕는다"면 후회하지 않을 것이라고 암시하는 말을 들음으로써 더 확실한 것이 되었다. 그와 같은 충성심에 대한 직접적인 보상이 기다리고 있다는 것의 함축적인 의미를 깨달으면서 릴리는 서둘러 그들을 떠나 창피하고 참회하는 마음으로 거티의 공감이라는 넓은 가슴으로 뛰어들었다. 그러나 릴리는 그냥 거티의 가슴에 엎드려 있을 생각은 아니었다. 그리고 거티가 모자 제조업에 대해 생각해 냄으로써 자신이 이익을 창출하는 일을 할 수 있다는 릴리의 희망도 되살아났다. 결국 거기에 그녀의 매력적이고 나긋나긋한 손이 진짜로 할 수 있는 일이 있었다. 그녀는 리본을 멋지게 맨다든가 꽃을 장식한다든가 하는 자신의 손재주에 대해서 전혀 의심하지 않았다. 그리고 자신은 물론 그와 같은 마지막 손질만 하면 될 터였다. 하급자의 손가락들, 뭉툭하고, 더럽고, 바늘에 찔린 자국이 있는 손가락들이 모양을 잡고 안감을 꿰매고, 그녀는 거리에 면한 매력적인 작은 가게 — 온통 흰 패널과 거울과 이끼색 벽걸이들이 걸린 가게 — 를 관리할 것이며, 그 가게에는 그녀가 매만진 완성품들, 모자들, 화환들, 백로 깃털 장식들 따위가 이제 막 비상하려고 균형을 잡고 있는 새들처럼 진열대 위에 올라 앉아 있을 터였다.

그러나 거티의 과업에 착수했을 때부터 이 초록과 흰색이 섞인 가게에 대한 환상은 꺼졌다. 다른 사교계의 젊은 귀부인들이 이미 그렇게 '자리를 잡고' 이름과 리본을 매는 유명한 기술의 매력에 의지해 모자를 팔고 있었다. 그러나 이런 특권을 가진 존재들은 그들의 능력에 대한 믿음을 사람들에게 불어넣어 가겟세와 경상비의 상당 부분을 미리 빌려 쓸 수 있었다. 릴리가 어디서 그런 지원을 발견할 수 있을 것인가? 그리고 발견한다 하더라도 그녀를 승인해 줄 귀부인들을 어떻게 고객으로 유인할 수 있을 것인가? 거티는 몇 달 전에는 그나마 남아 있던 릴리의 형편에 대한 그녀 친구들의 동정의 여지가 그녀의 해치 부인과의 관계 때문에 위태해졌다는 사실을, 혹은 완전히 사라졌다는 사실을 알게 되었다. 릴리는 모호한 상황으로부터 빠져나오기는 했기만 이번에도 그것은 자신의 자존심을 구할 수는 있었을지언정 공적으로 옹호되기에는 너무 늦게 이루어진 것이었다. 프레디 밴 오스버그는 결국 해치 부인과 결혼하지 않았다. 마지막 순간에 아슬아슬하게 위기를 넘기고 나이 지긋한 네드 밴 얼스타인과 함께 유럽으로 보내졌는데, 사람들 얘기로 그를 구한 것은 거스 트레너와 로즈데일의 노력이었다. 그러나 그의 위기는 이제 바트 양의 흉계 탓으로 돌려질 참이었고, 그녀에 대한 일반적 불신의 분위기를 종합하고 뒷받침하는 예가 될 참이었다. 그녀를 멀리하던 사람들에게는 그녀의 행위가 자신들의 태도를 정당화해 주어서 다행인 상황이었다. 그리고 그들은 자신들이 옳았다는 것을 보여 주기 위해서 그녀와 해치 부인의 관계에 대해 다소 과장하고 싶어 했다.

어쨌든 거티의 노력은 단단한 저항의 벽에 부딪혔다. 심지어 해치 사건에 대한 자책감 때문에 잠시 참회의 빛을 보이던 캐리 피셔가 패리시 양의 노력에 도움을 주려고 시도했을 때조차도 성공하지 못했다. 거티는 자신의 실패를 모호하고 다정한 태도 안으로 감추려고 노력했다. 그러나 캐리는 항상 솔직한 사람답게 릴리에게 단도직입적으로 말했다.

"내가 주디 트레너에게 직접 갔었어. 다른 사람들보다는 편견이 덜하고 버사 도싯은 늘 싫어하니까. 하지만 도대체 주디에게 무슨 일을 한 거야, 릴리? 내가 당신의 자금을 지원해 주자고 말을 꺼내자마자 당신이 거스한테서 가져간 돈 얘기를 하면서 화를 내더라고. 그렇게 화난 모습은 본 적이 없어. 주디는 거스가 무슨 짓을 하든 가만 놔두잖아. 자기 친구한테 돈을 쓰는 일만 아니면. 지금 나한테 그나마 대우를 해 주는 것은 내가 너무 쪼들리지 않는다는 사실을 알기 때문이야. ……트레너가 당신을 위해서 투기를 해 줬다고? 그럼 뭐가 문제야? 자기가 돈을 잃은 건 아니잖아. 돈을 잃은 건 아니라고? 그렇다면 도대체 왜…… 하지만 난 도대체 당신을 이해하지 못하겠어, 릴리!"

결국 피셔 부인과 거티는 처음으로 릴리를 돕기 위해 단합해서 가슴 졸이며 탐색하고 많은 의논을 한 끝에 마담 레지나의 유명한 모자 공방에 자리를 마련해 주기로 결정했다. 이런 결정에 이르는 데까지도 상당한 협상을 거치지 않으면 안 되었다. 마담 레지나가 경험이 없는 조수를 채용하는 데 강한 편견을 가지고 반대해서 그녀가 브라이 부인과 고머 부인을 고객으로 두게 된 것이 오로지 캐리 피셔 덕분이라는 사실을 상기시킴으로써만 그녀의 동의를 얻을 수 있었다. 그녀는 처음부터 릴리를 전시장에서 쓸 용의가 있었다. 모자를 전시하는 사람으로서 사교계의 미인에게 나름의 이점이 있었기 때문이었다. 그러나 바트 양은 이 제안에 반대했고, 거티도 릴리의 의견에 강력한 지지를 표시했다. 피셔 부인은 속으로는 그런 입장에 완전히 찬성하지는 않았지만 릴리의 비이성적인 성격에 대한 이 최근 사례에 체념하고 릴리가 일을 배우는 것이 결국 더 유용할지도 모른다며 동의했다. 그리하여 릴리는 친구들의 도움으로 레지나의 작업실에 다니게 되었고, 피셔 부인은 안도의 한숨을 내쉬었고, 거티는 조금 떨어져서 계속 릴리의 거취를 지켜보고 있었다.

릴리는 1월에 일을 시작했고, 이제 두 달이 지났는데, 여전히 모자 틀에 스팽글을 바느질하는 일도 제대로 못 한다고 꾸지람을 듣고 있었다. 다시 일을 시작하려는데 테이블 주변에서 낄낄대는 소리가 들려 왔다. 그녀는 자신이 다른 여자들의 비판 대상이자 조롱거리라는 사실을 알고 있었다. 그들은 물론 그녀의 이력에 대해 알고 있었다. 그 방에서 일하는 모든 여자들은 서로 상대방의 정확한 처지에 대해 알았다. 그러나 그 지식 때문에 계급 의식이 생기지는 않았다. 그것은 단지 그녀의 경험 없는 손가락이 여전히 그 직업의 초보적인 기술에 대해서도 실수를 계속하고 있다는 사실을 설명하는 이유일 뿐이었다. 릴리가 그들이 자신에 대해 어떤 사회적 차이를 인정해 주기를 원한 것은 아니었다. 하지만 그녀는 자신이 그들과 동등한 존재로 받아들여지기를, 그리고 곧 자신의 특별한 솜씨를 보여 줌으로써 자신이 그들보다 우월한 존재라는 사실을 증명하게 되기를 바랐다. 그런데 두 달이나 고역을 참아 가며 일한 끝에 자신이 일찍이 훈련을 받은 적이 없다는 사실만을 노출하고 있는 것은 굴욕적인 일이었다. 그녀가 스스로 가졌다고 확신하고 있는 재능을 발휘할 날은 멀었다. 오로지 경험 많은 일꾼들에게만 모자의 모양을 다듬고 마지막 손질을 하는 섬세한 작업이 맡겨졌고, 여자 반장은 릴리를 여전히 가차 없이 반복적인 준비 작업의 일과에 묶어 두고 있었다.

그녀는 헤인스 양의 활동적인 모습이 오고 가는 동안 커졌다 작아졌다 하는 잡담의 웅웅 소리를 귓전으로 들으며 틀에서 스팽글을 떼어 내기 시작했다. 공기는 평소보다 더 탁했다. 헤인스 양이 감기에 걸려 점심시간에조차 창문 여는 것을 허락하지 않았기 때문이다. 그리고 릴리의 머리는 불면증에 시달리는 밤의 무게에 짓눌려 동료들의 잡담이 꿈결인 듯 띄엄띄엄 들려왔다.

"그 남자가 다시는 그녀를 쳐다보지도 않을 거라고 내가 벌써 말해 줬거든. 나라도 안 그랬을 테니까…… 내 생각엔 그녀가 그 남자한테 너무 심하게 한 것 같더라고. 그 남자가 그녀를 애리언 무도회에 데리고 갔고, 왕복 전세 마차까지 불렀다는데…… 그 여자는 열 병을 마셨는데도 머리 아픈 게 낫질 않는 것 같아…… 하지만 한 병만 마시고 나았다고 증언을 했대. 그리고 오 달러를 받고 신문에 사진까지 실린 거야…… 트레너 부인의 모자요? 초록색 패러다이스가 있는 거요? 여기 있어요, 헤인스 양…… 거의 다 됐어요…… 어제 조지 도싯 부인과 여기 왔던 아가씨가 트레너 집안 딸 중 하나야. 내가 어떻게 아느냐고? 아, 그 부인께서 그 비로트 모자에 있는 꽃 — 그 파란색 망사 — 을 고쳐 달라고 보내셨거든. 키가 크고 말랐는데 머리카락은 곱슬곱슬하게 밖으로 뻗쳐 있어…… 매미 리치하고 아주 비슷한데 좀 더 마른 편이지……."

잡담은 그런 식으로 계속됐다. 무의미한 소리의 흐름이었는데, 그걸 타고 놀랍게도 가끔씩 아는 이름들이 표면으로 떠올랐다. 그것은 릴리에게 낯선 경험 중에서도 가장 낯선 부분이었다. 그 이름들을 듣고, 자신이 살던 세계의 파편적이고 왜곡된 이미지가 노동하는 여자들의 마음에 비춰진 모습을 보는 일 말이다. 그녀는 전에 한 번도 자신도 포함해서 자신과 같은 부류의 사람들이 자신들의 허영심과 방종에 기대서 먹고 사는 노역자들로 이루어진 이 하층 사회에서 이렇게 지칠 줄 모르는 호기심의 대상이 되고 경멸에 가까운 자유로운 태도로 논의되고 있다는 사실을 짐작도 하지 못했다. 마담 레지나의 공방에서 일하는 여성들은 자신들의 손에 쥐여진 모자가 누구에게 갈지를 알았고, 그 미래의 주인에 대해 나름의 의견이 있었으며, 그 사람의 사교계에서의 지위에 대해서 알았다. 릴리가 하늘에서 추락한 별이라는 사실은 처음에 호기심을 일으켰다가 가라앉았고, 그런 뒤에는 그녀에 대한 그들의 관심에 아무런 무게도 더해지지 않았다. 그녀는 추락했고 '물 밑에 잠겼다'. 그런데 그 경주의 이상에 맞게 그들은 성공한 사람들에 대해서만 — 물질적 업적을 노골적이고 구체적으로 보여 주는 이미지에 대해서만 — 존경심을 품었다. 그녀의 시선이 다르다는 사실을 의식했기 때문에 그녀로부터 조금 거리를 둔 것뿐이었다. 마치 그녀가 더불어 대화를 나누기 위해서는 노력이 필요한 외국인이라도 되는 것처럼.

"바트 양, 그 스팽글들을 조금 더 고르게 달 수 없으면 킬로이 양에게 건네주는 게 낫겠어요."

릴리는 서글픈 눈으로 자신의 작업 결과를 바라보았다. 여자 반장 말이 맞았다. 스팽글이 박힌 모양은 형편없었다. 변명의 여지가 없었다. 평소보다 더 어설퍼진 이유는 무엇인가?

자신의 과제에 대해 혐오감이 늘고 있어서인가, 아니면 실제로 솜씨가 부족한 것인가? 릴리는 피곤하고 혼동스러웠다. 생각을 가다듬는 것도 힘들었다. 그녀는 자리에서 일어나 킬로이 양에게 모자를 넘겨주었고, 킬로이 양은 애써 웃음을 참으며 그것을 받았다.

"미안해요. 몸이 안 좋은 것 같아요." 릴리가 여자 반장에게 말했다.

헤인스 양은 아무 말도 하지 않았다. 그녀는 처음부터 마담 레지나가 사교계 출신의 도제를 자기 휘하의 일꾼들 가운데 포함시키도록 동의해 준 일에 대해 별로 예감이 좋지 않았다. 그 기술의 전당에는 초보자는 필요하지 않았고, 헤인스 양은 자신의 예감이 맞아 들어간 것을 보고 인간이라면 당연히 그렇듯 어느 정도 고소한 마음이 들었다.

"원래대로 가장자리를 연결하는 일이나 하는 것이 좋겠네요." 그녀가 건조하게 말했다. 릴리는 일이 끝난 여직공들의 무리 중에서도 가장 늦게 공방을 빠져나갔다. 그녀는 그들의 떠들썩한 퇴근길에 끼고 싶지 않았다. 릴리는 일단 거리에 나서게 되면 언제나 어쩔 수 없이 과거의 관점으로 돌아갔고, 세련되지 못하고 난잡한 모든 것으로부터 본능적으로 움츠러들었다. 거티 패리시와 여성 클럽을 방문했을 때 — 그때가 얼마나 멀게 느껴지는지! — 릴리는 노동 계급에 대해 좀 알게 되면서 그들에게 흥미를 느꼈다. 그러나 그것은 그녀가 위에서, 행복하게 높은 곳에 머물면서 우아한 자선의 관점에서 그들을 굽어보았기 때문이었다. 이제 그들과 같은 수준에 있게 되니 그들은 덜 흥미로운 존재가 되었다.

그녀는 누군가 자신의 팔을 살짝 건드리는 것을 느꼈고, 참회가 담긴 킬로이 양의 눈과 마주쳤다.

"바트 양, 몸 상태가 괜찮으실 땐 저와 마찬가지로 그 스팽글들을 잘 다실 수 있을 거예요. 헤인스 양의 처사가 공정하지 않았어요."

릴리는 이 의외의 접근에 얼굴을 붉혔다. 진정한 친절의 눈길이 거티가 아닌 다른 사람의 눈에서 그녀를 향한 것은 정말 오랜만이었다.

"오, 고마워요. 몸이 좋질 않군요. 하지만 헤인스 양이 옳긴 해요. 제 솜씨가 서투르니까요."

"아이, 두통이 있는 사람이 하기엔 너무 고달픈 일이지요." 킬로이 양이 망설이며 말을 멈췄다. "곧장 집으로 가셔서 누우시는 게 좋겠어요. 오렌자인[11] 드셔 보신 적 있으세요?"

"고마워요." 릴리가 손을 내밀었다. "정말 친절하시네요…… 집에 가려는 참이에요."

그녀는 감사를 담은 눈으로 킬로이 양을 바라보았다. 하지만 두 사람 다 무슨 말을 더 해야 할지 몰랐다. 릴리는 상대방이 집까지 바래다주겠다고 하려는 참이라는 것을 의식하고 있었다. 하지만 그녀는 혼자 있고 싶었다. 누구와 말을 하는 것도 힘들었다. 친절도, 킬로이 양이 베풀 수 있는 종류의 친

---

11) 당시에 대중적으로 쓰인 두통약 이름으로 고열과 통증을 완화시키는 아세트아닐리드와 카페인을 주성분으로 하고 있다.

절도 그 순간만큼은 신경에 거슬렸다.

"고마워요." 다시 그렇게 말하고 돌아섰다.

릴리는 침울한 3월의 황혼을 향해, 하숙집이 있는 거리 쪽, 서쪽으로 발길을 내딛었다. 그녀는 거티의 환대를 단호히 거절했다. 관찰과 동정을 단호히 외면하던 어머니의 성격이 그녀 안에서도 발전하고 있었다. 그리고 대체로 작은 공간에서 너무 가깝게 지내는 데서 오는 복잡함보다는 다른 노동자들 사이에서 지내며 눈에 띄지 않게 오갈 수 있는 집의 복도 끝 방에서 혼자 지내는 것이 더 견딜 만할 것 같았다. 그녀는 한동안 혼자 독립적으로 지내고자 하는 욕망에 기대서 스스로를 지탱해 왔다. 그러나 요즈음은 아마도 육체적으로 피로가 쌓인 데다 익숙하지 않은 답답한 공간에 여러 시간 갇혀 있는 생활에서 오는 피로 때문인지 자신의 환경이 얼마나 추하고 불편한지를 예리하게 느끼기 시작했다. 낮의 과업은 끝났지만 얼룩진 벽지에 칠이 벗어지고 있는 비좁은 방으로 돌아가기가 두려웠다. 그리고 그리로 가는 걸음걸음이 다 싫었다. 사교계의 중심에서 상가에 이르기까지 뉴욕의 거리를 따라 점점 더 낮은 데로 가다가 가장 낮은 곳으로 내려가는 그 길이.

그러나 그녀가 가장 두려웠던 것은 6번가의 모퉁이에 있는 약방 앞을 지나가야 하는 일이었다. 원래는 다른 길로 갈 작정이었다. 최근에는 보통 그렇게 했다. 그러나 오늘은 그녀의 발길이 화려한 판유리 모서리에 저항할 수 없이 이끌리고 있었다. 그녀는 아래쪽 건널목을 건너려고 했는데, 짐을 실은 화물차가 나타나서 뒷걸음질을 쳐야 했다. 결국 대각선으로 길을 건너 약방 문 맞은편 보도에 이르렀다.

릴리는 전에도 자신을 상대한 적이 있던 점원에게 처방전을 건넸다. 그러면서 진열대 너머에서 자신을 바라보고 있던 점원과 눈이 마주쳤다. 그 처방전에는 의문의 여지가 없었다. 그 것은 해치 부인의 약사가 해치 부인을 위해 기꺼이 써 준 처방전 하나를 복사한 것이었다. 릴리는 그 점원이 주저하지 않고 그 처방전에 따라 약을 지어 주리라고 확신했다. 그러나 거절당할지도 모른다는, 혹은 의심할지도 모른다는 두려움 때문에 초조했다. 그 초조감 때문에 바로 앞 유리 진열장에 쌓여 있던 향수병을 들어 구경하는 시늉을 하려고 할 때 그녀의 손이 떨렸다.

점원은 아무 말도 없이 처방전을 읽었다. 그러나 약병을 건네며 멈칫했다.

"양을 늘리지 않는 게 좋습니다." 점원이 말했다. 릴리의 심장이 오그라들었다.

그런 눈으로 자신을 보다니 무슨 뜻이지?

"물론이지요." 그녀가 손을 내밀며 낮은 목소리로 말했다.

"그럼 됐어요. 약의 효능이 좀 묘하거든요. 한두 방울만 더 마셔도, 그냥 아주 가 버리는 거예요…… 의사들도 왜 그런지를 모릅니다."

그가 그녀를 의심하거나 약병을 안 줄 수도 있다는 염려 때문에 수긍의 웅얼거림 소리가 그녀의 목 안에서 잦아들었다. 마침내 아무 탈 없이 약방에서 나왔을 때 그녀는 안도감의 강렬함으로 인해 거의 현기증을 느낄 정도였다. 그 봉지를 만지는 것만으로도 하루 저녁의 달콤한 잠이 보증되면서 그녀의 피곤한 신경을 전율시켰다. 그리고 그녀는 잠깐 동안의 공포에 대한 반동으로 마치 졸음의 첫 안개가 어느새 자신 주변으로 몰려온 듯한 느낌을 받았다.

이런 혼동의 상태에서 그녀는 고가 역의 마지막 계단을 서둘러 내려오던 어떤 남자와 부딪혔다. 그 남자가 한 발짝 물러나더니 자신의 이름을 불렀다. 릴리가 깜짝 놀라 고개를 들자 로즈데일이 자신을 보고 있었다. 모피 코트를 입고 윤기가 잘잘 흐르는 것이 온몸에서 잘사는 사람 냄새가 풍겼다 ─ 그렇지만 왜 그렇게 멀리 있는 것처럼, 그리고 마치 갈라진 크리스털의 안개를 통해서 보는 것처럼 보이는지? 그녀가 그 현상을 이해하기도 전에 그녀는 그와 악수를 하고 있었다. 그들이 마지막으로 만났을 때 그녀는 조소를 하고 그는 화가 난 상태로 헤어졌다. 그러나 그런 감정의 흔적은 악수를 하는 순간 모두 다 사라지는 듯했다. 그리고 릴리는 계속 그의 손을 꼭 잡고 있었으면 하는 혼동스러운 소망만을 의식하고 있었다.

"어이구, 어쩐 일이세요, 릴리 양? 어디 편찮으시군요!" 그가 외쳤고, 그녀는 괜찮다는 뜻을 표하기 위해 창백한 입술에 억지로 미소를 지었다.

"조금 피곤해서요…… 별것 아니에요. 잠깐만 함께 있어 주시면 좋겠어요." 그녀가 머뭇거리며 말했다. 자신이 로즈데일한테 그런 부탁을 하다니!

그는 자신들이 서 있던 더럽고 형편없는 모퉁이를 힐끗 바라보았다. 그곳에서는 고가 철도에서 나는 쇳소리와 전차들과 마차들이 내는 소리가 끔직하게 다투고 있었다.

"여기에 있기는 좀 뭐하군요. 그렇지만 어디 가서 차라도 한 잔 하시지요. 몇 미터만 가면 롱워스가 있지요. 이런 시간엔 사람도 별로 없을 겁니다."

소음도 없고 추하지도 않은 곳에서 조용히 차 한 잔을 마신다는 것은 그 순간 견딜 수 있는 하나의 위안거리인 듯 느껴졌다. 몇 발짝 안 가서 그가 말한 호텔의 귀부인용 출입문이 나왔고, 잠시 뒤 그는 그녀의 맞은편에 앉아 있었다. 그리고 웨이터가 그들 사이에 찻쟁반을 가져다 놓았다.

"먼저 브랜디나 위스키를 한 방울 넣는 게 어때요? 아주 피곤해 보여요, 릴리 양. 흠, 그럼 차를 좀 진하게 드세요. 그리고, 웨이터, 이분이 기대시도록 방석을 좀 가져다 드려요."

릴리는 차를 진하게 마시라는 그의 말에 희미하게 미소를 지었다. 그것은 그녀가 항상 저항하기 힘든 유혹이었다. 날카로운 자극제에 대한 갈망은 항상 정반대의 갈망, 즉 잠에 대한 갈망과 갈등하고 있었다 ― 잠에 대한 한밤중의 갈망은 그녀의 손에 있던 작은 유리병만이 다스릴 수 있었다. 그러나 오늘은 어쨌든 아무리 진하게 차를 마신다 해도 상관없을 것이었다. 그녀는 차가 자신의 빈 정맥으로 온기와 단호함을 부어 넣어 줄 것이라고 생각했다.

그의 앞에 마주 앉아 몸을 뒤로 기대고 있노라니 릴리의 눈꺼풀이 완벽히 나른해지며 내려앉았다. 따뜻한 첫 한 모금은 그녀의 얼굴에 늘 생기와 홍조를 가져다주었지만. 로즈데일은 다시 한번 릴리의 애처로운 아름다움에 놀라고 또 사로잡혔다. 그녀의 눈 아래에 피곤 때문에 생긴 다크서클, 관자놀이의 병적으로 푸른 정맥 탓에 그녀의 머리카락과 입술의 밝은 빛이 돋보였다. 마치 퇴조하고 있던 그녀의 생명력이 모조리 그리로 집중된 듯했다. 그 레스토랑의 단조로운 초콜릿색 배경 덕분에 그녀의 머리의 순수함이 돋보였다. 아주 밝게 빛나는 무도회장에서는 한 번도 그 정도로 돋보여 본 적이 없었다. 그는 그녀의 아름다움이 매복하고 있다가 자신을 기습 공격한 잊힌 적이라도 되는 것처럼 놀라고 불편한 기분으로 그녀를 바라보았다.

그는 기분 전환을 위해 편하게 말을 하려고 했다. "아, 릴리 양, 정말 오랫동안 못 뵈었습니다. 어떻게 지내시는지 전혀 몰랐어요."

그렇게 말하다가 그 말이 함축할 수도 있는 복잡함을 느끼며 당황해서 말을 자제했다. 비록 그녀를 만나지는 못했어도 그녀에 대한 소문을 듣기는 했었다. 그녀와 해치 부인의 관계, 거기서 비롯된 소문 등도 들어서 알고 있었다. 해치 부인의 주변은 그가 한때 열심히 다니던 곳이었지만 지금은 절대적으로 피하는 곳이기도 했다.

릴리는 차를 마시고 나서 평소의 맑은 정신을 회복했다. 그리고 그의 생각을 알아채고 살짝 미소를 지으며 말했다. "저에 대한 소식을 들으실 일이 없었을 거예요. 노동 계급에 합류했으니까요."

그는 진심으로 놀라서 그녀를 빤히 바라보았다. "그럴 리가……? 아니, 도대체 무슨 일을 하고 계신데요?"

"모자 만드는 일을 배우고 있어요······ 적어도 배우려고 노력은 하고 있지요." 그녀가 자신의 말을 황급히 수정했다.

로즈데일은 놀라서 낮은 휘파람 소리가 나오려는 것을 억제했다. "맙소사······ 진담은 아니시겠죠?"

"완벽한 진담이에요. 일을 해야만 먹고살 수 있으니까요."

"하지만 듣기로······ 노마 해치하고 함께 지내시는 줄 알았습니다."

"제가 비서로 일한다는 얘기를 들으셨나요?"

"뭐, 그런 얘기였던 것 같습니다." 그가 그녀의 잔에 차를 더 따르기 위해 몸을 앞으로 내밀었다.

릴리는 그가 그 주제에 대해 이야기하는 것에 당황스러워할 수도 있겠구나 짐작했다. 그래서 눈을 들어 단도직입적으로 말했다. "두 달 전에 그만뒀어요."

로즈데일은 어색한 태도로 찻주전자만 계속 만지작거렸다. 그래서 릴리는 그가 자신에 대한 소문을 들은 것이 틀림없다는 확신이 들었다. 하지만 로즈데일이 듣지 못한 이야기가 있기나 한가?

"좀 푹신푹신한 정박지였지요?" 그가 짐짓 가벼운 어투로 물었다.

"너무 푹신푹신했어요······ 너무 깊이 빠져 버리겠더라고요." 릴리가 탁자 모서리에 한쪽 팔을 기대고 처음으로 그를 빤히 쳐다보았다. 그녀는 자신의 사정을 이 남자에게 말해야 한다는 주체하기 힘든 충동을 느끼고 있었다. 이전에는 그의 호기심으로부터 항상 강력하게 스스로를 방어해 왔는데 말이다.

"해치 부인을 아시죠? 그럼, 그 여자가 아무렇게나 산다는 것도 아실 텐데요."

로즈데일은 이해하기 힘들다는 표정을 지었고, 그녀는 그가 암시적인 말을 잘 못 알아듣는다는 사실을 기억해 냈다.

"당신하고 맞는 자리는 아니었죠, 어쨌든." 그가 동의했다. 정면으로 바라보는 그녀의 눈빛이 너무나 강했다. 그 눈빛에 노출되고 젖어 들면서 자신도 모르게 기묘하고 깊은 친밀감에 빠져들어 가고 있는 것을 느꼈다. 과거에는 어쩌다 한번 바라봐 주고, 날개라도 달린 듯 흘긋 보았다가 신속하게 아래쪽의 은신처로 사라지던 눈짓에 의존해야 했다. 그러나 그는 이제 생각에 잠긴 그녀의 눈이 자신에게 고정되어 있다는 것을 알게 되었다. 눈이 상당히 부셨다.

"그만두었지요." 릴리가 말을 이었다. "사람들이 프레디 밴 오스버그가 해치 부인과 결혼하도록 내가 공작을 하고 있다고 말할까 봐서. 프레디가 해치 부인에게 과분한 상대도 사실 아니었지요. 아무튼 사람들이 아직도 계속 그런 식으로 말하는 걸 보면 그냥 그 자리에 있을 걸 그랬나 봐요."

"오, 프레디……." 로즈데일은 그 화제가 전혀 중요하지 않다는 듯 가볍게 치웠다. 그가 그사이에 넓은 시야를 획득했음을 보여 주는 태도였다. "프레디쯤이야 별것 아니죠…… 그렇지만 당신이 그런 일에 관여하시지 않았다는 것은 알고 있었습니다. 그럴 분이 아니죠."

릴리는 약간 얼굴을 붉혔다. 그 말이 기쁨을 주었다는 사실을 스스로에게 감출 수 없었다. 릴리는 거기 앉아 차를 계속 마시면서 로즈데일에게 자신에 대해 이야기하고 싶었다. 그러나 대화의 내용을 주도적으로 조절하던 과거의 습관에 따라 그녀는 이제 대화를 끝낼 시간이라는 것을 기억했다. 그래서 살짝 의자를 뒤로 미는 시늉을 했다.

로즈데일은 손짓으로 항의하며 그녀를 제지했다. "잠깐만요…… 아직 가지 마세요. 조용히 앉아서 조금만 더 쉬세요. 완전히 지치신 것 같아 보입니다. 그리고 제게 말씀도 안 하셨잖습니까……." 그가 자신이 원래 의도 이상으로 나가고 있다는 사실을 의식하며 말을 끊었다. 그녀는 그의 내적 갈등을 알아보았고 이해했다. 그리고 그가 자신의 얼굴을 바라보며 다음과 같이 다시 불쑥 말했을 때 그의 굴복을 이끌어 낸 주문(呪文)의 성격도 이해했다. "모자 만들기를 배우다니 도대체 무슨 말씀이시지요?"

"말씀드린 그대로예요. 저는 레지나 공방의 도제예요."

"맙소사…… 당신이요? 근데 왜죠? 당신의 고모가 당신을 저버렸다는 것은 알고 있어요. 피셔 부인이 알려 주었지요. 그렇지만 유산이 조금 있다고……."

"만 달러인데, 내년 여름까지 기다려야 해요."

"그렇다 해도, 그렇지만…… 그러니까, 원하시면 언제든지 그 유산을 담보로 돈을 빌리실 수 있어요."

그녀가 심각한 표정으로 고개를 가로저었다. "안 돼요. 그 돈은 이미 다 빚이니까요."

"빚이라고요? 만 달러가 다요?"

"일전 한 푼까지요." 그녀가 말을 멈췄다가 그의 얼굴을 똑바로 쳐다보며 돌연히 말을 이었다. "거스 트레너가 저를 위해 주식 투자를 해서 제게 돈을 벌어 주었다고 당신께 말씀드린 적이 있지요."

그녀가 대답을 기다렸고, 로즈데일은 당황해서 말문이 막힌 나머지 그런 비슷한 얘기를 들은 기억이 있다고 웅얼댔다.

"9000달러 정도를 만들어 주었어요." 릴리가 계속해서 자신의 뜻을 꼭 전해야겠다는 태도로 말을 이었다. "그 당시에 저는 트레너가 제 돈으로 투자를 해서 그 돈을 번 것이라고 생각했어요. 제가 말도 안 되게 멍청했죠. 하지만 저는 그런 일에 대해서는 아무것도 몰랐으니까요. 나중에 알고 보니 제 돈을 사용한 게 아니었더라고요…… 저를 위해 벌어 주었다고 한 돈은 실은 그냥 저한테 준 것이었어요. 물론 제게 호의를 베풀어 준 것이죠. 그렇지만 그런 식의 신세를 지고 있을 수는 없지요. 불운하게도 저는 제 실수를 알아차리기 전에 그 돈을 다 써 버렸어요. 그래서 유산을 물려받으면 그 돈은 다 그 빚을 갚는 데 써야 해요. 그래서 뭔가 기술을 배우려고 하는 거예요."

그녀는 그 말을 명확하게, 의도적으로, 문장 사이마다 띄어가며 함으로써 그것이 청자의 마음속에 깊이 가라앉을 시간을 마련했다. 그녀는 누군가는 그 거래의 진실을 알아야 한다고, 그리고 자신이 그 돈을 갚을 작정이라는 소문이 주디 트레너의 귀에 가 닿아야 한다고 생각했다. 그 바람은 강렬했다. 그리고 트레너의 신임을 받고 있는 로즈데일이야말로 진실에 대한 그녀 쪽 이야기를 알고 전달하는 데 적절한 사람이라는 사실에 갑자기 생각이 미쳤다. 심지어는 자신의 가증스러운 비밀을 그렇게 털어 낸다는 생각에 순간적이나마 흥분을 느끼기까지 했다. 그러나 그 흥분은 이야기를 해 나가는 동안 점차 줄어들었다. 말을 마쳤을 때는 그녀의 창백한 얼굴이 비참한 기분 때문에 붉은빛으로 깊이 물들었다.

로즈데일은 놀라서 계속 그녀를 빤히 바라보고 있었다. 그러나 그 놀라움은 그녀가 전혀 예상치 않은 방식으로 표출되었다.

"그렇지만, 그렇다면…… 만일 그게 사실이라면, 그걸로 계산은 완전히 끝나는 것이지요?"

그가 그 질문을 하는 태도는 마치 그녀가 자신의 행동의 결과를 잘 이해하지 못한다고 말하는 것 같았다. 마치 돈 문제에 관한 그녀의 대책 없는 무지 때문에 그녀가 새로운 어리석은 짓을 막으려는 참이라고 보는 것 같았다.

"완전히…… 예, 맞아요." 그녀가 침착한 목소리로 동의했다.

그는 침묵을 지키며 앉아 있었다. 통통한 손을 탁자 위에서 마주 잡고, 작고 어리둥절한 눈으로는 한적한 레스토랑의 구석구석을 살피고 있었다.

"그렇다면 말이죠…… 그건 아주 좋아요." 그가 갑자기 외쳤다.

릴리는 조소하듯 웃으며 자리에서 일어섰다. "오, 아니에요…… 그냥 지루한 얘기지요." 그녀가 깃털 스카프의 끄트머리를 모으며 단언했다.

로즈데일은 그냥 앉아 있었다. 생각에 너무 골똘히 사로잡힌 나머지 그녀의 움직임을 알아채지 못했다. "릴리 양, 후원자가 필요하시면…… 제가 나서서……." 그가 띄엄띄엄 말했다.

"고맙습니다." 그녀가 손을 내밀었다. "차를 사 주셔서 크게 후원이 되었어요. 이제 무슨 일이라도 할 수 있을 것 같아요."

그녀는 몸짓으로 단호하게 헤어질 뜻을 표현했지만, 그녀의 동행자는 웨이터에게 던지듯 지폐를 주면서 짧은 팔을 비싼 코트에 밀어 넣고 있었다.

"잠깐만요…… 댁까지 바래다 드리고 싶습니다." 그가 말했다.

릴리는 아무런 항의도 하지 않았다. 그가 거스름돈이 맞는지 확인하려고 멈추었을 때 그들은 이미 호텔을 나서서 다시 6번가를 건너고 있었다. 그녀가 서쪽으로 난 길로 앞장서서 칠이 안 된 뒤틀린 난간을 통해 점점 더 노골적으로 지난 정찬들의 흔적을 보여 주고 있는 긴 구역을 지나갔다. 릴리는 로즈데일이 그 지역을 경멸스러운 눈초리로 가늠하고 있는 것을 알 수 있었다. 그리고 그녀가 마침내 한 건물의 문 앞에 멈춰 섰을 때 그는 혐오스럽고 믿을 수 없다는 태도로 그 건물을 올려다보았다.

"설마 여기 사시는 건 아니겠죠? 패리시 양과 함께 사신다고 들었는데요."

"아니요. 여기 하숙하고 있어요. 너무 오랫동안 친구들에게 의지해서 살아왔거든요."

그는 물집이 터진 것 같은 갈색 바위로 된 건물 전면과 색이 바랜 레이스 커튼이 처진 창문들과 진흙투성이인 현관의 폼페이식 장식을 계속해서 찬찬히 바라보았다. 그러고 나서 그녀의 얼굴을 되돌아보고 노력하는 기색이 역력한 태도로 말했다. "언제 찾아뵈어도 되겠지요?"

그녀는 그가 얼마나 용기를 내서 그렇게 물었는지를 알아보고 거의 감동을 받을 지경이 되어 미소를 지었다. "고마워요…… 물론 반가울 거예요." 그 대답은 그녀가 그에게 처음으로 진지하게 한 말이었다.

그날 저녁 바트 양은 ── 지하실 식탁의 탁한 공기로부터 일찌감치 도망친 뒤 ── 자신의 방에 앉아서 자신이 충동적으로 로즈데일에게 진실을 털어놓은 일에 대해 곰곰이 생각했다. 그 아래에서 감지할 수 있는 것은 자신의 점점 커 가는 고독감 ── 다른 곳에 있을 수 있다면, 혹은 다른 사람과 있을 수 있다면 자신의 방에서 기다리고 있는 고독으로 되돌아가기를 두려워하는 마음이었다. 최근 들어 그녀는 몇 남지 않은 친구들과도 점점 더 격리되고 있었다. 캐리 피셔의 경우에는 그런 관계의 중단은 완전히 불가항력적인 것은 아니었을지도 몰랐다. 피셔 부인은 릴리를 위해 마지막 노력을 다해서 그녀를 마담 레지나의 공방에 안착시켰으니 이제 릴리를 위한 노력에서 휴가를 얻고 싶은 것 같았다. 그리고 이해심이 많은 릴리는 그녀를 비난할 수만도 없었다. 캐리는 실제로 노마 해치 부인의 사건에 위험할 정도로 가깝게 연루될 뻔했다. 자신을 그 사건으로부터 분리해 내는 일에는 어느 정도의 언어적 기술이 필요했다. 그녀는 릴리와 해치 부인을 연결해 준 사실은 자인했다. 그러나 자신은 해치 부인에 대해 잘 몰랐고 ― 릴리에게도 그렇다고 분명히 경고해 주었으며 ― 더욱이, 자신이 릴리를 지켜 주어야 하는 사람은 아니고, 정말이지, 릴리는 스스로를 돌보아야 할 나이가 되었다고 했다. 캐리 스스로 그렇게 잔인하게 이야기한 것은 아니었지만 최근의 단짝인 잭 스테프니 부인이 그녀를 위해 그렇게 말하는 것을 내버려 두었다. 스테프니 부인은 자신의 남동생이 위기를 그렇게 아슬아슬하게 모면했다는 사실 때문에 떨면서도 피셔 부인만큼은 열렬히 옹호했다. 그녀는 결혼 후에 밴 오스버그적인 관점을 탈피했다. 따라서 피셔 부인이 자기 집에서 베푸는 '유쾌한 파티'에 의존해 왔던 것이다.

릴리는 그 상황을 이해할 수 있었고 그러려니 할 수도 있었다. 캐리는 어려울 때 자신에게 좋은 친구가 되어 주었다. 하지만 아마도 거티의 우정과 같은 우정만이 지금처럼 더욱 힘들어지기만 하는 상황 속에서도 지속될 수 있을 터였다. 거티의 우정은 정말로 탄탄한 것이었다. 그러나 릴리는 거티도 피하기 시작했다. 거티의 집에 갈 때 셀든을 만날 위험을 완전히 피할 수 없었고, 만일 지금 그를 만난다면 단지 고통스럽기만 할 터였다. 깨어 있는 맑은 정신으로 그에게 마음을 쓸 때든 괴로운 밤의 흐릿함 속에서 끈질기게 그의 존재를 느낄 때든 그를 생각하는 것만으로도 고통스러웠다. 그것이 그녀가 해치 부인의 처방전에 다시 의존하게 된 이유 중 하나였다. 그녀가 자연스럽게 꾸는 꿈의 불안정한 파편들 속에서 그는 가끔씩 과거처럼 우정을 보이며 다정하게 그녀에게 다가왔다. 그리고 그 달콤한 환상으로부터 깨어나게 되면 마치 조롱이라도 당한 것처럼 완전히 낙담해서 일어나곤 했다. 그러나 수면제가 가져다주는 잠을 자면 그런 비몽사몽의 방문이 없는 층위로 무척 낮게 가라앉았다. 꿈이 없는 죽음의 깊이로 가라앉아서 다음 날 아침 깨어날 때는 과거가 완전히 지워지고 없었다.

물론 점차적으로 과거를 생각하며 다시 긴장을 느끼고는 했다. 그러나 적어도 깨어 있는 시간 동안 그 때문에 지속적으로 괴롭지는 않았다. 수면제로부터 순간적이나마 완벽한 재생의 환상을 얻었고, 그 덕분에 일과를 수행할 수 있는 기운을 얻었다. 미래에 대한 의문이 증가함에 따라 기운은 더욱더 필요했다. 릴리는 거티와 피셔 부인이 자신이 일시적인 유예의 시간을 보내고 있다고 믿는다는 것을 알았다. 그들은 그녀가 마담 레지나의 공방에서 도제 생활을 한 뒤 페니스턴 부인의 유산을 받으면 거기서 기본 훈련을 통해 얻은 더욱 풍부한 능력으로 초록색과 흰색으로 치장된 가게의 비전을 실현시킬 수 있게 될 거라고 믿고 있었다. 그러나 릴리는 유산을 그런 용도에 쓸 수 없다는 사실을 의식했기 때문에 이 기본 훈련이 노력의 낭비인 것만 같았다. 만일 자신이 어린 시절부터 일정한 일로 단련된 손과 경쟁하는 것을 배울 수 있다 하더라도 그런 고역에 대한 대가로 얻는 작은 수입으로는 자신의 수입을 보충하기에 모자랐다. 그리고 그 사실을 깨달았기 때문에 릴리는 유산을 가게를 내는 데 쓰고 싶다는 유혹을 거듭 느끼지 않을 수 없었다. 일단 자리를 잡고, 일하는 여자들을 거

느리면 충분히 사교계의 고객을 끌어모을 재주와 능력이 자신에게 있다고 믿었다. 그리고 만일 사업에 성공하면 조금씩 돈을 저축해서 트레너의 빚을 갚아 나갈 수도 있을 터였다. 그러나 그녀가 계속해서 최대한으로 절약을 하더라도 그 빚을 다 갚는 데는 여러 해가 걸릴 터였다. 그리고 그 기간 동안 그녀의 자존심은 견디기 힘든 의무의 중압 아래 박살이 날 수밖에 없었다.

이런 것들이 그녀가 표면적으로 고려하는 것들이었다. 그러나 그런 표면적 고려들 아래 잠복해 있는 더 무서운 우려는 그 의무가 언제까지나 견딜 수 없는 것으로 남아 있을지도 모른다는 공포였다. 그녀는 자신이 일관되게 목적을 추구할 수 있을지 자신할 수 없었다. 그녀가 정말 두려웠던 것은 자신이 사브리나호에서 자신에게 부과된 역할에 적응했고 어쩌다 보니 해치 부인을 돋보이게 하려는 스탠시의 책략에 떠밀려 갔던 것과 다름없이 점차적으로 무기한으로 트레너에게 빚을 지고 있는 상태에 점점 적응할 수도 있다는 우려였다. 릴리는 자신의 위험이 불편과 가난을 대책 없이 두려워하던 과거의 습관, 어머니가 그렇게 열렬하게 경고했듯 점차 구질구질한 생활에 빠지게 될까 봐서 두려워하는 것에 있다는 사실을 알았다. 그리고 이제 그녀 앞에 새로운 위기가 펼쳐졌다. 로즈데일이 자신에게 돈을 빌려줄 의사가 있다는 것이 분명했다. 그리고 그 호의를 받아들이고 싶다는 욕망이 불길하게 주변을 어른거리기 시작했다. 로즈데일한테서 돈을 빌린다는 것은 물론 있을 수 없는 일이었다. 그러나 그런 가능성이 너무나 가까운 곳에서 그녀를 유혹하고 있었다. 릴리는 그가 다시 자신을 만나러 오리라 확신했다. 그리고 그가 만일 다시 온다면, 그녀가 전에 거부했던 그 조건만 받아들인다면 그가 다시 청혼하게 만들 수도 있을 것이라고 거의 확신했다. 아직도 그런 청혼을 거절할 수 있을까? 불운이 하나하나 더해지면서 그녀를 쫓는 복수의 여신들은 더욱더 버사 도싯의 모습과 같아지는 것처럼 보였다. 그리고 손 가까이 놓인 서류들 가운데 그 여신들의 추격을 끝낼 수 있는 수단이 있었다. 과거에는 로즈데일을 비웃으며 그의 제안을 거절했지만 이제 그녀는 그 유혹이 끈질기게 자신의 주변을 맴돌며 자신을 괴롭히고 있다는 것을 느꼈다. 릴리에게 그 유혹을 거부할 기운이 얼마나 남아 있단 말인가?

남아 있는 작은 기운이나마 최대한 돌봐야 했다. 그녀는 불면의 밤이 가져다주는 위기들에 자신을 다시 내맡길 수 없었다. 긴 침묵의 시간을 통해 피로와 고독의 어두운 정신이 그녀의 가슴 위에 웅크리고 있다가 그녀에게서 신체적 기운을 완전히 앗아 간 아침에 생각이 희미한 안개를 뚫고 몰려왔다. 릴리의 재생에 대한 유일한 희망은 머리맡의 작은 병에 있었다. 그리고 그 희망조차 얼마나 더 오래 지속될 수 있을지 그녀는 감히 생각조차 할 수 없었다.

11장

릴리는 길 모퉁이에서 잠시 망설이며 5번가의 오후 광경을
바라보았다. 봄의 달콤한 향기가 공기 중에 떠돌고 있던 4월
말의 어느 날이었다. 그 공기로 인해서 사람들로 북적대는 큰
길의 누추함이 덜해졌고, 황량한 지붕 선들이 흐릿해졌으며
옆 거리의 실망스러운 광경에 연한 자줏빛 베일이 씌워졌고,
센트럴파크의 입구를 알리는 섬세한 초록 안개에서 시적인 분
위기가 느껴졌다.

모퉁이에 서 있던 릴리의 눈에 지나가는 마차 속에서 낯익
은 얼굴 몇몇이 보였다. 사교철이 끝났고 지배 세력은 흩어졌
다. 그러나 아직 몇몇 사람들이 남아 있었다. 유럽으로 떠나는
일정을 미루고 있던 사람들이나 남부에서 돌아오는 길에 뉴
욕을 경유하던 사람들이었다. 그들 중에는 퍼시 그라이스 부

인을 대동하고 유모의 무릎에 앉아 그라이스 집안의 수백만 달러를 물려받기 위해 새로 등극한 상속자를 마주한 채 시(C) 스프링 사륜마차에 앉아 위엄 있게 흔들리던 밴 오스버그 부인이 있었다. 그 뒤로는 해치 부인의 멋진 빅토리아 마차가 따랐는데, 그 안에는 해치 부인이 동행자를 염두에 두고 디자인한 것이 분명한 화려한 봄옷을 입고 고독하게 기대앉아 있었다. 그리고 조금 사이를 두고 주디 트레너가 레이디 스키도를 대동하고 나타났다. 레이디 스키도는 연례 청어 낚시를 하기 위해서, 그리고 '거리'도 조금 구경하기 위해서 온 것이었다.

자신의 과거를 이렇게 찰나적으로 엿본 릴리는 자신의 떠돌이 신세를 더욱 강하게 느끼며 마침내 숙소를 향해 발길을 돌렸다. 릴리는 그날의 남은 시간 동안에도 앞으로 다가올 날들에도 아무런 할 일이 없었다. 사교계와 마찬가지로 모자 공방의 시즌도 끝났는데, 일주일 전에 마담 레지나로부터 자신이 할 일은 더 이상 없다는 통고를 받았던 것이다. 마담 레지나는 이미 5월 초에 한 번 직원의 수를 줄였다. 최근 들어 바트 양의 통근이 워낙 불규칙했기에 ── 그녀는 몸이 안 좋은 날이 너무 많았고, 출근을 해도 거의 일을 하지 못했다 ── 그녀의 해고를 여태까지 미룬 것은 단지 호의 때문이었다.

릴리는 그 결정의 정당성에 대해 의문이 들지 않았다. 자신이 잘 잊어버리고, 서투르며, 배우는 속도도 느리다는 것을 알고 있었다. 스스로에게조차 자신의 열등함을 인정하는 것이 비통했지만, 자신은 생계를 위해 일하는 사람으로서 결코 전문가적 능력을 갖춘 경쟁자가 될 수 없다는 것이 너무나 명백했다. 그녀의 양육은 그녀를 장식물로 만드는 데 초점이 맞춰진 것이었기 때문에 실제적인 일에 대한 무능력을 두고 자신을 탓할 수는 없었다. 그러나 그 사실을 깨달음으로써 자신이 어디에 데려다 놓아도 능력 있는 존재라는 릴리의 환상은 끝장이 나고 말았다.

귀갓길의 릴리는 다음 날 아침에 일어나더라도 자신이 할 일은 아무것도 없다는 사실을 생각하며 마음이 움츠러드는 것을 느꼈다. 침대에 누워 늦게까지 빈둥거리는 사치는 안락한 생활을 하는 사람들이나 느낄 수 있는 즐거움이었다. 그것은 하숙집에서 실속 있게 살아가야 하는 사람에게는 해당되지 않았다. 그녀는 하숙집 현관에 가까워지는 것이 혐오스러워 도착을 늦추려고 천천히 걷기 시작했다.

그러나 그녀가 다가가던 그 현관은 이제 갑자기 흥미로운 곳으로 변해 있었다. 로즈데일 씨의 눈에 띄는 몸집이 그것을 차지하고 — 아니, 완전히 채우고 — 있었기 때문이다. 주변의 비천함과 대조되어 그의 존재가 더 두드러져 보였다.

그를 보자 릴리는 의기양양한 기분이 드는 것을 어쩔 수 없었다. 로즈데일은 그들이 우연히 조우한 다음 날인가 그다음 날에 아픈 것이 좀 나았는지 물어보려고 들렀다. 그러나 그 뒤로는 그를 보지도, 그의 소식을 듣지도 못했다. 그가 더 이상 방문하지 않았다는 사실은 그가 자신과 거리를 두려고 노력하고 있음을, 자신을 그의 삶과 무관한 우연적 존재로 만들려고 노력하고 있음을 의미하는 듯했다. 만일 그 추측이 사실이었다면 그의 이 방문은 그런 노력이 성공적이지 못했다는 사실을 보여 주는 것이었다. 릴리는 그가 아무 소용도 없는 정서적 장난질에 시간을 낭비할 사람이 아니라는 것을 알고 있었기 때문이다. 그는 너무 바쁘고, 너무 현실적이며, 무엇보다도 너무 자신의 지위 상승에 몰두하고 있었기 때문에 그런 식으로 아무 이득도 없는 가욋일에 탐닉할 사람이 아니었다.

말린 팜파스 풀 다발과 감상적인 에피소드들을 그린 색 바랜 철제 판화가 걸린, 공작(孔雀) 같은 파란색의 응접실에서 그는 로저스[12]의 작은 조각품으로 장식된 먼지 낀 콘솔 테이블에 미심쩍은 자세로 모자를 내려놓으며, 혐오감을 감추지 않은 채 주변을 둘러보았다.

릴리는 호화로운 자단 소파 하나에 앉았고, 로즈데일은 장식이 달린 풀 먹인 덮개를 씌운 흔들의자에 자리를 잡았다. 그 덮개가 그의 칼라 위 접힌 핑크빛 피부에 닿아 불편할 것 같았다.

"세상에…… 계속 이곳에 사실 수는 없어요!" 그가 외쳤다.

릴리는 그의 어조에 미소를 지었다. "저도 그럴 수 있을지 없을지 잘 모르겠어요. 하지만 제 지출을 아주 조심스럽게 살펴보았는데, 그렇게 관리를 해야만 할 것 같군요."

"관리를 한다고요? 내 말은 그런 뜻이 아닙니다…… 이곳은 당신과는 어울리지 않는 장소예요!"

"하지만 제 말은 그런 뜻이에요. 지난주에 일자리를 잃었거

---

12) 존 로저스(John Rodgers, 1829~1904). 애국적이거나 감상적인 주제로 작은 조각품을 대량 생산한 미국의 미술가. 19세기 미국 중산층에 인기가 있었지만 20세기 초에는 구식이고 초라한 상상력의 결핍을 대변하게 되었다.

든요."

"일자리를 잃었다…… 일자리를 잃었다! 당신이 그런 말을 하다니! 당신이 일을 해야만 한다는 생각만 해도…… 그건 말이 안 돼요." 그가 그 문장들을 자신의 내부 깊은 곳에 있던 분개의 분화구로부터 간신히 끌어내는 것처럼 토막토막 억지로 밀어 내고 있었다. "이건 소극…… 미치광이의 소극이에요." 그가 반복했다. 그의 눈은 창문 사이 얼룩이 진 거울에 반영된 그 방의 긴 정경에 고정되어 있었다.

릴리는 계속해서 미소를 지은 얼굴로 그의 훈계들을 대했다. "왜 저 자신만 예외라고 생각해야 하는지 모르겠군요……." 그녀가 말을 시작했다.

"그건 바로 당신이 예외이기 때문이지요. 이유는 그것입니다. 당신이 이런 장소에 산다는 것은 말도 안 되게 무도한 일입니다. 이런 얘기를 침착하게 할 수는 없군요."

그녀는 실제로 그가 그렇게 평소의 매끄러움을 잃고 흔들리는 모습을 본 적이 없었다. 그가 자신의 감정을 제대로 표현하지 못하면서 갈등하다니 거의 감동적인 장면이었다.

그는 갑자기 벌떡 일어섰고, 그러는 바람에 흔들의자가 넘어갈 듯 흔들거렸다. 그가 그녀를 정면으로 바라보고 섰다.

"이봐요, 릴리 양, 나는 다음 주에 유럽에 갑니다. 두어 달 동안 파리와 런던에 가요…… 당신을 이런 상태에 놔두고 갈 수는 없어요. 내가 참견할 일이 아니라는 것 잘 압니다…… 그 점은 당신이 충분히 여러 차례 알려 주셨으니까요. 그러나 상황이 전보다도 더 안 좋지 않습니까. 며칠 전에 트레너한테 빚이 있다고 하셨어요. 무슨 말씀이신지 압니다…… 그리고 그 문제에 대한 당신의 기분을 존중합니다."

릴리가 놀라서 창백한 얼굴을 붉혔다. 그러나 그는 그녀가 끼어들 틈을 주지 않고 말을 이었다. "그래서, 제가 트레너에게 갚으실 수 있도록 돈을 빌려 드리겠습니다. 그리고 난…… 음…… 그러니까, 내 말을 끝까지 다 듣고 나서 말씀하십시오. 내 말은, 이건 순수한 거래 관계라는 겁니다. 남자 대 남자의 거래처럼. 그런 거래라면 반대하실 이유가 뭐가 있겠어요?"

릴리는 수치심과 고마움이 엇갈리며 얼굴이 붉어지다 못해 달아올랐다. 그녀의 대답은 그 두 감정으로 인해 의외로 부드러웠다.

"이런 이유가 있어요. 거스 트레너가 제안한 내용이 바로 그런 것이었다는 사실이에요. 그래서 전 더 이상 순수한 거래 관계라는 말을 이해할 수 없게 되었어요." 그런 뒤 그 대답이 함축하는 의미가 로즈데일에 대해 부당할 수도 있다는 것을 깨닫고 더욱 부드럽게 덧붙였다. "당신의 친절에 감사하지 않는 것이 아닙니다…… 정말 감사하게 생각해요. 그렇지만 우리 사이의 거래 관계라는 것은 불가능할 거예요. 거스 트레너에게 진 빚을 갚을 때 저로서는 담보로 드릴 것이 아무것도 없으니까요."

로즈데일은 이 말을 듣고 아무 말도 하지 못했다. 그녀의 목소리에 담긴 단호함이 느껴지는 듯했다. 그러나 그것을 그 문제에 대한 결론으로 받아들일 수는 없는 것처럼 보였다.

그의 침묵을 보며 릴리는 그의 마음속에 어떤 생각이 스쳐

지나가고 있는지를 분명히 짐작했다. 그가 그녀의 선택의 단호함에 대해 아무리 이해하기 힘들더라도 — 그에게 그 동기가 아무리 이해되지 않는다 하더라도 — 그녀는 그렇기 때문에 오히려 자신에 대한 그의 집착이 더 강화되고 있다는 사실을 알 수 있었다. 마치 그녀 내부의 설명할 수 없는 주저와 저항이 그녀의 섬세한 이목구비와 까다로운 매너, 즉 그녀의 아름다움에 드물고 독특하다는 느낌을 주는 면모들만큼의 매력을 갖는 듯했다. 그녀의 독특한 매력은 로즈데일의 사교계에서의 경험이 진전함에 따라 더 큰 가치를 획득하게 되었다. 오랫동안 탐을 내던 물건에서 사소한 디자인이나 품질의 차이를 구별해 내게 된 수집가에게 그 물건이 더 소중해지는 것처럼.

이 모든 것들을 감지하면서 릴리는 로즈데일이 자신과 도싯 부인 사이의 화해라는 유일한 조건만 충족된다면 당장이라도 자신과 결혼할 의사가 있다는 것을 알 수 있었다. 그리고 그 유혹에 저항하는 일은 상황의 변화와 더불어 로즈데일에 대한 릴리의 혐오감이 조금씩 조금씩 허물어져 왔기 때문에 전보다 더 어려워졌다. 사실 그 혐오감은 여전히 존재하고 있었다. 그러나 그의 내면에 있는 정상을 참작할 만한 특별한 성질들 — 어떤 조악한 친절함, 그의 물질적 야심이라는 단단한 표면을 뚫고 나오려고 애쓰는 듯한 그도 어쩔 수 없는 감정의 충실성 — 을 알게 되면서 그 혐오감이 여러 방면으로 줄어들고 있었다.

그녀의 눈에서 그만 가 달라는 뜻을 읽고 그는 말로 표현되지 못한 그 내적 갈등의 일단을 보여 주는 태도로 그녀에게 손을 내밀었다.

"만일 당신이 허락만 해 준다면 당신이 그들 모두 위에 군림하게 해 드릴 수 있어요…… 그들의 옷에 당신의 발을 닦을 수 있는 그런 곳으로 올려 드릴 수 있습니다!" 그가 선언하듯 말했다. 그의 새로운 열정이 그의 예전의 가치 기준을 변화시키지 않았다는 사실을 보는 것은 기묘하게 감동적이었다.

릴리는 그날 저녁 수면제를 먹지 않았다. 로즈데일의 방문이 비춘 생경한 빛 아래 자신의 상황을 바라보면서 깨어 있었다. 그가 그렇게 분명하게 다시 제공하고자 하는 제안을 거부함으로써 자신은 진부한 도덕적 삶의 면모라고 볼 수 있는 추상적인 명예의 관념 중 하나에 스스로를 희생시키고 있는 것은 아닌가? 재판도 없이 자신을 심판하고 추방한 사교계의 질서에 자신이 빚지고 있는 것이 무엇이란 말인가? 그녀는 한번도 변호의 기회를 갖지 못했다. 그리고 유죄 판결을 받은 그 모든 죄에 대해 결백했다. 그리고 그녀에 대한 유죄 판결의 예외성이 자신이 잃은 권리를 되찾는 데 마찬가지로 예외적인 방법을 사용하는 일을 정당화해 주는 것 같기도 했다. 버사 도싯은 스스로를 구하기 위해서 공개적으로 거짓을 행하고 아무 거리낌 없이 릴리를 파괴했다. 왜 릴리 편에서만 자신이 우연히 입수하게 된 정보를 사적인 용도로 사용하는 일조차 꺼려야 한단 말인가? 그런 행위의 치욕스러움의 절반은 결국 그것에 붙여지는 이름에 있는 것이다. 그것을 공갈 협박이라고 부르면 그것은 절대 못 할 일이 된다. 그러나 그것 때문에 아무도 해를 입지 않으며 그런 행위를 통해서 되찾아질 권리들이 부당하게 빼앗긴 것이라고 설명해 보면, 그런 행위를 옹호하는 일에서 호소력을 못 보는 사람이야말로 실상 형식주의자라고 불릴 만했다.

릴리에게 그런 행위를 하라고 호소하는 논리들은 그녀가 처한 상황을 가져온 오랜 이유들, 반박의 여지가 없는 이유들이었다 — 억울함, 실패감, 사교계의 이기적인 전제주의에 대항한 공정한 기회에 대한 열망 따위. 릴리는 경험을 통해서 자신에게 새로운 방식으로 삶을 시작할 자질, 노동자들 사이에 다른 한 명의 노동자로 존재하면서 세상의 사치와 쾌락이 그냥 지나쳐 가도 신경 쓰지 않을 능력이나 도덕적 자질이 부족하다는 사실을 알게 되었다. 그녀는 이런 무능력에 대해 자신의 책임이 많다고 여길 수는 없었다. 그리고 아마도 그녀 스스로 믿는 것보다 그녀의 책임은 훨씬 덜할 터였다. 물려받은 성향에 어린 시절의 훈육이 결합되어 오늘날의 그녀, 고도로 특수한 산물인 그녀가 만들어진 것이었다. 그녀는 바위에서 떼어 낸 말미잘만큼이나 자신에게 익숙한 좁은 범위 밖에서는 무기력한 생물체인 것이다. 그녀는 장식물이 되고 다른 사람을 기쁘게 해 주는 존재로 만들어졌다. 자연이 어떤 다른 목적을 위해 장미 잎을 둥글리고 벌새 가슴의 색을 칠했단 말인가? 그리고 순수하게 장식적인 사명을 이루는 것이 자연의 세계에서보다 사교계의 사람들 가운데서 덜 쉽고 덜 조화로운 일이라면 그것이 릴리의 잘못인가? 그 일이 물질적인 필수품의 제약을 받고 도의심으로 인해 복잡해진다면 그것이 과연 릴리의 잘못이란 말인가?

그 두 가지가 긴긴 불면의 밤 동안 그녀의 가슴속에서 싸웠던 적수들이었다. 다음 날 아침 일어난 릴리는 어느 쪽이 승리했는지도 잘 모를 지경이었다. 인위적으로 획득된 많은 휴식의 밤을 보낸 후 단지 하룻밤 잠 못 이루었을 뿐이지만 그녀가 나가떨어지기에는 그것으로 충분했다. 그리고 피로로 굴절된 빛 아래서 그녀 앞에 펼쳐진 미래는 잿빛의 끊임없는 황량한 벌판이었다.

릴리는 친절한 아일랜드계 하녀가 문을 열고 들여놓아 준 커피와 부친 달걀을 거절한 뒤 늦게까지 침대에 머물렀다. 하숙집에 세 든 사람들의 가정사가 얇은 벽을 통해서 모조리 다 들렸고 거리의 외침 소리와 바퀴 소리도 들려와 짜증스러웠다. 아무 일도 하지 않고 한 주를 보낸 뒤라 하숙집의 세계에 수반된 이런 사소한 짜증스런 일들이 더욱 증폭되어 그녀의 뼛속까지 스며들었다. 릴리는 매사의 진행 과정이 아주 조심스럽게 감춰져서 한 장면에서 다른 장면으로 아무런 흔적도 드러내지 않고 미끄러지듯 넘어가는 화려한 세계를 갈망했다.

릴리는 마침내 일어나서 옷을 차려입었다. 그녀는 마담 레지나의 공방을 떠난 뒤로 부분적으로는 하숙집의 난잡함을 피하기 위해, 그리고 얼마간은 육체적 피로가 수면에 도움을 주길 희망하며 거리에서 낮 시간을 보냈다. 그러나 일단 집 밖으로 나오자 어디로 가야 할지 결정할 수가 없었다. 모자 공방에서 해고된 뒤 거티를 피하고 있었고, 다른 어느 곳에서도 환영받을 자신이 없었기 때문이었다.

그날 아침은 전날과 생경한 대조를 이루고 있었다. 차가운 잿빛 하늘이 곧 비를 뿌릴 듯한 기세였고, 사나운 바람이 회오리를 이루며 거리의 먼지가 솟아올랐다 가라앉았다 했다. 릴리는 5번가를 따라 걸으며 센트럴파크 방향으로 갔다. 그 길 어딘가 그늘이 드리운 구석에 앉아 쉴 수 있기를 바라고 있었다. 그러나 바람이 너무 찼고, 들까부는 나뭇가지들 아래를 한 시간 동안이나 헤매고 다녔기 때문에 점점 피곤해져 59번 거리의 작은 레스토랑에서 좀 쉬기로 했다. 시장하지는 않았고 점심을 먹을 생각도 없었다. 그러나 그냥 집으로 돌아가기에는 너무 피곤했고, 창문을 통해 보이는 하얀 식탁의 행렬은 매혹적이었다.

　그 식당은 부인들과 처녀들로 가득 차 있었는데, 모두 부지런히 차를 마시고 파이를 먹느라 그녀가 들어선 것을 본 사람은 없었다. 날카로운 목소리들이 웅웅거리는 소리가 낮은 천장에 부딪혀 울렸고, 그로 인해 릴리는 작은 침묵의 원 안에 갇혔다. 갑자기 심각한 고독감이 엄습하며 고통스러웠다. 그녀는 시간 관념을 상실했고, 자신이 며칠 동안 아무하고도 이야기를 나눈 적이 없는 것 같은 느낌이 들었다. 그녀의 눈은 어떤 사람의 눈과 마주쳤으면 하는 갈망, 자신의 어려움을 본능적으로 알아줄 사람에 대한 갈망을 담은 채 주변의 얼굴들을 살펴보았다. 그러나 핸드백과 공책과 악보 따위를 가지고 있던 혈색 나쁜 여자들은 모두 자신들의 일에 몰두해 있었고, 혼자 앉은 사람들조차도 교정쇄를 들여다보거나 차를 서둘러 마시는 틈틈이 잡지를 읽는 데 열중하느라 바빴다. 릴리만이 엄청난 한가함의 황무지에서 오도 가도 못하고 있었다.

　차 몇 잔을 굴 스튜와 함께 마신 뒤 거리로 나서자 머리가 맑아지고 경쾌한 기분이 들었다. 그녀는 이제 자신이 레스토랑에 앉아 있을 때 무의식적으로 마지막 결정을 내렸다는 사실을 깨달았다. 그 깨달음으로 인해서 즉시 자신이 뭔가 하고 있다는 착각이 들었다. 집에 서둘러 들어갈 진짜 이유가 있다는 생각은 신나는 것이었다. 그녀는 그 기분을 즐기는 시간을 늘리기 위해 걷기로 했다. 그러나 거리가 생각보다 너무 멀었고 그녀는 자신이 길에 있던 시계들을 불안하게 바라보고 있다는 것을 깨달았다. 한가하게 지내면서 발견하고 놀라게 된 사실 중 하나는 시간을 그냥 놔두고 시간에 대해서 아무런 구체적 요구도 하지 않게 되면 시간이 이미 인정된 속도로 안정되게 흘러가지 않는다는 것이었다. 시간은 평소에는 한가하게 빈둥댔다. 그러나 그것이 천천히 흘러간다는 사실에 의존하는 바로 그 순간 갑자기 정신없이 비합리적인 속도로 달려갔다.

　그러나 집에 도착한 그녀는 아직도 자신의 계획을 실행에 옮기기에 이른 시간이라는 사실을 깨달았다. 몇 분 앉아서 쉴 시간도 있었다. 그렇게 지체했다고 해서 그녀의 결심이 눈에 띄게 약화되지는 않았다. 그녀는 자신의 내면에서 느껴지는 묵묵한 결심의 힘에 겁이 나기도 했지만 흥분이 되기도 했다. 릴리는 그 일이 자신이 상상했던 것보다 쉬울 거라는, 훨씬 더 쉬울 거라는 사실을 알 수 있었다.

　5시가 되었을 때 릴리는 자리에서 일어나 트렁크를 열고 봉해진 꾸러미 하나를 꺼내 드레스의 가슴 부분에 넣었다. 그 꾸러미와 직접 접촉을 했지만 그녀가 반쯤 우려했던 것과는 달리 결심이 흔들리지는 않았다. 그녀는 강력한 의지를 발휘함으로써 마침내 자신의 섬세한 감수성을 무디게 할 수 있었던 듯, 강력한 무관심의 갑옷을 입은 기분이었다.

그녀는 바깥 날씨에 맞게 옷을 더 입고 문을 잠근 뒤 밖으로 나갔다. 그녀가 보도에 나섰을 때 해는 아직 중천에 떠 있었지만, 하늘은 곧 비가 뿌릴 듯 어두웠고 차거운 강풍이 거리에 줄지어 서 있던 지하 가게들의 밖으로 돌출된 간판을 흔들고 있었다. 그녀는 5번가에 도달했고, 천천히 북쪽을 향해 걷기 시작했다. 그녀는 도싯 부인의 습관을 꿰고 있었기 때문에 그녀가 5시 이후에는 항상 집에 있다는 사실을 알았다. 물론 실제로 방문객을 거절할 수도 있고, 특히나 그녀처럼 반가울 리 없는 손님에 대해선 특별한 거절의 지시를 내려 놓았을 수도 있었다. 그러나 릴리는 자신의 이름과 함께 보낼 메모를 따로 준비해 왔고, 그걸 읽으면 자신을 거부하지는 못할 거라고 짐작했다.

릴리는 도싯 부인의 집까지 걸어가는 시간을 미리 계산했었다. 차가운 저녁 공기를 뚫고 재빨리 걷는다면 신경이 좀 안정될 거라고 생각했다. 그러나 사실 진정할 필요도 없었다. 상황에 대한 그녀의 계산은 침착하고 흔들림이 없었다.

그녀가 50번 거리에 다다랐을 때 갑자기 구름이 열리며 차가운 비가 그녀의 얼굴 위에 사선으로 쏟아지기 시작했다. 우산을 가지고 나오지 않아서 빗물이 그녀의 얇은 봄 드레스를 금세 흠뻑 적셨다. 목적지에 도착하려면 아직도 800미터는 더 가야 했다. 그래서 그녀는 매디슨가 쪽으로 길을 건너서 전차를 타기로 했다. 그러기 위해서 옆 골목으로 접어들었을 때 그녀의 내부에서 희미한 기억이 되살아났다. 싹이 돋은 나무들의 행렬, 새로운 벽돌과 석회석 건물 전면들, 발코니에 꽃 상자들이 달린 조지 왕조 풍의 아파트들이 낯익은 광경을 이루고 있었다. 그녀가 이 년 전 9월의 어느 날 셀든과 함께 걸었던 거리였다. 몇 미터 앞에 그들이 함께 들어섰던 건물의 입구가 있었다. 그 회상은 무감각해졌던 온갖 감성들 ─ 갈망, 후회, 상상, 그녀가 경험한 유일한 봄에 그녀의 가슴에서 고동치던 모든 것들 ─ 을 풀어 놓았다. 그녀가 그런 임무를 수행하러 가는 길에 그의 집을 지나게 된 것은 기묘한 우연이었다. 그녀는 갑자기 자신의 행동을 그의 시선으로 볼 수 있게 되었다. 그리고 그가 그 일에 관련되어 있다는 사실, 자신의 목적을 달성하기 위해서는 그의 이름을 팔아서, 그의 과거의 비밀을 발판으로 이익을 보아야 한다는 사실을 생각하자 수치심 때문에 피가 얼어붙는 것 같았다. 처음으로 그와 대화를 나눈 그날로부터 자신이 얼마나 먼 길을 걸어왔는지! 그때도 자신의 발길은 지금 걷고 있는 그 길로 갔었고 ─ 그때도 자신은 그가 내민 손에 저항했었다.

그녀가 상상한 그의 냉정함에 대한 모든 원한이 걷잡을 수 없이 밀어닥치는 이 회상에 쓸려 가 버렸다. 그는 두 번이나 그녀를 도울 채비가 ─ 그의 표현대로 그녀를 사랑함으로써 그녀를 도울 채비가 ─ 되어 있었다. 그리고 만일, 세 번째 기회에, 그가 그녀의 기대를 저버렸다면 그녀가 자신 외에 누구를 탓할 수 있단 말인가? ……어쨌든, 그녀의 삶의 그 단계는 끝난 일이었다. 그녀는 왜 자신의 생각이 아직도 그것에 집착하는지 알 수 없었다. 그러나 그를 보고 싶은 갑작스러운 갈망은 남아 있었다. 그 갈망은 그녀가 그의 집 문 건너편 보도에 멈춰 섰을 때는 기갈로 변해 있었다. 거리는 비에 쓸려 어둡고 텅 비어 있었다. 그녀는 그의 조용한 방, 서가들, 그리고 벽난로의 불을 상상했다. 고개를 들어 보니 그의 집 창에 불이 켜져 있었다. 그녀는 길을 건너 건물로 들어갔다.

12장

서재는 그녀가 생각했던 그대로였다. 초록색 갓을 씌운 램프들은 짙어지고 있는 황혼 속에서 고요한 원을 그렸고, 작은 불꽃이 벽난로에서 명멸했으며, 그 곁에 있던 셀든의 안락의자가 그가 그녀를 맞이하기 위해 일어서면서 옆으로 밀렸다.

그는 흠칫 놀란 자신의 반응을 자제하고 말없이 서서 몰려드는 기억 때문에 문턱에 잠시 멈춰 선 그녀의 말을 기다렸다.

방은 변함이 없었다. 릴리는 셀든이 본인 소장의 라브뤼예르를 꺼내 들었던 책장 선반을 알아보았고, 그녀가 그 귀중본을 들여다보는 동안 그가 기대고 서 있던 의자의 닳은 팔걸이도 그대로였다. 그러나 그때는 9월의 환한 빛이 방을 가득 채우면서 그 방이 바깥세상의 일부인 것처럼 보였는데, 지금은 갓이 씌워진 램프들과 따뜻한 벽난로가 점점 짙어져 가고 있던 바깥의 어두움으로부터 그 방을 분리해 더 달콤하고 친밀한 분위기를 자아냈다.

릴리는 셸든의 침묵이 뜻하던 놀라움을 점차 의식하게 되었다. 그래서 그를 향해 돌아서서 단순한 어조로 말했다. "우리가 지난번 만났을 때 언짢게 헤어진 것, 제가 해치 부인 집에서 그날 당신에게 했던 말에 대해 사과하고 싶어서 왔어요."

이 말들은 아무런 의식도 없이 그녀의 입술 위에 저절로 떠오른 것이었다. 계단을 오르면서도 방문의 구실을 준비할 생각을 하지 못했다. 그러나 지금은 자신들 사이에 떠 있던 오해의 구름을 거둬 버리고 싶은 강렬한 소망을 느꼈다.

셸든은 미소를 지으며 그녀의 말을 받았다. "저도 그렇게 헤어졌던 일에 대해서 안타까웠습니다. 하지만 자업자득이 아니었나 싶습니다. 다행히 제가 무슨 모험을 하고 있는지 미리 알았으니까……."

"그래서 정말 신경이 쓰이지는 않으셨다는 말씀……?" 번쩍하는 것처럼 옛날의 빈정대는 듯한 말투가 튀어나왔다.

"그래서 결과에 대해 마음의 준비가 되어 있었다는 것이지요." 그가 순한 어조로 그녀의 말을 수정했다. "그렇지만 그런 얘기는 나중에 합시다. 들어오셔서 불 가에 앉으세요. 등받이 쿠션을 대어 드려도 된다면 저 안락의자를 추천합니다."

그가 이렇게 말하는 동안 그녀는 천천히 방 가운데로 걸어가서 그의 책상 근처에 멈춰 섰다. 그녀의 섬세하게 마른 얼굴의 창백함에 램프의 과장된 그림자가 드리웠다.

"피곤해 보이십니다…… 앉으세요." 그가 부드럽게 되풀이했다.

그녀는 그 말을 듣지 못한 듯했다. "당신이 나를 찾아오신 뒤에 즉시 해치 부인과 결별했다는 것을 말씀드리고 싶어요." 그녀가 고백을 계속하듯이 말했다.

"예…… 예, 알고 있어요." 그가 동의했다. 그의 목소리에서 조금 더 당황하는 기색이 느껴졌다.

"그리고 당신이 말해 주셨기 때문에 그렇게 결정했다는 사실도요. 당신이 오시기 전에도 계속 그녀를 위해서 일하기는 어려울 거라는 생각이 들기 시작한 참이었어요…… 당신이 말씀해 주신 그런 이유 때문에. 그렇지만 그것을 자인하기가 힘들었죠…… 당신의 말뜻을 알아들었다고 당신에게 보여 드리기가 싫었어요."

"아, 제가 당신 스스로 출구를 찾으실 수 있다는 것을 믿었더라면 좋았을 걸 그랬습니다…… 제가 잘난 척 참견을 해 댄 것을 지적하심으로써 제게 부담을 주시려는 것 같은데요!"

신경이 덜 날카로운 상태였다면 그녀는 그의 가벼운 어조가 어색한 순간을 대충 얼버무리려는 노력에 지나지 않는다는 사실을 알아보았을 것이다. 그러나 그것은 그의 이해를 받고 싶은 그녀의 열렬한 욕망에는 거슬렸다. 의식이 특별히 명징한 비정상적인 상태에 있었기 때문에 그녀는 자신이 이미 상황의 핵심에 들어가 있다고 느꼈다. 그런 상태에서 상대방이 관습적인 말장난이나 회피 따위의 변방에서 얼쩡거릴 필요를 느낀다는 것은 믿기조차 어려웠다.

"그게 아니지요…… 고맙지 않은 게 아니었어요." 그녀가 고집했다. 그러나 갑자기 표현력을 상실했다. 그녀는 목구멍이 떨리는 것을 느꼈고, 그녀의 눈에 눈물이 두 방울 고이더니 서서히 흘러내렸다.

셀든은 다가서서 그녀의 손을 잡았다. "너무 피곤하신 것 같군요. 일단 앉으셔서 몸을 좀 편하게 하시는 게 어때요?"

그가 그녀를 벽난로 가에 놓인 안락의자로 이끌었고 그녀의 어깨 뒤로 쿠션을 대 주었다.

"그리고 이제 차를 좀 끓여 드릴게요. 제게 그 정도 접대해 드릴 능력은 항상 있다는 것 아시지요."

그녀는 고개를 흔들었고, 다시 눈물 두 방울이 흘러내렸다. 그러나 그녀는 쉽게 우는 성격이 아니었고, 자제의 오랜 습관 덕분에 침착을 되찾았다. 아직 떨림이 그치지 않아서 말을 할 수는 없었지만.

"물이 오 분이면 끓는 거 아시죠." 셀든이 말을 이었다. 그녀가 말썽꾸러기 어린아이이기라도 한 것 같은 어조였다.

그의 말에 그녀는 그들이 그의 다탁에 마주 앉아 자신의 미래에 대해 농담하듯 얘기했던 그날 오후를 떠올렸다. 그날이 그녀 삶의 어떤 다른 사건보다도 더 멀게 느껴지는 순간들도 있었지만 그날을 아주 작은 세부까지 되살려 체험하는 일은 언제라도 가능했다.

그녀는 거절의 몸짓을 했다. "아니에요, 요새 차를 너무 많이 마시고 있어요. 그냥 가만히 앉아 있는 편이 낫겠어요…… 곧 가야 해요." 그녀가 허둥지둥 말했다.

셀든은 벽난로 위 선반에 기댄 채 계속 그녀 곁에 서 있었다. 그의 우호적이고 편안한 태도 아래서 그의 자제가 더 분명히 느껴지기 시작하고 있었다. 릴리는 처음에는 자기 생각에만 몰두하느라 그 사실을 의식하지 못했다. 그러나 그녀의 의식이 다시 한번 열렬하게 더듬이를 내밀고 있었고, 그 결과 자신의 존재로 인해 셀든이 당황하고 있다는 사실을 알게 되었다. 그런 상황은 오로지 즉각적인 감정의 분출을 통해서만 해결될 수 있는데, 셀든의 경우 그것을 가능케 할 결정적인 충동이 여전히 결여되어 있었다.

릴리는 그 사실을 깨닫고 전처럼 감정이 상하지는 않았다. 그녀는 품위 있는 상호성의 단계, 모든 감정의 표시는 그것이 야기할 감정에 맞게 신중하게 계산되어야 하고, 풍부한 감정이야말로 비난받을 겉치레로 취급되는 단계를 이미 건너뛴 상태였다. 그러나 자신이 셀든의 가장 깊은 내면으로부터 영원히 배척되었다는 사실을 직접 목격했기 때문에 고독감이 배가되었다. 그녀가 그를 방문한 일에 무슨 확실한 목적이 있었던 것은 아니었다. 그녀는 그를 보고 싶다는 갈망만을 좇아 그리로 온 것이었다. 그러나 그녀가 지니고 있던 은밀한 소망이 갑자기 죽음과도 같은 통증과 함께 되살아났다.

"가야겠어요." 그녀가 의자에서 일어나려는 몸짓을 하며 되풀이했다. "하지만 아주 오랫동안 당신을 못 뵐지도 모르겠군요. 그러니 당신이 벨로몬트에서 제게 해 주셨던 말들을 한 번도 잊은 적이 없고, 때로는…… 제가 그걸 기억하는 것으로부터 가장 멀리 있는 것 같을 때조차도…… 제가 그 말들의 도움으로 실수를 하지 않았다는 것, 많은 사람들이 생각하는 것과 같은 그런 사람이 진짜로 되지는 않았다는 것을 말씀드리고 싶었어요."

릴리가 자신의 생각을 조리 있게 말하려고 애를 썼더라도 그보다 더 분명하게 표현하지는 못했을 것이다. 그러나 그녀는 자신이 폐허처럼 보이는 자신의 삶으로부터 자신을 온전히 구해 냈다는 사실을 그에게 이해시키려고 노력하지 않고 떠날 수는 없다고 느꼈다.

그녀가 말하는 동안 셀든의 얼굴에 변화가 일어났다. 거기 있던 방어적인 표정이 아직까지는 개인적인 감정의 영향을 받고 있지는 않았지만 적어도 온화한 이해로 가득 찬 표정이 되며 누그러졌다.

"당신이 그렇게 말해 주셔서 기쁩니다. 그러나 진짜로 제 말때문에 변화가 있었던 것은 아니겠지요. 차이는 당신 내부에 있으니까…… 그리고 항상 그곳에 있을 것입니다. 그리고 그렇기 때문에, 남들이 뭐라고 말하든 당신에게 진짜로 중요한 것은 아니지요. 당신이 확실하니까 친구들은 언제나 당신을 이해할 것입니다."

"아, 그렇게 말씀하지 마세요…… 당신의 말씀이 아무런 차이도 가져오지 않았다고 말씀하시지 마세요. 그렇게 말씀하신다면 저를 배척하시는 것처럼 들려요…… 저 혼자 다른 사람들과 함께 있도록 놓아둔 것처럼 말이에요." 그녀가 다시 한번 그 순간에 느끼던 간절한 내적 충동에 완전히 사로잡힌 채 자리에서 일어나 그의 앞에 섰다. 반쯤 드러났던 그의 주저에 대해서 더 이상 의식하지 않았다. 그가 바라건 말건 헤어지기 전에 그가 자신을 제대로 봐야만 했다.

그녀의 목소리는 강해졌고 그녀는 심각한 표정으로 그의 눈을 직시하며 말을 이었다. "한 번…… 두 번…… 당신은 제게 제 삶으로부터 도피할 기회를 주었지요. 그리고 그걸 거절한 것은 저예요. 제가 비겁했기 때문이지요. 나중에야 그것이 실수였다는 것을 깨달았어요…… 제가 전에 만족했던 것에 만족해서 행복하게 사는 것이 절대로 불가능하다는 사실을 말이에요. 그러나 너무 늦었죠. 당신이 이미 저에 대해 판단을 내려 버린 뒤였던 거예요…… 이해할 수 있었어요. 행복한 삶을 살기에는 너무 늦은 거였어요…… 그렇지만 제가 놓친 것을 생각하며 그 생각으로부터 기운을 얻을 수는 있었어요. 그 생각만이 저를 지탱해 주었어요…… 지금 제게서 그것마저 빼앗아 가지는 마세요! 최악의 순간에도 그것은 어둠 속의 작은 불빛과도 같았어요. 어떤 여자들은 혼자서도 착하게 살 수 있을 만큼 강하지요. 그러나 저에게는 저에 대한 당신의 믿음이 필요했어요. 커다란 유혹에는 저항할 수 있었던 것 같아요. 그러나 작은 유혹들이 저를 끌어 내렸어요. 그리고 전 기억했어요, 그런 삶에는 제가 만족할 수 없다고 하셨던 말씀을요. 제가 그런 삶에 만족할 수 있다는 사실을 스스로에게도 인정하기가 창피했어요. 그게 당신이 저를 위해 해 주신 일이에요…… 제가 당신에게 감사드리고 싶은 이유이고요. 당신께 제가 항상 기억했다고, 제가 노력했다고 말하고 싶었어요…… 열심히 노력했다고……."

그녀는 갑자기 말을 멈추었다. 눈물이 다시 솟아났고, 손수건을 꺼낼 때 그녀의 손가락이 드레스 자락 안에 숨겨진 꾸러미에 닿았다. 그녀의 얼굴이 점차 붉게 물들었고, 그녀의 입술 위에서 말이 죽어 나오지 않았다. 하지만 그녀는 곧 눈을 들어 그를 보며 달라진 목소리로 말을 이었다.

"정말 열심히 노력했어요…… 하지만 사는 것은 힘들어요. 그리고 전 아주 쓸모가 없는 인간이에요. 독립적인 존재라고 부를 수도 없을 정도예요. 저는 제가 인생이라고 이해하던 거대한 기계의 나사 하나 혹은 톱니 하나에 지나지 않았어요. 그리고 그 기계에서 떨어져 나온 뒤 제가 다른 곳에서는 아무 쓸모가 없다는 것을 알게 되었어요. 자신이 단 하나의 구멍에만 맞는다는 걸 알게 되었을 때 무엇을 할 수 있을까요? 원래 자리로 돌아가든가, 아니면 쓰레기 더미 속으로 던져지든가 둘 중 하나죠…… 그런데 쓰레기 더미 속의 실상이 어떤지 모르실 거예요!"

그녀의 입술이 떨리더니 미소가 번졌다 ─ 바로 그 방에서 이 년 전에 그에게 고백했던 것을 재미있게 기억하며 잠시 딴생각을 한 것이었다. 그때 자신은 퍼시 그라이스와 결혼할 계획이었다 ─ 그리고 지금 자신은 무엇을 계획하고 있었던 것인가?

셀든의 거무스레한 피부 아래로 피가 확 돌았지만 그의 감정은 더욱 진지해진 태도로만 나타났다.

"제게 하실 말씀이 있지요…… 결혼하시려는 건가요?" 그가 갑자기 물었다.

릴리의 눈은 동요를 보이지 않았다. 그러나 경이의 표정, 궁금해하는 자문의 표정이 그녀 눈 깊은 곳에 서서히 형성되고 있었다. 그의 질문을 듣고, 자신이 그 방에 들어설 때 진짜로 결심을 했던 것인지 정색을 하고 자문하게 되었다.

"항상 제가 조만간 결혼해야 할 거라고 말씀하셨지요!" 그녀가 희미한 미소를 띠고 말했다.

"그래서 지금 그런 결론을 내리셨나요?"

"결론을 내려야 할 거예요…… 곧. 그러나 그 전에 할 일이 있어요." 그녀가 다시 말을 멈추었다. 자신의 회복된 미소가 보이고 있는 침착성을 목소리에도 옮기려고 노력하면서. "제가 작별 인사를 해야 할 사람이 있어요. 오, 당신은 아니고요…… 우리는 틀림없이 다시 만날 테니까요…… 그게 아니라 당신이 아시던 그 릴리 바트에게 작별 인사를 해야 해요. 그동안 내내 그녀를 간직해 왔어요. 그렇지만 난 이제 그녀와 작별해야 해요. 그래서 그녀를 이리로 당신께 데리고 왔어요…… 여기다 놔두고 가겠어요. 제가 곧 나갈 때 그녀는 저와 함께 나가지 않을 거예요. 그 릴리 바트가 당신과 머물러 있다고 생각하면 좋을 것 같아요…… 아무 말썽도 안 부릴 거예요. 자리도 전혀 차지하지 않을 거예요."

그녀는 그를 향해 다가갔고, 여전히 미소를 띤 얼굴로 그에게 손을 내밀었다. "그녀가 당신과 머무르도록 허락해 주시겠어요?" 그녀가 물었다.

그가 그녀의 손을 잡았다. 그녀는 아직 그의 입술로까지는 올라오지 않은 감정의 떨림을 그의 손에서 느낄 수 있었다. "릴리…… 내가 도울 수는 없을까요?" 그가 외쳤다.

그녀는 다정하게 그를 바라보았다. "당신이 언젠가 제게 말씀하신 것 기억하세요? 저를 사랑함으로써만 저를 도우실 수 있다고? 음…… 당신은 잠시 동안 저를 사랑해 주셨어요. 그리고 그게 저에게 도움이 되었지요. 그것은 항상 저에게 도움이 되었어요. 그렇지만 그 순간은 지나가고 말았어요. 제가 그 순간을 떠나보냈지요. 그래도 계속 살아가야 해요. 안녕히 계세요."

그녀는 자신의 나머지 손도 그의 손 위에 놓았고, 그들은 일종의 엄숙한 태도로 서로를 바라보았다. 그들은 죽음의 존재 안에 서 있는 것 같았다. 그리고 무엇인가가 실제로 죽은 채 그들 사이에 놓여 있었다. ─ 그녀가 그의 내부에서 죽었으며 더 이상 살려 낼 수 없었던 그 사랑이. 그러나 그들 사이에는 살아 있는 무엇인가도 있었다. 그리고 꺼질 수 없는 불꽃처럼 그녀 안에서 튀어 올랐다. 그것은 그의 사랑이 불을 붙였던 사랑, 그녀 영혼의 그의 영혼을 향한 열정이었다.

그 영혼의 불빛 아래서 다른 모든 것들이 그녀에게서 떨어져 나갔고 의미를 잃었다. 그녀는 이제 그에게 이전의 자신을 남겨 놓고 그냥 갈 수는 없다는 것을, 이전의 자신이 그의 존재에 기대서 살아야 하지만 그러면서도 여전히 자신의 것이어야 한다는 사실을 깨달았다.

셀든은 그녀의 손을 계속 잡고 기이한 예감을 느끼며 그녀의 얼굴을 계속해서 자세히 들여다보았다. 상황의 외면은 그녀의 경우와 마찬가지로 그의 경우에도 완전히 사라졌다. 그는 그 순간이 얼굴로부터 베일이 들어 올려지는 드문 순간들 중 하나라고 느꼈다.

"릴리," 그는 낮은 목소리로 말했다. "그렇게 말하면 안 돼요. 당신이 무엇을 하려는지 모르는 채로 당신을 보낼 수는 없어요. 상황은 바뀔 수도 있지요…… 그러나 지나가지는 않아요. 당신은 결코 내 삶의 밖으로 나갈 수 없어요."

그녀는 깨달음을 담은 눈길로 그의 눈을 마주 보았다. "맞아요," 그녀가 말했다. "이제 알겠어요. 우리 언제나 친구로 지내요. 그러면 무슨 일이 일어나든지 저는 안전하다고 느낄 거예요."

"무슨 일이 일어나든지? 무슨 얘기예요? 무슨 일이 일어나나요?"

그녀는 고요히 몸을 돌리더니 벽난로를 향해 걸어갔다.

"지금 당장은 아무 일도 안 일어날 거예요…… 그냥 제가 아주 춥고, 제가 떠나기 전에 당신이 저를 위해 불을 피워 줘야 한다는 것 말고는."

그녀는 벽난로 앞 양탄자 위에 무릎을 꿇고 앉아서 타고 남은 불 쪽으로 손을 내밀었다. 그는 그녀의 어조가 갑자기 변한 것을 보고 의아해하며 기계적으로 바구니에서 나무를 한 아름 안아다 불 위에 던졌다. 솟아오르는 불꽃을 배경으로 그녀의 손이 참으로 가늘어 보였다. 또한 드레스의 느슨한 선들 아래 그녀 몸의 곡선들이 밋밋해진 모습도 보였다. 그는 훨씬 나중에야 붉은 불꽃의 움직임 아래 그녀의 콧구멍의 움푹 들어간 곳이 더 날카로워졌고, 광대뼈에서 눈에 이르는 그늘이 더 어두워졌던 것도 기억해 냈다. 그녀는 그곳에 잠시 침묵을 지키며 앉아 있었다. 그는 감히 그 침묵을 깨뜨릴 수 없었다. 그녀가 일어설 때 드레스에서 뭔가를 꺼내 불 위로 떨어뜨리는 것이 그의 눈에 얼핏 보였다. 그러나 그 순간에는 그것을 거의 눈치채지 못했다. 그의 능력에 마술에 걸린 듯했고, 그는 아직도 그 마술을 깨뜨릴 주문을 찾아 헤매고 있었다.

그녀는 그에게 다가가서 어깨에 손을 놓았다. "안녕히 계세요." 그녀가 말했다. 그리고 그가 몸을 숙이자 그녀는 그의 이마에 입술을 대었다.

13장

　가로등에 불이 켜졌지만 비는 그쳤고, 하늘 꼭대기에 순간적이나마 빛이 되살아났다. 릴리는 주변을 의식하지 못한 채 걷고 있었다. 그녀는 여전히 고양된 생의 순간으로부터 뿜어져 나오는 부유하는 공기 위를 걷고 있었다. 그러나 그 공기는 점차 그녀 곁에서 빠져나갔고, 그녀는 발밑의 단조로운 보도를 느꼈다. 누적된 피로감이 강력하게 되돌아왔으며 잠시 동안은 더 이상 걷지도 못할 것처럼 피곤했다. 그녀는 41번 거리와 5번가의 모퉁이에 도달했는데, 브라이언트 공원에 자신이 앉을 만한 자리가 있다는 사실이 기억났다.

　릴리가 그 우울한 놀이터에 들어섰을 때 그곳에는 사람이 거의 없었다. 그녀는 전기 가로등의 밝은 빛 아래 놓인 텅 빈 벤치에 무너지듯 앉았다. 불의 온기가 릴리의 혈관으로부터 빠져나갔고 그녀는 젖은 아스팔트에서 피어오르는 뼛속까지 스며드는 습기 속에 오래 앉아 있어서는 안 되겠다고 생각했다. 그러나 릴리의 의지력은 마지막 힘까지 다 짜내느라 소진되어 버린 듯했고, 그녀는 예사롭지 않은 에너지의 소모에 따르는 멍한 반작용 상태에 빠져 버렸다. 그리고 더욱이, 집에 가 보았자 무슨 낙이 기다리고 있는가? 그녀 하숙방의 우울한 침묵 — 지친 신경을 지나치게 시끄러운 불협화음보다도 더 지치게 하는 밤의 침묵 — 외에는 아무것도 그녀를 기다리고 있지 않았다. 그 침묵과 그녀 침대 머리맡의 클로랄[13] 병 외에는 아무것도 없었다. 클로랄에 대한 생각이 그 어두운 전망에서 유일하게 밝은 지점이었다. 그 약에 대한 생각만으로도 릴리는 그것이 가져다줄 신경 안정의 효과가 자신의 몸으로 스며드는 것을 느낄 수 있었다. 그러나 그 약의 효과가 줄어들고 있는 듯해서 완전히 안심을 할 수도 없었다. — 너무 일찍 그 약으로 돌아갈 수도 없는 일이었다. 그 약이 최근에 그녀에게 가져다주었던 잠은 전보다 더 파편적이었고 덜 깊었다. 그 약을 먹었는데 지속적으로 의식이 있는 상태로 되돌아가는 밤들도 있었다. 그 약의 효과가 점차 사라지면 그때는 어떻게 할 것인지? 모든 수면제가 다 그렇다고들 하는데, 클로랄도 마찬가지라면? 그녀는 약사가 약의 용량을 늘리지 말라고 경고한 것을 기억하고 있었다. 그리고 그 약의 변덕스럽고 예

---

13) 클로랄 하이드레이트. 진정제의 일종으로 수술 뒤나 불면증 단기 치료제로 쓰인다.

측 불가능한 작용에 대해서도 들은 바 있었다. 불면으로 돌아갈 일에 대한 두려움이 워낙 커서 릴리는 자신이 아주 피곤하면 줄어들고 있는 클로랄의 효과를 막을 수 있지 않을까 하는 희망 때문에 망설였다.

이제 밤이 주변을 확실하게 감싸고 42번 거리를 다니는 차들의 소음도 줄어들고 있었다. 광장에 완전한 어둠이 내리면서 벤치에 앉아 머무적거리던 사람들도 하나둘 일어나서 흩어지기 시작했다. 그러나 가끔씩은 집을 향해 서둘러 가던 사람들 한둘이 릴리가 앉아 있던 길을 가로질러 가기도 했고, 잠시 전깃불의 하얀 원 안으로 시커멓게 들어섰다가 나가기도 했다. 이런 행인들 한두 명이 걸음을 늦추고 호기심 어린 눈으로 그녀의 외로운 모습을 바라보기도 했다. 그러나 그녀는 그들의 주의 깊은 시선조차 거의 의식하지 못하고 있었다.

그러다 갑자기 지나가던 그림자 중 하나가 자신의 시선과 희뜩이는 아스팔트 사이에 가만히 서 있다는 사실을 의식하게 되었다. 눈을 들자 한 젊은 여인이 릴리를 내려다보고 있었다.

"실례지만…… 어디 편찮으세요? ……어머나, 바트 양 아니세요!" 어디선가 들어 본 듯한 목소리가 외쳤다.

릴리는 고개를 들어 여자를 바라보았다. 그 말을 한 사람은 팔 아래 보퉁이를 낀 신통치 않은 옷차림의 젊은 여성이었다. 그녀의 얼굴은 세련되었지만 병과 과로가 야기했음 직한 건강하지 못한 분위기가 있었다. 하지만 입술의 강하고 너그러운 곡선 덕분에 평범하지만 예쁘장하게 보였다.

"기억 못 하시겠지요." 그녀가 말을 이었다. 릴리를 만나서 기쁜 모습이 역력했다. "하지만 저는 어디서든 아가씨를 알아볼 수 있어요. 아가씨 생각을 아주 많이 했었거든요. 제 가족들은 아가씨 성함을 다 외우고 있을 거예요. 저는 패리시 양의 클럽 구성원 중 하나랍니다…… 제가 폐병에 걸렸을 때 아가씨께서 제가 시골로 요양을 갈 수 있도록 도와주셨어요. 제 이름은 네티 스트러더랍니다. 그때는 네티 크레인이었지요…… 하지만 그 이름도 기억 못 하시겠지요."

그렇다. 릴리도 기억이 나기 시작했다. 네티 크레인을 때맞춰 구해 준 일은 릴리가 거티의 자선 사업에 도움을 준 일 중에서도 가장 보람된 사례 중 하나였다. 릴리는 네티가 산속의 요양원에 가서 지낼 수 있도록 돈을 댔다. 그녀가 그때 썼던 돈이 거스 트레너의 돈이었다는 사실이 지금으로선 특히 더 역설적으로 느껴졌다.

릴리는 대답을 하고 싶었다. 그녀를 잊지 않았다고 말하고 싶었다. 그러나 노력을 했음에도 불구하고 말이 나오질 않았다. 릴리는 육체적 쇠약의 엄청난 파도 아래 가라앉는 듯한 느낌이 들었다. 네티 스트러더는 놀라서 외마디 소리를 지르며 릴리 곁에 앉아 릴리의 등에 초라한 옷을 입은 자신의 팔을 둘렀다.

"어머나, 바트 양, 어디 많이 편찮으신 게 틀림없어요. 기운을 차리실 때까지 저한테 조금만 기대세요."

릴리는 자신을 부축해 주는 팔로부터 희미한 기운이 전달되는 듯한 느낌을 받았다.

"그냥 피곤해서 그래요…… 괜찮아요." 그녀는 곧 기운을 내며 이렇게 말했다. 그런 뒤 자신을 부축해 주고 있는 여인의 눈에서 소심한 호소의 표정을 보고 자신도 모르게 덧붙였다. "그동안 불행했어요…… 아주 큰 어려움을 겪었어요."

"아가씨 같은 분이 어려움을 겪었다고요? 전 언제나 아가씨가 모든 것이 위대하기만 한 아주 높은 곳에 계신 분이라고 생각했어요. 가끔씩, 너무 힘이 들고 왜 세상 일이 이렇게 꼬이기만 하나 하고 속상해할 때 아가씨만큼은 어쨌든 아주 멋지게 살고 계실 거라 생각했고, 그 사실이 이 세상 어딘가에 정의라고 할 만한 것이 있다는 사실을 보여 주는 것 같았어요. 하지만 여기 너무 오랫동안 앉아 계시면 안 돼요 ── 끔찍하게 습하네요. 이제 조금이라도 걸으실 수 있을 것 같으세요?" 그녀가 말을 멈췄다.

"그래요…… 그래, 집에 가야지요." 릴리가 낮은 목소리로 말하며 일어섰다.

그녀의 눈은 자신의 곁에 서 있던 마르고 초라한 여인을 신기한 듯 바라보고 있었다. 그녀는 네티 크레인을 과로와 무기력한 부모로 인해 낙담한 희생자들 중 하나로만 알고 있었다. 릴리가 바로 최근에 자신도 그렇게 될 것이라는 두려움을 표현한 바 있는, 운명적으로 일찌감치 사회적 쓰레기 더미 속으로 쓸려 갈 잉여 인생의 파편 중 하나라고 말이다. 그러나 네티 스트러더의 연약한 겉모습은 이제 희망과 기운으로 생생하게 살아나 있었다. 미래가 그녀에게 어떤 운명을 준비해 놓고 있든지 그녀가 싸우지도 않고 쓰레기 더미로 던져지는 일은 없을 터였다.

"이렇게 만나서 정말 반가워요." 릴리가 불안하게 떨리는 입술에 애써 미소를 띠며 말을 이었다. "이제 내가 당신이 행복하다고 생각할 차례인 것 같군요…… 그리고 내게도 세상이 조금은 덜 부당하게 보일 것 같아요."

"오, 그렇지만 아가씨를 이렇게 그냥 놓아두고 갈 순 없어요…… 혼자서 댁으로 가실 상태가 아니에요. 그런데 제가 모시고 가 드릴 수도 없네요!" 자신이 집에 가야 한다는 것을 깜빡 잊었던 네티 스트러더가 흐느끼다시피 외쳤다. "그러니까, 오늘 밤에 남편이 야간 작업조거든요…… 남편은 전차 운전을 하고 있어요…… 그리고 제가 아기를 친구한테 맡겨 놓았는데 친구가 남편의 밥을 차려주기 위해서 7시까지는 위층으로 올라가야 하거든요. 제게 아기가 있다는 말씀 아직 안 드렸죠? 모레면 딱 넉 달이 되어요. 그 아기를 보면 제게 아픈 날이 있었다고 믿어지지 않으실 거예요. 우리 아기를 아가씨께 보여 드릴 수 있다면 얼마나 좋을까요, 바트 양. 그런데 저희가 이 골목 아래 바로 저쪽에 살고 있어요…… 세 골목만 가면 되는데." 그녀가 조심스럽게 눈을 들어 릴리의 얼굴을 바라보며 릴리의 의중을 떠 보았다. 그리고 바짝 용기를 내어 덧붙였다. "전차를 타고 저와 함께 저희 집으로 곧장 가시는 게 어때요? 제가 아기의 저녁을 준비하는 동안 저희 집에 계시면 어떨까요? 저희 집 부엌은 정말 따뜻한데, 거기서 쉬실 수 있을 거예요. 아기가 잠이 들면 제가 바로 댁까지 모셔다 드릴게요."

부엌은 정말 따뜻했다. 그 부엌은 네티 스트러더가 성냥으로 탁자 위의 가스버너에 불을 붙이자 모습을 드러냈는데 릴리가 보기에 무척 작았지만 거의 기적적일 정도로 깨끗했다. 불은 쇠로 된 난로의 반짝거리는 옆면으로부터 빛을 발했다. 그 가까이에 아기 침대가 놓여 있었고, 그 안에는 아기가 똑바로 앉아 있었다. 아직 남은 잠기운으로 평온한 얼굴에 표정이 되어 나타날 듯 말 듯 한 최초의 조바심이 보였다.

네티는 아기와의 재결합을 열렬하게 자축한 뒤 귀가가 늦어서 미안하다며 알쏭달쏭한 말로 변명을 하고 나서 아기를 다시 침대에 내려놓았다. 그리고 수줍은 목소리로 바트 양에게 난로 옆의 흔들의자에 앉으라고 권했다.

"응접실이 있긴 해요." 그녀가 이해받아 마땅한, 자부심에 찬 목소리로 설명했다. "그렇지만 여기가 더 따뜻할 거예요. 그리고 제가 아기의 저녁을 준비하는 동안 아가씨 혼자 계시게 하고 싶지 않아요."

릴리가 자신도 부엌의 불과 그녀 가까이에 있는 게 더 좋다고 단언을 하자 스터더 부인은 아기에게 물릴 젖병을 준비했다. 그녀는 젖병을 급하게 젖을 찾는 아이의 입술에 부드럽게 대 주었고, 아기가 젖을 열심히 먹는 동안 환하고 행복한 얼굴로 손님 곁에 앉아 있었다.

"정말로 제가 커피를 조금 데워 드리지 않아도 괜찮으시겠어요, 바트 양? 아기를 위한 신선한 우유가 조금 남아 있는데…… 음, 그냥 조용히 앉아서 조금 쉬시는 게 더 나을지도 모르겠군요. 여기 모시고 있으니 참 좋군요. 그런 생각을 무척 자주 했거든요. 이렇게 현실이 되었다는 걸 믿을 수 없을 것 같아요. 조지에게 제가 말을 하고 또 하고 그랬어요. '바트 양이 지금 내 모습을 보신다면 얼마나 좋을까……' 그리고 신문에 아가씨 이름이 나오는지 찾아보곤 했었어요. 그리고 아가씨께서 하신 일에 대해 이야기하고 아가씨가 입으신 드레스들에 대한 묘사를 읽곤 했지요. 하지만 오랫동안 아가씨 이름이 나오지 않았고, 그래서 어디 편찮으신 게 아닌가 하고 걱정을 하기 시작했죠. 제가 너무 걱정을 하니까 조지가 그렇게 걱정하다가 제가 병에 걸릴 것 같다고 그랬어요." 그녀의 입술은 회상의 미소와 함께 벌어졌다. "이제는 아플 여유가 없어요. 그게 사실이에요. 지난번 아팠을 때 거의 죽을 뻔했지요. 아가씨 덕분에 요양소에 갔을 때 살아서 돌아오지 못할 줄 알았어요. 그러거나 말거나 신경도 안 쓰였고요. 조지와 아기에 대해서 아직 몰랐을 때니까요."

그녀는 거품이 인 아기의 입에 젖병을 고쳐 대 주느라 말을 멈추었다.

"아이구, 소중한 내 아기…… 그렇게 급하게 빨지 마! 엄마가 저녁을 그렇게 늦게 줘서 화났어? 매리 앤토닛…… 우리가 아기 이름을 그렇게 지었어요. 매디슨스퀘어가든에서 상영한 연극에 나오는 프랑스 왕비의 이름을 땄어요…… 제가 조지에게 그 배우를 보니 아가씨 생각이 난다고, 그래서 그 이름이 마음에 든다고 그랬거든요…… 제가 결혼을 하게 될 줄은 생각도 못 했는데. 그리고 저 자신만을 위해서 계속 일을 할 용기는 없었어요."

그녀는 다시 말을 끊었다가, 릴리의 눈에 담긴 격려를 알아보고 창백한 피부에 홍조를 띠며 말을 이었다. "아가씨 덕분에 요양소에 가게 되었을 때 그냥 몸만 아픈 게 아니었거든요…… 끔찍하게 불행하기도 했어요. 제 직장에서 신사 한 분을 알고 지냈어요…… 전 커다란 수입상에서 타자수로 일했어요, 기억나실지 모르지만…… 그런데…… 음…… 전 우리가 결혼하게 될 거라고 생각하고 있었거든요. 저와 여섯 달 동안 꾸준히 사귀었고 제게 자기 어머니의 결혼반지도 줬어요. 하지만 저에 비하면 너무 유행을 추종하는 남자였던 거 같아요…… 회사 일로 여행도 하고 사교계도 많이 보았죠. 노동하는 여성들은 아가씨들처럼 돌봐 주는 사람도 없고 스스로를 돌볼 줄도 모르지요. 저도 몰랐고요…… 그 남자가 편지를 써 놓고 떠나 버렸을 때 죽을 것 같았어요…… 그때 병에 걸린 거죠…… 전 그때 마지막이라고 생각했어요. 아가씨 덕분에 요양소에 가지 않았더라면 정말로 마지막이었을 거예요. 그렇지만 건강이 회복되면서 저도 모르게 용기가 나기 시작했어요. 그리고 집에 돌아왔을 때 조지가 와서 청혼을 했어요. 처음엔 우리가 어릴 때부터 함께 자란 사이였기 때문에, 그리고 조지도 제 사연을 알고 있었기 때문에 할 수 없을 거라고 생각했어요. 그렇지만 조금 시간이 지나면서 그게 오히려 더 도움이 된다는 걸 알게 되었죠. 다른 남자에겐 절대 그런 얘기를 못했을 거고, 그 얘기를 안 하고는 결혼을 할 수 없었을 테니까요. 그렇지만 조지는 저를 제 모습 그대로 받아들일 만큼 저를 좋아했고, 제가 다시 시작하지 못할 이유가 없다고 생각했죠…… 그래서 다시 시작한 거예요."

그녀가 무릎 위의 아기한테서 빛나는 얼굴을 들었을 때 그녀에게서는 의기양양한 빛이 퍼져 나오고 있었다.

"그렇지만, 맙소사, 이렇게 제 얘기만 잔뜩 늘어놓을 생각은 아니었는데. 아가씨가 그렇게 지쳐서 앉아 계시는데 말이에요. 그냥 여기 이렇게 모시게 된 게, 그리고 아가씨가 제게 얼마나 큰 도움을 주셨는지 알려 드릴 수 있는 게 너무 좋아서 그랬어요." 아기가 배가 불러 행복에 넘친 얼굴로 누웠고, 스트러더 부인은 조용히 일어나 젖병을 치웠다. 그런 뒤 바트 양 앞에 멈춰 서서 서글프고 낮은 목소리로 말했다.

"제가 아가씨에게 도움이 될 수만 있다면 좋겠어요⋯⋯ 그렇지만 제가 할 수 있는 일은 이 세상에 하나도 없겠지요."

릴리는 대답 대신 미소를 지으며 일어서서 팔을 내밀었고, 아기 엄마는 그 몸짓의 뜻을 이해하고 그녀의 팔에 아기를 안겨 주었다.

아기는 평소의 닻으로부터 떨어져 나왔음을 느낌으로 아는지 본능적인 저항의 몸짓을 했다. 그러나 배불리 먹고 편안했기 때문인지 곧 잠잠해졌다. 덕분에 릴리는 그 부드러운 무게가 자신을 신뢰하듯 자신의 가슴으로 안겨 드는 것을 느낄 수 있었다. 아기가 안심하고 스스로를 맡겼다는 사실에 릴리는 온기와 재생에 대한 감각을 느끼며 흥분이 되었다. 릴리는 아기의 연한 장밋빛 작은 얼굴과 순수하게 맑은 눈, 쥐었다 폈다 덩굴손처럼 꼼지락거리는 손가락들을 경이에 차서 내려다보았다. 처음엔 자신의 팔에 안긴 아기의 무게가 핑크빛 구름이나 한 무더기의 오리털만큼이나 가볍게 느껴졌다. 그러나 계속 안고 있으니 점점 더 무거워졌다. 그리고 아기가 점점 더 깊이 안기자 묘하게 자신의 기운이 약해지는 느낌을 받았다. 마치 아기가 자기 속으로 들어와 자신의 일부가 되는 듯한 느낌이었다.

릴리는 고개를 들었고 다정함과 희열을 담고 자신을 바라보고 있던 네티의 눈과 마주쳤다.

"이 아기가 자라서 아가씨처럼만 된다면 너무나 좋은 일이지 않겠어요? 물론 절대 그렇게 될 수 없다는 걸 알지만요…… 하지만 엄마들은 아이들을 위해 언제나 말도 안 되는 꿈들을 꾸지요."

릴리는 아기를 잠시 동안 가슴에 꼭 안았다가 다시 엄마의 팔에 내려놓았다.

"오, 저처럼 되면 절대 안 돼요…… 아기를 너무 자주 보러 오게 될까 봐 걱정이에요!" 그녀는 미소를 지으며 말했다. 그리고 스트러더 부인이 걱정스러운 태도로 동행하겠다는 것을 뿌리치고, 부엌을 빠져나와 혼자서 공동 주택의 계단을 내려갔다. 물론 곧 다시 찾아와서 조지도 만나고 아기가 목욕하는 모습도 보겠다는 약속도 되풀이했다.

거리에 다다른 릴리는 자신이 기운을 회복했고 행복한 기분이라는 사실을 깨달았다. 그 작은 에피소드가 그녀에게 도움이 되었던 것이다. 그것은 릴리가 자신의 간헐적인 자선 행위의 결과와 마주친 첫 사례였는데, 인간의 경이로운 동료애가 그녀의 심장으로부터 치명적인 한기를 거둬 갔다.

그녀가 그 반작용으로 더 깊은 고독감을 느끼게 된 것은 자신의 방으로 되돌아간 뒤였다. 7시가 훌쩍 넘은 시간이었고, 지하실에서 나오는 빛과 냄새로 이미 하숙집의 저녁 식사가 시작되었다는 것을 알 수 있었다. 그녀는 서둘러 방으로 올라가 가스 불을 켜고 옷을 갈아입기 시작했다. 그녀는 어리광을 부리며 주변 환경 때문에 입맛이 없다며 굶는 일은 더 이상 하지 않기로 했다. 하숙집에 사는 것이 운명인 이상 자신의 삶의 조건에 적응하는 법을 배워야 했다. 그러기는 했어도 계단을 내려가 식당의 열기와 지나치게 밝은 불빛 속으로 들어가는 순간에는 저녁 식사가 거의 끝나 간다는 것을 알고 다행이라고 여겼다.

다시 자신의 방으로 돌아온 릴리는 갑자기 기운이 나서 활발하게 움직이기 시작했다. 그녀는 지난 몇 주 동안 너무 기운이 없고 세상만사가 다 귀찮아서 정리 정돈도 하지 않고 지냈다. 그러나 이제는 서랍과 벽장의 내용물을 체계적으로 살펴보기 시작했다. 그녀에게는 몇 벌의 멋진 드레스 — 사브리나 호에서, 그리고 런던에서 보낸 마지막 전성기의 유산들 — 가 남아 있었다. 하녀와 결별해야 할 때가 왔을 때 릴리는 자신이 입던 옷들을 그녀에게 많이 나눠 주었다. 남겨진 드레스들은 더 이상 산뜻하지는 않았지만 여전히 길고 완벽한 선들과 위대한 예술가의 솜씨를 보여 주는 당당함과 넉넉함을 유지하고 있었다. 그것들을 하나하나 침대 위에 펼쳐 놓고 있으니 그 옷들을 입었을 때의 장면들이 생생하게 눈앞에 떠올랐다. 주름 하나하나에 기억이 숨겨져 있었다. 레이스 자락 하나하나, 반짝이는 자수의 바늘땀 하나하나가 다 그녀의 과거를 기록한 글자라고 할 수 있었다. 릴리는 과거의 삶의 분위기가 자신을 둘러싸고 있는 모습을 깨닫고 놀랐다. 그러나, 무엇보다도, 그런 삶이야말로 자신에게 예정된 삶이었다. 그녀 안에서 싹트고 있던 모든 소질이 조심스럽게 그런 삶으로 인도되었다. 그녀의 흥미와 활동 모두가 그런 삶을 중심으로 하여 지도되었다. 그녀는 전시를 위해서 키워진 진귀한 꽃과도 같았다. 그녀의 아름다움을 가장 탁월하게 과시할 수 있는 것 외의 모든 봉오리들은 잘려 나간 그런 꽃 말이다.

그녀가 트렁크 바닥에서 마지막으로 꺼낸 것은 그녀의 팔 위로 아무 모양도 없이 늘어지던 하얀 천 덩어리였다. 그것은 릴리가 브라이 부인의 활인화 공연에서 입었던 레이놀즈 드레스였다. 그것을 타인에게 주어 버리기는 불가능했다. 그러나 그날 밤 이후로 다시 그 옷을 본 적은 없었다. 그녀가 그 옷의 길고 유연한 주름을 흔들자 바이올렛 향이 퍼져 나왔고, 그 향은 마치 그녀가 로런스 셀든과 함께 그 앞에 서서 자신의 운명을 거부했던, 화단으로 둘러싸인 분수대로부터 퍼져 오는 듯했다. 그녀는 드레스들을 하나하나 다시 집어넣었다. 그 옷들 하나하나와 함께 어떤 삶의 빛, 어떤 웃음소리, 어쩌다 장밋빛 쾌락의 기슭에서 풍겨 오던 냄새를 보관했다. 그녀는 여전히 감수성이 극도로 예민한 상태에 있었고, 과거에 대한 암시 하나하나가 다 그녀의 신경에 지속적인 떨림을 보내고 있었다.

그녀가 레이놀즈 드레스의 하얀 자락들 위로 트렁크를 막 닫았을 때 문에서 노크 소리가 들렸고, 아일랜드계 하녀가 늦게 도착한 편지 하나를 빨간 손으로 넣어 주었다. 편지를 불빛 아래로 가지고 가서 봉투 상단 코너에 찍힌 주소를 본 릴리는 깜짝 놀랐다. 고모의 유언 집행자들의 사무실에서 온 사무적인 편지였기 때문이다. 릴리는 무슨 예기치 않은 일이 있었기에 그들이 예정보다 일찍 침묵을 깨게 되었는지 궁금했다.

릴리는 봉투를 뜯어 열었고, 그 안에서 수표 한 장이 팔랑팔랑 바닥으로 떨어졌다. 수표를 집으려고 몸을 숙이는 순간 얼굴로 피가 몰렸다. 그 수표에 적힌 것은 페니스턴 부인이 자신에게 물려준 유산의 액수 전체였고, 동봉한 편지에는 유산 문제를 원래 예상했던 것보다 빨리 처리하여 상속인들에게 날짜를 앞당겨 유산을 지불하게 되었다는 설명이 적혀 있었다.

릴리는 침대 발치에 있던 책상 앞에 앉아서 수표를 펴 놓고 그것에 냉정한 사무적 필체로 가로로 적힌 1만 달러라는 글자를 읽고 또 읽었다. 열 달 전에는 거기 적힌 액수가 지독한 가난을 의미했다. 그러나 그사이에 그녀의 가치 기준이 변해서 이제 그 글자의 획 하나하나에 새로운 부의 전망이 숨어 있었다. 그녀가 그걸 계속 빤히 바라보는 동안 그녀는 그 비전의 화려한 빛이 자신의 두뇌로 올라오는 것이 느껴졌다. 릴리는 잠시 후에 책상의 뚜껑을 열어 그 마법의 공식을 눈에 안 띄는 곳에 넣었다. 그리고 자기 전까지 여러 생각을 했다.

릴리는 수표책을 열고 자신이 퍼시 그라이스와 결혼해야 겠다고 결심하던 날 밤 벨로몬트에서 잠 못 이루며 하던 것과 같은 조마조마한 계산에 착수했다. 가난 탓에 회계가 단순해져 그녀의 현재 재정 상황은 벨로몬트에서의 그날 밤보다 확인하기 더 쉬웠다. 그러나 그녀는 아직 돈을 규모 있게 쓰는 법을 배우지 못했고, 엠포리엄에서 지냈던 과도기적인 사치의 시기에는 자신도 모르게 낭비의 습관에 빠져들어 자신의 보잘것없는 잔고에 더욱 손상을 주었더랬다. 수표책과 책상 안에 있던 미지불 고지서들을 자세히 살펴보니 후자를 다 치르고 나면 서너 달을 버티기에도 빠듯했다. 그렇다 하더라도 그녀가 돈을 더 벌지 않고 계속 지금 같은 방식으로 살려면 모든 잡다한 지출을 완전히 끊어야 했다. 릴리는 자신이 실버튼양이 초라한 모습으로 기운 없이 걸어가던 점점 더 좁아지던 길의 초입에 서 있음을 깨닫고 몸서리를 치며 눈을 가렸다.

그러나 그녀가 더욱 큰 혐오감을 느끼면서 몸을 움츠리며 돌아서게 만드는 것은 더 이상 물질적 가난의 비전이 아니었다. 그녀는 물질적 빈곤보다 더 깊은 빈곤, 외적 궁핍을 별것 아니게 만드는 내적 궁핍을 느꼈다. 가난한 것, 절약과 절제의 우울한 삶을 살며 점차 하숙집의 구질구질한 공동생활에 흡수되는, 초라하고 근심 걱정에 찬 중년을 예상하는 것은 실제로 비참한 일이었다. 그러나 그보다 더 비참한 것이 있었다. 그건 가슴이 고독의 손아귀에 쥐어져 있다는 느낌, 자신이 뿌리뽑힌 채 무심한 세월의 흐름에 휩쓸려 간다는 느낌이었다. 바로 그것이 그 순간의 그녀를 사로잡고 있는 느낌이었다. 뿌리없이 부유하고 있다는 느낌, 자신은 존재의 회오리바람 표면에 있는 단순한 물보라일 뿐 끔찍한 홍수가 덮치려 하는데도 자아의 불쌍한 작은 촉수로 붙잡을 곳이라곤 없다는 느낌. 실제로 과거를 돌이켜 보면 자신과 삶을 연결해 주는 진정한 고리가 있었던 적이 단 한 번도 없었다는 것을 알 수 있었다. 그녀의 부모도 뿌리가 없는 사람들이었다. 유행의 바람에 따라 이리저리 휩쓸리던 사람들, 그것의 변화무쌍한 광풍으로부터 피난처를 제공해 줄 어떤 개인적 존재도 없던 사람들. 그녀 자신 다른 장소에 비해 더 소중한 지상의 어떤 장소도 없는 존재로 자라났다. 그녀에겐 마음으로부터 귀의하거나 자신을 위해서 힘을 얻거나 남을 위해서 온정을 끌어낼 수 있는 어떤 것도, 어려서부터 경건하게 믿어 왔던 중심도, 소중하고 사랑스러운 전통도 없었다. 어떤 형태든 서서히 축적되는 과거는 우리 핏속에 살게 마련이다. 시각적 기억들로 채워진 옛집의 구체적인 이미지든, 혹은 손으로 지어진 것이 아니라 물려받은 열정과 충정으로 이루어진 것으로서의 집이든. 그런 과거는 모두 개인의 존재를 확장하고 심화하는 힘을, 신비한 혈연의 고리를 통해 개인의 존재를 인간 전체의 노력이라는 거대한 총체에 연결해 주는 힘을 가지고 있다.

릴리에게는 그런 삶의 연대에 대한 비전이 찾아온 적이 한 번도 없었다. 짝을 찾는 본능의 눈먼 움직임 속에서 그에 대한 예감을 한 적은 있었다. 그러나 그런 예감들은 주변 삶의 해체적 영향에 의해 차단당했다. 그녀가 알던 모든 남녀들은 어떤 광적인 원심성 춤의 회오리 속에서 서로 멀어지는 원자들과 같았다. 릴리는 그날 저녁 네티 스트러더의 부엌에서 삶의 연속성에 대해 최초로 엿볼 수 있었다.

릴리가 보기에 삶의 조각들을 그러모아 그것들을 이용해서 용기 있게 피난처를 지은 그 가난하고 조그만 노동 여성은 존재의 핵심적 진실에 도달한 사람이었다. 그녀의 삶은 가난의 어두운 가장자리에 서 있는 삶, 병이나 불운에 대처할 여유가 무척 미미한 보잘것없는 삶이었다. 그러나 거기엔 벼랑 끝에 지어진 새 둥지 같은 연약하면서도 과감한 영속성이 있었다. 단지 가느다란 이파리와 지푸라기로 지어져 있지만 그것에 맡겨진 생명이 심연 위에 안전하게 있을 수 있도록 튼튼하게 지어진 새 둥지 말이다.

그렇다. ── 그러나 그 둥지를 짓는 데는 두 사람이 필요했다. 남자의 신뢰와 여자의 용기. 릴리는 네티의 말을 기억했다. 그가 제 사연에 대해 알고 있다는 걸 제가 알고 있었어요. 그녀의 남편이 그녀를 신뢰했기 때문에 그녀의 재생이 가능했던 것이었다. 여자에게는 사랑하는 남자가 믿어 주는 그런 여자가 되는 일이 정말 쉽다! 흠 ── 셀든은 릴리 바트를 신뢰해 줄 준비가 두 번이나 되어 있었다. 그러나 그에게 세 번째 시도까지 기대하기는 너무나 힘든 일이었다. 그의 사랑의 성격 때문에 그의 사랑을 되살리는 일이 불가능했다. 만일 그 사랑이 단순한 본능이었다면 그녀의 아름다움이 가진 힘만으로도 그것을 되살리기에 충분했을 것이다. 그러나 그 사랑이 더 깊은 곳에서 나왔다는 사실, 그것이 물려받은 사고와 감정의 습관과 분리할 수 없게 엮어져 있다는 사실 때문에 깊은 뿌리가 통째로 뽑힌 나무처럼 그것을 되살려 키우기가 불가능했다. 셀든은 릴리에게 최선을 다했다. 그러나 셀든은 릴리만큼이나 과거의 감정

상태로 무비판적으로 돌아오는 것이 불가능한 사람이었다.

릴리가 직접 셸든에게 말했듯이 그녀에게는 셸든이 자신을 믿어 주었던 고양된 기억이 아직 남아 있었다. 그러나 그녀는 아직 기억에만 의존해서 살 수 있는 나이에는 도달하지 못했다. 릴리가 네티 스트러더의 아기를 팔에 안고 있을 때 젊음의 얼어붙은 조류가 그녀 안에서 녹아 나오면서 그녀의 혈관 안을 따뜻하게 흘렀다. 그녀는 삶에 대해 과거에 느꼈던 것과 같은 갈증에 사로잡혔고, 그녀의 전 존재가 자신도 개인적인 행복을 누리고 싶다고 소리쳐 요구하고 있었다. 그렇다. ― 그녀는 여전히 행복을 원했다. 그리고 그녀가 방금 엿본 행복으로 인해서 다른 모든 것들이 사소한 것이 되어 버렸다. 그녀는 자신에게서 더 열등한 가능성을 하나하나 배제해 왔고 이제 자신에겐 포기라는 공허 외에 아무것도 남아 있지 않다는 사실을 깨달았다.

밤이 깊어지고 있었다. 그리고 릴리는 다시 한번 엄청난 피로에 사로잡혔다. 그 피로는 잠을 몰고 오는 피로가 아니라 생생하게 깨어 있게 만드는 피로, 미래의 모든 가능성에 거대한 규모의 그늘을 가져오는 창백하게 명징한 정신이었다. 비전의 강렬한 명징성은 공포스러웠다. 릴리는 자신의 의도와 행동 사이를 중재하는 자비로운 베일을 뚫어 버린 듯 앞으로 다가올 긴긴 날들에 정확히 무엇을 하게 될지 볼 수 있을 것 같았다. 예를 들어서 자신의 책상 위에 있는 그 수표를 보자 ― 그녀는 트레너에게 진 빚을 갚는 데 그 수표를 사용할 작정이었으나 아침이 오면 자신이 그 계획을 미루고 점차 그 빚을 참고 지내는 상태로 빠져 들어가게 될 것을 예견했고 그 생각만으로도 무서웠다 — 자신이 로런스 셀든과 함께 보냈던 마지막 순간의 도덕적 높이로부터 추락하게 될 것이 두려웠다. 그러나 어떻게 자신이 그때 획득한 높이를 지킬 것이라고 스스로를 신뢰할 수 있을 것인지? 그녀는 상반되는 충동의 힘을 알고 있었다 — 그녀는 자신을 운명과 새롭게 타협하도록 끌어내리는 헤아릴 수 없이 많은 습관의 손길을 느낄 수 있었다. 그리고 자신의 정신이 성취한 순간적인 고양의 상태를 연장하고 영속시키고 싶은 강렬한 갈망을 느꼈다. 지금 삶이 끝날 수만 있다면! 비극적이지만 달콤한, 잃어버린 가능성들의 비전으로 끝날 수만 있다면! 그녀가 사랑했고 누렸던 모든 것과의 친화감을 주었던 가능성들의 비전 말이다.

그녀는 갑자기 손을 뻗어서 책상 위에 있던 수표를 끌어당겨 봉투에 넣고 자신이 거래하는 은행의 주소를 거기 적었다. 그런 뒤 트레너 앞으로 수표를 적고 아무 메모도 없이 봉투에 넣고는 그의 이름을 거기 적고 그 두 봉투를 책상 위에 나란히 놓았다. 그런 뒤 계속 책상 앞에 앉아 괴괴한 하숙집의 고요로 인해 밤이 얼마나 깊었는지 깨닫게 될 때까지 서류를 정리하고 뭔가를 적었다. 거리에서는 바퀴들의 소음이 그쳤고, 인위적인 깊은 정적을 뚫는 고가 철도의 덜컹거리는 소리도 아주 가끔씩만 들렸다. 릴리는 생명의 모든 외적인 표현으로부터 격리된 신비한 밤의 시간에 자신의 운명과 더욱 기묘하게 대면하는 느낌이었다. 그런 느낌 때문에 현기증이 와서 릴리는 눈을 손으로 문질러 완전히 의식을 배제하려고 시도해 보았다. 그러나 그 끔찍한 정적과 공허야말로 자신의 미래를 상징하는 듯했다. ― 그녀는 집과 거리와 세상이 모두 텅 빈 것 같은 느낌, 그리고 자신만이 생명 없는 우주에 홀로 남겨진 감각을 가진 존재인 것 같은 느낌이 들었다.

그러나 이것은 섬망 상태의 문턱이었다……. 릴리는 한 번도 지금처럼 비현실 세계의 현기증 나는 문턱 가까이에 머문 적이 없었다. 그녀가 원하는 것은 잠이었다. ― 자신이 이틀 밤이나 잠을 못 잤다는 사실이 기억났다. 그 작은 병이 그녀의 침대 옆에 놓여 요술을 약속하고 있었다. 릴리는 자리에서 일어나 어서 베개를 베야겠다고 생각하며 황급히 옷을 갈아입었다. 자신이 느끼는 피로감이 매우 심해서 즉시 잠들 수 있을 거라고 생각했다. 그러나 침대에 눕자마자 그녀 머릿속의 신경 하나하나가 다시 한번 멀쩡하게 되살아났다. 마치 머릿속에 커다란 전깃불이 켜진 것과 같았다. 그 불빛 아래 고통에 찬 불쌍하고 조그만 그녀의 자아는 피할 곳이 없어 겁에 질린 채 쭈그리고 앉아 있는 듯했다.

그녀는 각성의 상태가 그렇게 배가되는 일이 가능하다는 것을 상상도 하지 못했다. 그녀의 모든 과거사가 수백 가지 의식의 지점에서 되살아났다. 반란하는 이 신경의 군단을 잠재울 수 있는 약은 어디 있지? 피로감은 이런 날카로운 활동의 박동에 비하면 오히려 달콤한 것이었다. 그러나 피로감조차 그녀에게서 사라졌다. 마치 어떤 잔인한 각성제가 그녀의 혈관 안에 강제로 주입된 것 같았다.

릴리는 그것을 견딜 수는 있었다. ― 그렇다, 견딜 수는 있었다. 그러나 다음 날 그녀에게 어떤 힘이 남아 있을 것인지? 넓은 시야는 사라졌다. ─ 다음 날이 그녀게게 바짝 다가와 있었고, 그 발뒤꿈치에 그 이후에 올 날들이 바짝 다가오고 있었다. ─ 그것들은 폭도들처럼 그녀의 주위를 둘러싸고 고함을 지르고 있었다. 릴리는 몇 시간 동안이라도 그 폭도들을 쫓아내야 했다. 잠시 동안이라도 망각의 목욕을 해야 했다. 릴리는 손을 내밀어 그 진정제 몇 방울을 유리잔에 따랐다. 그러나 그러는 동안 그 몇 방울 가지고는 자신의 두뇌에서 느껴지는 초자연적인 명징성을 대적할 수 없다는 사실을 깨달았다. 릴리가 그 약의 용량을 최대한으로 늘린 것은 이미 오래전의 일이었다. 그러나 그날 밤 릴리는 용량을 더 늘려야만 한다는 사실을 깨달았다. 용량을 늘리는 일이 약간 위험하다는 사실을 의식하기는 했다. 약사의 경고가 기억났다. 만일 잠이 든다 해도 그 뒤에 다시 깨어나지 못할 수도 있었다. 그러나 그건 100분의 1의 가능성이었다. 그 약의 작용을 측정할 수 없었다. 그리고 정해진 분량에 몇 방울을 더 보태는 정도로는 아마도 자신에게 절대적으로 필요한 휴식을 가져다주는 것 이상의 효과는 없을 터였다……

사실 릴리는 그 문제를 아주 주의 깊게 고려하지는 않았다. ─ 잠에 대한 육체적 욕구가 그녀 내부에 지속적으로 존재하고 있던 유일한 감각이었다. 빛이 너무 밝으면 눈이 저절로 찡그려지는 것처럼 자신의 사고가 너무 밝아서 그녀의 정신도 저절로 움츠러들고 있었다. ─ 어두움, 어두움이야말로 릴리가 무슨 수를 써서라도 확보해야 하는 것이었다. 릴리는 침대에서 일어나 자신이 유리잔에 따른 것을 삼켰다. 그리고 촛불을 끄고 누웠다.

그녀는 그 수면제의 최초의 효과가 감각적 쾌감을 가져다주기를 기다리며 고요히 누워 있었다. 그녀는 그 쾌감이 취할 형태를 미리 알고 있었다. — 먼저 내적 고동이 점진적으로 중지될 것이고, 보이지 않는 마술사의 손길이 어둠 속에서 자기 몸 위로 손짓을 한 듯 수동성이 부드럽게 접근할 터였다. 그 효과가 느리게, 머뭇거리며 다가오는 것 자체가 그것의 매력을 증가시켰다. 무의식의 침침한 심연을 내려다보는 일은 달콤했다. 그날 밤 수면제는 평소보다 더 서서히 작용하는 것 같았다. 열렬한 맥박 하나하나가 차례대로 진정이 되어야 했다. 릴리가 그 맥박들이 제자리에 선 채 잠에 떨어지는 보초들처럼 차례차례 중지 상태에 빠지는 것을 느끼기까지는 시간이 꽤 걸렸다. 그러나 점차적으로 완전한 복종의 감각이 그녀를 찾아왔고, 릴리는 자신이 도대체 무엇 때문에 그렇게 불안해하고 흥분했을까 나른한 궁금증을 느꼈다. 이제 그녀는 흥분할 일은 하나도 없다는 사실을 깨달았다. — 정상적인 인생관으로 돌아간 것이다. 내일은 결국 그렇게 힘들지는 않을 터였다. 그녀는 자신에게 내일을 대면할 기운이 있을 거라고 확신했다. 그녀는 자신이 그렇게 대면하길 두려워했던 것이 무엇인지 기억할 수조차 없었다. 그러나 그런 불확실성도 더 이상 그녀를 괴롭히지 않았다. 좀 전에는 불행했지만 이제는 행복했다. — 외롭다고 느꼈는데 이제는 고독감이 사라져 버렸다.

그녀는 몸을 한번 뒤채며 옆으로 돌아누웠다. 그리고 갑자기 자신이 혼자라고 느껴지지 않는 이유를 깨달았다. 이상한 일이었다. — 하지만 네티 스트러더의 아기가 자신의 팔에 안겨 있었다. 그녀는 아기의 작은 머리가 자신의 어깨를 누르는 것을 느낄 수 있었다. 릴리는 그 아기가 어떻게 자신에게 오게 되었는지 알지 못했다. 그러나 그 사실이 그다지 놀랍지 않았고 단지 온기와 쾌감이 부드럽게 자신의 몸에 퍼지는 데서 오는 흥분만 느껴졌다. 그녀는 더 편안한 자세로 누워 팔을 둥그렇게 해서 아기의 동그랗고 보송보송한 머리를 받쳐 주었고, 잠든 아기를 깨울까 봐 아무런 소리도 내지 않으려고 숨까지 죽이고 있었다.

그렇게 누워 있는 동안 릴리는 셀든에게 할 말이 있다고, 자신이 발견한, 자신들의 삶을 명확히 해 줄 수 있는 어떤 말들을 그에게 해 줘야 한다고 혼잣말을 했다. 그녀는 그 말들, 생각의 먼 가장자리에서 희미하고 밝게 머뭇거리고 있는 그 말들을 반복하려고 노력했다. — 자신이 깨어났을 때 그 말을 기억하지 못할까 봐 두려웠다. 그리고 만일 그 말을 기억해서 그에게 해 줄 수만 있다면 모든 일이 다 괜찮을 거라는 기분이 들었다.

그 말에 대한 생각도 서서히 사라지고, 이제 잠이 그녀를 감싸기 시작했다. 그녀는 자신이 아기를 위해서 깨어 있어야 한다고 생각했기 때문에 잠을 쫓으려고 어렴풋한 노력을 기울였다. 그러나 그런 기분마저 점차 졸리고 평화로운 기분에 따른 불분명한 감각 속에 사라졌다. 그리고 그 감각을 찢고 갑자기 고독과 공포의 어두운 섬광이 그녀를 비추었다.

릴리는 충격 때문에 추위를 느꼈다. 그 바람에 몸이 떨리며 놀라 깨어났다. 그녀는 잠시 동안 자신이 아기를 놓친 것 같다는 느낌이 들었다. 그러나 아니었다. — 착각이었다 — 그 몸이 부드럽게 누르는 느낌이 여전히 그녀의 몸 가까이에 있었다. 온기가 회복되면서 다시 한번 그녀의 몸에 퍼졌다. 릴리는 그 온기에 자신을 내맡기고, 그 안으로 빠져들면서 잠이 들었다.

14장

다음 날 아침이 여름을 약속하는 공기와 함께 온화하고 밝게 찾아왔다. 경쾌한 햇빛이 릴리의 집 앞 거리를 사선으로 비추었고, 그 빛 아래서 기포 모양을 낸 건물 앞면이 부드러워 보였다. 집 앞 계단의 페인트 칠이 안 된 난간을 부드럽게 미끄러진 햇빛은 그녀 방의 어두운 창틀로부터 분광한 무지갯빛을 반사했다.

그런 날이 내면의 기분과 일치할 때면 그 공기의 호흡에는 도취가 있었다. 셀든은 아침의 내장을 드러내고 있는 추악한 거리를 서둘러 가면서 젊은이다운 모험심에서 오는 흥분을 느꼈다. 그는 익숙한 습관의 해안을 벗어나 지도가 없는 감정의 바다로 나섰다. 과거의 모든 시험과 측정은 뒤에 남겨졌으니, 그의 길은 새로운 별들의 인도에 따라 만들어질 터였다.

지금 당장은 그 길은 단지 바트 양의 하숙집을 향하고 있었다. 그러나 그 집 앞의 초라한 계단은 갑자기 새로운 모험의 문턱으로 변했다. 그 집이 가까워 오자 셀든은 세 줄의 창문을 올려다보면서 그중 어느 것이 그녀 방의 창문일까 하는 소년 같은 궁금증을 느꼈다. 아침 9시였고 그 하숙집에 세 들어 사는 노동자들이 이미 일어난 모습이 거리 쪽으로 보였다. 그는 나중에 오직 한 창문에만 블라인드가 내려져 있었던 것을 기억했다. 또한 창턱 중 한 곳에만 팬지 화분이 놓여 있는 것을 알아챘고, 즉시 그것이 릴리 방의 창문일 거라고 짐작했다. 그 칙칙한 건물에 있던 유일한 장식물과 그녀를 연결 짓는 것은 당연한 일이었다.

9시는 방문하기에는 이른 시간이었다. 그러나 셀든은 그런 관습적인 규칙을 넘어선 단계에 있었다. 그는 즉시 릴리를 만나야 한다는 것만 알았다. ― 그는 자신이 릴리에게 하고 싶었던 말을 깨달았고, 그 말을 전달하는 일은 일 분 일 초도 지체될 수 없었다. 그 말이 더 일찍 그의 입술로 오지 않은 것이 ― 전날 저녁에 그 말을 하지 못하고 그녀를 보냈다는 것이 ― 이상했다. 그러나 이제 새로운 날이 시작되었으니 그게 무슨 상관이란 말인가? 그 말은 황혼을 위한 말이 아니라 아침을 위한 말이었다.

셀든은 가벼운 걸음으로 서둘러 계단을 올라가 벨을 당겼다. 그리고 자신의 생각에 골몰해 있는 상태에서도 문이 그렇게 즉시 열리다니 하며 놀랐다. 그리고 문을 열어 준 사람이 거티 패리시라는 사실을 알고 더욱 놀랐다. 이어서 다른 사람들 몇몇이 그녀의 뒤에 불길하게 서 있는 모습도 그의 놀라고 혼동된 시야에 흐릿하게 들어왔다.

"로런스!" 거티가 이상한 목소리로 외쳤다. "어떻게 이렇게 빨리 왔어요?"—그녀가 그 말과 함께 그에게 내민 떨리는 손 때문에 즉시 그의 가슴이 막히는 듯했다.

다른 얼굴들, 두려움과 추측으로 막연한 얼굴들도 보였다.—당당한 체구의 집주인이 직업적인 걸음걸이로 자신을 향해 걸어오는 것도 보였다. 그러나 셀든은 손을 들어 올리며 흠칫 뒤로 물러섰다. 그의 눈은 경사가 심한 검은색 호두나무 계단을 기계적으로 오르고 있었는데, 거티가 그곳으로 자신을 데려갈 것이 즉시 분명해졌다.

배경으로부터 목소리 하나가 들려왔다. 그것은 의사가 곧 다시 올 거라고—그리고 위층의 어떤 것도 건드리면 안 된다고—말했다. 다른 목소리가 외쳤다. "가장 자비로운 일이었어요……." 그런 뒤 셀든은 거티가 자신의 손을 잡고 부드럽게 인도하는 것을, 그리고 사람들이 그 두 사람만 위층으로 올라가도록 허락해 주었다는 사실을 알 수 있었다.

그들은 침묵 속에 층계 셋을 올라가서 복도를 통해 닫힌 문에 이르렀다. 거티가 문을 열었고 셀든이 그녀를 뒤따라 들어갔다. 블라인드가 내려져 있긴 했지만 햇빛이 저항할 수 없는 기세로 조금 완화된 황금빛의 홍수를 방 안으로 쏟아붓고 있었다. 그리고 그 빛 안에서 셀든은 벽 옆에 놓인 좁은 침대를, 그리고 그 침대 위에 손도 움직이지 않고 침착하고 무심한 얼굴로 릴리 바트를 닮은 누군가가 누워 있는 것을 보았다.

셸든의 모든 맥박이 그것이 진짜 릴리 바트라는 사실을 열렬하게 거부했다. 진짜 릴리는 불과 몇 시간 전에 그의 가슴 위에 따스하게 놓였더랬다. ── 그가 다가오는 것을 보고도 처음으로 창백해지지도 밝아지지도 않는 그 낯설고 고요한 얼굴과 그 사이에 무슨 관계가 있단 말인가?

거티는 역시 이상할 만큼 침착한 태도로, 많은 고통을 상대해 온 사람답게 자제력을 발휘하며 침대 곁에 서서 마지막 메시지를 전하듯 부드럽게 말했다.

"의사가 클로랄 한 병을 발견했어요…… 오랫동안 불면증에 시달려 왔거든요. 실수로 용량을 초과한 것이 틀림없어요…… 틀림없어요…… 의심할 여지 없이…… 조사 같은 것은 없을 거예요…… 그 의사분이 무척 친절하셨어요. 제가 우리끼리만 릴리를 보고 싶다고 말했어요…… 다른 사람들이 오기 전에 릴리의 물건들을 살펴보고 싶다고. 릴리도 그러기를 원했을 거예요."

셸든은 그녀가 하는 말을 거의 알아듣지 못했다. 그는 그동안 알아 왔던 살아 있는 윤곽 위에 섬세한 가면이 씌워진 듯한 잠자는 얼굴을 내려다보며 서 있었다. 보이지 않고 닿을 수는 없어도 진짜 릴리가 아직도 그곳에, 자신 곁에 있는 것 같았다. 그리고 그들 사이의 장벽이 얇다는 사실이 그에게 무기력감을 느끼게 하며 그를 조롱했다. 그들 사이에 손으로 만질 수 없는 얇은 장벽 그 이상은 있어 본 적이 없었다. ── 그러나 그 장벽이 두 사람 사이를 갈라놓도록 허용한 것은 자기 자신이었다! 그런데 이제, 그 장벽이 이전 어느 때보다도 미약하고 희미한 것 같으면서도 갑자기 견고하게 굳어졌다. 그가 목숨을 걸고 그 장벽에 부딪친다 해도 아무 소용이 없게 되었다.

그는 무릎을 꿇고 침대 곁에 앉았다. 그러나 거티의 가벼운 손길을 느끼며 정신이 들었다. 일어선 셀든이 거티와 눈이 마주쳤을 때 그녀 얼굴의 특이한 표정이 눈에 띄었다.

"의사가 왜 갔는지 알지요? 곤란한 일은 없을 거라고 약속하셨는데…… 하지만 물론 형식적인 절차는 다 밟아야 하거든요. 그래서 내가 우리가 먼저 릴리의 물건을 살펴볼 시간을 달라고 부탁했어요……."

그는 고개를 끄덕였고, 그녀는 그 작고 검소한 방을 둘러보았다. "시간이 많이 걸리지는 않을 것 같아요." 그녀가 결론을 내렸다.

"그래…… 많이 안 걸리겠지요." 그가 동의했다.

그녀는 잠깐 그의 손을 꼭 잡아 준 뒤 침대를 마지막으로 바라보고 나서 조용히 문을 향했다. 그리고 문턱에서 돌아서더니 덧붙였다. "내가 필요하면, 아래층으로 와요."

셀든은 그녀를 붙잡기 위해서 몸을 일으켰다. "그렇지만 왜 나가죠? 릴리가 거티도……."

거티는 미소를 지으며 고개를 저었다. "아니, 이게 릴리가 원했던 바일 거예요……." 셀든의 돌처럼 굳은 비참한 표정은 그녀의 말을 듣고 밝아졌다. 그는 깊이 숨겨졌던 사랑을 깨달았다.

거티가 나가고 문이 닫혔다. 셀든은 침대에서 미동도 하지 않고 잠들어 있는 그녀와 그 방에 단둘이 있었다. 그는 그녀의 곁으로 되돌아가서 무릎을 꿇고 지끈지끈한 자신의 머리를 베개 위의 평화로운 뺨에 대고 쉬고 싶은 충동을 느꼈다. 그들은, 그들 두 사람은, 한 번도 평화롭게 단둘이 있어 본 적이 없었다. 그리고 이제 그는 그녀의 고요가 함축하고 있는 기이하고 신비로운 심연으로 끌려 내려가는 듯한 기분이었다.

그러나 그는 거티의 경고의 말을 기억했다. ─ 그는 이 방에서는 시간이 멈추었을지라도 밖에서는 그것이 방문을 향해 무자비하게 서두르며 뚜벅뚜벅 걸어오고 있다는 사실을 알았다. 거티가 자신에게 이 귀중한 삼십 분을 주었으니 셀든은 그 시간을 거티가 원하는 대로 사용해야 했다.

셀든은 침대로부터 돌아섰다. 그리고 외부 사물들에 대한 의식을 되찾아야 한다고 엄하게 스스로를 강제하면서 주변을 살폈다. 방에는 가구가 거의 없었다. 초라한 서랍장 위에는 레이스 덮개가 놓여 있었고 몇 개의 금 뚜껑 상자와 병들, 장밋빛 바늘방석과 거북 등딱지 머리핀 따위가 놓인 유리 쟁반들이 그것을 장식하고 있었다. 셀든은 이런 사소한 사물들이 암시하는 가슴 아픈 친밀감과 그 위에 걸린 화장 거울의 텅 빈 표면에 움츠러들었다.

그것들이 릴리가 사치를 부린, 개인적인 품위를 섬세히 지키려고 노력한 유일한 흔적이었고, 그 흔적은 그녀가 다른 것들을 포기함으로써 얼마나 큰 희생을 강요받았는지 보여 주었다. 릴리의 개성을 보여 주는 다른 흔적은 그 방에 없었다. 몇 안 되는 가구 ─ 세면대와 의자 두 개, 작은 책상, 그리고 침대 곁의 작은 탁자 ─ 가 아주 단정히 잘 정돈되어 있다는 사실을 제외하면. 그 탁자 위에 빈 병과 유리잔이 놓여 있었는데, 셀든은 그것들로부터도 시선을 돌렸다.

책상은 닫혀 있었다. 그러나 그 기울어진 뚜껑에 편지가 두 개 놓여 있었고 그는 그것들을 집어 들었다. 하나는 은행 주소가 씌어 있었고 우표가 붙은 채 봉해져 있었다. 셀든은 잠시 망설이다가 그 봉투를 한쪽으로 치워 놓았다. 다른 편지에는 거스 트레너의 이름이 적혀 있었다. 그리고 그 봉투는 아직 봉하기 전이었다.

유혹이 그를 향해 칼날처럼 튀어 올랐다. 그는 그 유혹의 칼날 아래 비틀거리며 책상에 기댐으로써 간신히 균형을 유지했다. 그녀가 왜 트레너에게 편지를 썼단 말인가 — 더욱이 짐작건대 그 전날 저녁 자신과 헤어지고 나서 바로? 그 생각은 그 마지막 시간의 기억조차 불경스럽게 만들었고, 그가 하러 온 말을 비웃었으며 그 말이 만나게 된 화해의 침묵조차 오염시켰다. 셀든은 스스로 영원히 내던져 버렸다고 생각한 그 모든 추한 불확실성 속으로 다시 동댕이쳐진 듯한 느낌이 들었다. 결국, 자신이 그녀의 삶에 대해서 무엇을 알고 있었단 말인가? 그가 아는 것은 그녀가 자신에게 보여 주려고 한 부분뿐이었는데, 그것은 세상의 짐작에 비추어 볼 때 얼마나 작은 부분이란 말인가! 무슨 권리로 — 그의 손아귀에 있는 편지가 묻는 것 같았다 — 도대체 무슨 권리로 그가 이제 죽음이 열어 놓은 대문을 통해 그녀의 비밀 속으로 들어간단 말인가? 그의 심장은 그와 그녀가 함께 보낸 마지막 시간, 그녀 스스로 그의 손에 열쇠를 놓아 준 그 시간이 자신에게 준 권리라고 외쳤다. 그렇다 ── 그러나 트레너에게 보내는 편지가 그 이후에 쓰인 것이라면?

그는 갑작스럽게 혐오감을 느끼며 그 편지를 밀어 놓았다. 그리고 입술을 꽉 다물면서 스스로에게 단호하게 남은 과제를 수행하라고 지시했다. 이제 결국, 그 과제는 자신이 그것에 개인적으로 연루되지 않았으니 더 쉬울 터였다.

그는 책상 뚜껑을 열었고, 그 안에 수표책과 몇 꾸러미의 고지서들과 편지들이 평소 그녀의 습관대로 질서 정연하게 정리되어 있는 것을 보았다. 그는 편지를 먼저 살펴보았다. 그것이 가장 어려운 작업이었기 때문이다. 그것들은 몇 개 되지 않았고 중요한 것도 아니었다. 그러나 그것들 중에는 자신이 브라이 집안에서의 행사 다음 날 보낸 쪽지가 있었다. 그 발견으로 그의 가슴이 기이하게 뛰었다.

"언제 가서 뵐 수 있을까요?"……자신이 쓴 그 문장을 보는 순간 그는 그녀를 잡을 수 있던 바로 그 순간에 그녀를 저버리게 만든 자신의 비겁함에 대해 깨닫고 가슴이 먹먹했다. 그렇다…… 그는 항상 자신의 운명을 두려워해 왔다. 이제 와서 자신의 비겁함을 부인하기에는 셀든은 너무나 정직한 사람이었다. 지금도 트레너의 이름을 보는 것만으로 자신이 과거에 그녀에 대해 느꼈던 모든 회의가 되살아나지 않았던가?

그는 릴리가 소중하게 간직했기 때문에 소중한 그 쪽지를 조심스럽게 접어서 자신의 명함집에 넣었다. 그런 뒤 다시 시간이 많이 흘렀다는 사실을 의식하며 서류 조사를 계속했다.

놀랍게도 그는 모든 고지서에 영수증이 달려 있다는 사실을 발견했다. 그것들 중에 지불이 안 된 것은 단 하나도 없었다. 그는 수표책을 열었고, 바로 전날 밤에 페니스턴 부인의 유언 집행자들로부터 받은 만 달러짜리 수표가 그 안에 기입된 것을 보았다. 그렇다면 유산은 그가 거티에게서 들은 것보다 더 일찍 지불된 것이었다. 그러나 한두 쪽을 더 들추다가 이 최근의 자금 수용에도 불구하고 놀랍게도 잔액이 이미 몇 달러 수준으로 줄어 들어 있는 것을 발견했다. 마지막으로 쓴 수표의 보관용 부분을 재빨리 살펴보니 모두 전날 날짜가 적혀 있었다. 전체 유산 중에서 사오백 달러가량만이 고지서의 지불에 쓰인 상태였다. 그리고 나머지 수천 달러는 단 한 장의 수표에 모두 포함되어 있었으니 그것은 다름 아닌 찰스 오거스터스 트레너 앞으로 발행된 수표였다.

셀든은 그 수표책을 옆으로 치우고 책상 옆 의자에 털썩 주저앉았다. 그는 팔꿈치를 팔걸이에 대고 얼굴을 손에 파묻었다. 쓰디쓴 삶의 맛이 그의 주변을 채우고 있었고, 그것의 메마름이 입술 위에서 느껴졌다. 트레너 앞으로 쓰인 수표가 수수께끼를 설명해 주는가, 아니면 그것을 더 심화하는가? 처음에는 그의 정신이 활동을 거부했다. — 그는 단지 트레너 같은 남자와 릴리 바트 같은 젊은 여성 사이에서 이루어지는 돈거래의 추함만을 느꼈다. 그러나 그의 고통스러운 비전이 서서히 맑아졌고, 과거의 암시와 소문의 기억들이 되살아났다. 그리고 그가 더 캐 보기를 두려워했던 바로 그 암시의 말들에 기반해서 그 수수께끼를 설명할 수 있었다. 그렇다면 그녀가 트레너로부터 돈을 받은 것은 사실이었다. 그러나 그 작은 책상에 담긴 내용이 말해 주는 진실에 따르면 그녀가 그런 빚을 견딜 수 없었다는 것, 그 빚으로부터 놓여날 수 있는 최초의 기회가 오자마자 그 빚으로부터 벗어났다는 것이었다. 비록 그 행위를 통해 순수한 빈곤에 내몰리게 되었음에도.

그것이 그가 알 수 있는 것의 전부 — 그가 짐작할 수 있는 전부였다. 베개 위의 닫힌 입술은 그 이상 말해 주기를 거절하고 있었다. — 그녀가 그의 이마에 키스를 남김으로써 직접 말한 것을 제외한다면. 그렇다. 그는 지금 그 작별 인사에서 자신의 가슴이 찾고 싶어 했던 모든 것을 읽을 수 있었다. 심지어는 자신에게 주어진 기회를 용기 있게 대면하지 못했던 자신의 실패에 대해 자책하지 않을 용기까지 얻었다.

그는 삶의 모든 조건들이 그 두 사람 사이를 갈라놓기 위해 공모했다는 사실을 알 수 있었다. 그가 그녀를 지배하던 외부적 영향력으로부터 거리를 두었다는 사실 때문에 그의 영적 까다로움이 증대되었고 그가 무비판적으로 살고 사랑하는 것이 어려웠으니 말이다. 그러나 적어도 그는 그녀를 사랑했었고 자신의 미래를 릴리에 대한 믿음에 걸 용의가 있었다. 만일 그 사랑과 이해의 순간이 두 사람이 포착하기 전에 지나가 버릴 운명이었다면 셀든은 이제 그 순간이 두 사람 모두의 삶의 폐허로부터 구제되었다는 것도 알 수 있었다.

그들을 무감각과 소멸로부터 보호한 것은 그런 사랑의 순간, 스스로에 대한 그 같은 찰나적인 승리였다. 그 사랑과 승리의 순간 덕분에 릴리는 환경의 영향에 대항해 끊임없이 투쟁하며 그를 향해 손을 내밀었다. 그리고 그 사랑과 승리의 순간 덕분에 셀든은 그녀에 대한 믿음을 유지하고 그녀 곁에 참회와 화해의 심정으로 다가올 수 있었던 것이다.

셀든은 침대 곁에 무릎을 꿇고 앉아 릴리 위로 고개를 숙인 채 마지막 순간을 연장하고 있었다. 그리고 그렇게 침묵을 지키고 있는 동안 그들 사이에 대화가 오갔고 모든 것이 더욱 분명해졌다.

후기 자본주의 시대의 『환락의 집』 읽기

마틴 스코세이지 감독, 대니얼 데이루이스 주연으로 1993년 영화화된 소설 『순수의 시대』로 한국의 독자들에게도 잘 알려진 미국 여성 작가 이디스 워튼(1862~1937)은 남북 전쟁 시기 미국에서 뉴욕 상류층 집안의 삼 남매 중 외동딸로 태어났고, 결혼 전 이름은 이디스 뉴볼드 존스였다. 부모가 다 부유한 집안 출신이어서 일정한 직업 없이 뉴욕과 유럽, 로드아일랜드의 휴양지 뉴포트를 오가며 사교 생활을 즐기던 환경이었고, 아직 여성을 위한 교육이 보편화되기 전이어서 워튼은 부모가 고용한 가정 교사들에게서 다양한 인문 교육을 받았다고 한다. 그녀는 당시 상류층의 관례대로 열일곱 살에 사교계에 데뷔했고, 1885년에는 뉴잉글랜드 부호의 아들로 오빠의 하버드 대학 친구인 에드워드 (테디) 워튼과 결혼했다. 즉,

이 시점까지의 이디스 워튼은 『환락의 집』 등장인물인 주디 트레너처럼 사교계의 인물들을 저택이나 별장에 초대해 파티를 여는 안주인의 미래를 내다보고 있었던 셈이다.

하지만 지성이나 감정, 예술 등을 불신하는 실용주의자들이었던 부모와는 달리 어려서부터 독서와 글쓰기를 남달리 좋아했던 워튼은 자신과 관심사를 공유하지 못하며 조울증에 시달리던 남편 테디와 점점 관계가 소원해졌고, 1890년대에 이르면 본인마저 급성 우울증에 시달리게 된다. 이 우울증의 치료법 중 하나로 글쓰기를 권유받은 워튼은 그해에 《스크리브너스》에 수록된 단편 「맨스티 부인의 전망」으로 작가로 데뷔했고, 이후 꾸준하게 창작을 계속해 1937년 사망할 때까지 중·장편 18권, 단편집 11권 외에 시, 수필, 회고록, 논평집 등을 다수 발표했다. 1905년 발표한 『환락의 집』으로 작가로서 명성을 확립했고, 헨리 제임스 등 당대의 문필가들과 친밀하게 교유했으며, 1921년 『순수의 시대』로 퓰리처상을 수상하고 1923년에는 예일 대학에서 명예박사 학위를 받았다.

작가로서 이처럼 비교적 순탄한 성공의 길을 밟았던 것과는 대조적으로 워튼은 이성 파트너와의 관계에서는 당시 상류층 여성으로서는 드문 굴곡을 겪는다. 남편과의 관계는 부부가 조울증과 우울증 등을 겪으며 멀어지던 끝에 1913년 가족들의 반대를 무릅쓴 이혼으로 결론지어졌다. 남편과의 관계 외에는 죽을 때까지 비밀에 붙여졌지만 헨리 제임스의 소개로 만났던 하버드 출신 저널리스트 윌리엄 모턴 풀러턴(1865~1952)과 1906년에서 1909년까지 짧지만 열렬한 연애를 한 것으로 알려져 있다. 풀러턴은 1890년부터 이십 년가량 주로 《더 타임스》의 프랑스 지부에서 일했고, 1차 세계 대전 종군을 거쳐 1952년 사망 시까지 프랑스의 《르 피가로》에서 일했다. 풀러턴의 영향이 작용했던 듯, 워튼도 1911년부터 기질적으로 미국보다 더 친밀감을 느끼던 프랑스에서 살기 시작해 1914년에는 영구 이사를 하고 그곳에서 문필 활동을 계속했다. 1916년에는 1차 세계 대전 중 난민 구제 노력을 인정받아 프랑스 정부에서 레지옹 도뇌르 훈장을 받기도 했고, 1937년 사망 후에는 베르사유의 고나르 묘지에 묻혔다.

작가로서 워튼은 출세작인 장편 『환락의 집』 이후 당대에 큰 인기를 누린 인기 작가였지만, 사후 평단의 평가는 여성 작가에 대한 태도의 변화에 따라 일종의 부침을 겪었다. 크게 보아 1920년대에서 60년대까지는 헨리 제임스의 아류인 세태 소설가 정도로 여겨진, 일종의 반동의 시기라 할 만하다. 그녀가 여성 문제, 사회 문제를 훌륭히 다룬 미국의 주요 소설가로 널리 받아들여지게 된 것은 1960년대의 여성 운동을 거쳐 1970, 80년대의 재평가가 이뤄진 뒤다.

워튼과 주변 사람들의 말에 따르면 『환락의 집』은 우연과 필연이 결합하며 나오게 된 작품이다. 평소 워튼의 작품 출판을 지원해 왔던 편집자 벌링게임이 1904년 다른 작품을 잡지에 연재하려고 기획했다가 연재를 몇 달 앞두지 않은 시점에 작가의 사정으로 기획이 무산되자 워튼에게 급히 대타가 되어 줄 것을 제안했다고 한다. 이 작품의 소재와 주제에 대해 여러 해 동안 구상을 다듬어 왔던 워튼에게 이것은 놓칠 수 없는 기회였고, 그 결과 그녀가 그해 9월에 작품 집필을 시작해 다음 해인 1905년 1월에서 11월까지 십일 개월에 걸려 작품을 연재한 것이다. 워튼의 말에 따르면 그녀는 이 작품을 쓰는 동안 처음으로 빠듯한 마감일에 맞춰 매일매일 철저하게 창작 스케줄을 지켰고, 그 결과 엄격한 기율에 따라 글을 쓰는 전문 작가로 성장하게 되었다고 한다. 다행히 연재 중 큰 인기를 누렸던 이 작품은 11월에 책으로 출판돼 연말까지 14만 부라는 당시로서는 기록적인 판매 부수를 기록하고 1906년 초까지도 수 개월 동안 베스트셀러 자리를 지켰고, 워튼에게 평생 동안의 수입도 보장해 주었다. 아울러 워튼은 바로 이 소설을 쓰는 동안 이 작품에서 다룬 소재와 주제야말로 자신의 강점을 가장 잘 발휘할 수 있는 것이라는 통찰도 얻게 되었다고 한다.

하지만 이런 대중적 성공에 비하면 『환락의 집』에 대한 당대 평단의 평가는 박한 편이었다. 흥미진진한 이야기이지만 당시 상류 사회에 대한 인상만을 기록한 일종의 세태 소설로 영원한 고전의 반열에는 못 든다거나, 물질적 유혹과 쾌락에 약한 릴리가 비극의 주인공이 되기에는 결격 사유가 너무 커서 품격 있는 작품이 못 된다는 등의 비판이 대세였다. 당대의 비평 중 이 작품의 남다른 성취를 알아본 것은 《새터데이 리뷰》(1906)가 거의 유일한데, 주인공인 릴리가 순수의 화신이 아니고 이기적이고 세속적이지만 독자의 애정과 동정을 받을 만한 인물로서 현대 문명에 대한 신랄한 비판인 작품의 주제를 효과적으로 전달하는 주인공이라고 보았다. 당대 이후에는 앞서도 언급한 것처럼 1960, 70년대 여성 문학에 대한 진지한 재평가가 이루어질 때까지 헨리 제임스를 흉내 낸 아류작 정도로 대체로 무시되거나 경시되었다.

그렇다면 여성 경시 사상이나 여성 운동의 고양된 시각이라는 두 편견을 다 지양하면서 『환락의 집』이 왜 한 세기 이상 지속적으로 읽혀 왔는지, 또 오늘날의 한국에서도 읽을 만한 가치가 있는 작품인지 설명할 수 있을까? 작품을 읽는 독자는 누구나 알 수 있듯이 이 작품의 중심에는 뉴욕 최고의 상류 사회에 속했다가 점차 몰락의 길을 걷는 여주인공이 있고, 작품은 그녀의 이야기를 통해 뉴욕 상류 사회의 모습을 잘 드러내고 있다. 다시 말해 무척 한정적이라면 한정적인 소재를 다루는 작품으로, 작중 인물들의 대부분은 대대로 부를 축적해 온 전통적 재력가들이거나 남북 전쟁 이후 활발해진 공업화, 산업화를 통해 부를 축적한 뒤 거기 새로 진입하려고 하는 새로운 재력가 집안의 사람들이다. 하지만, 그들의 행태나 타락상에 대한 묘사나 풍자는 분명 흥미로운 소재이기는 하지만, 그것뿐이라면 이 작품은 평면적인 세태 소설에 그칠 수도 있었을 것이다.

그러나, 오늘날의 다수 의견은 『환락의 집』은 세태 소설 이상의 주제를 다루기 때문에 고전의 반열에 올려놓을 수 있다는 것이다. 어떤 면에서 그럴까? 우선 작품의 줄거리를 간단히 요약해 보자. 작품의 중심인물인 릴리는 저자인 워튼처럼 뉴욕의 전통적 재력가 집안의 무남독녀 외동딸인데 사교계 데

뷔 직후 아버지가 파산하고 상심한 부모가 잇따라 사망하면서 체면상 그녀의 후견인을 맡은 고모의 집에 얹혀사는 고아다. 다행히 남다른 미모와 섬세한 취향의 소유자인 까닭에 상류 사회의 파티에서 손님 겸 안주인의 비서로 인기가 있으며 재력 있는 남성의 청혼을 기대할 수도 있는 신붓감이다. 그런데 작품이 시작되는 시점의 릴리는 부모 사망 직후와는 달리 그런 생활을 해 온 지 이미 십 년이 넘은 상태다. 즉, 벌써 서른을 바라보고 있는 나이라, 사교계 데뷔 초기에 재력과 취향이 다 맞는 신랑감을 기대했던 것과는 달리 이제는 재력가라면 아무하고나 결혼해야 하는 다급한 처지다. 그리고 그런 사람이 주변에 나타난다면 수동적으로 청혼을 기다릴 수 없고 적극적으로 청혼을 유도해야 하며, 본인 스스로도 그 점을 의식하고, 실제로 무미건조하고 소심하지만 엄청난 유산 상속자인 그라이스의 청혼을 끌어 내리려고 의식적으로 노력한다.

안타깝게도, 남다르게 섬세하고 발랄한 개성의 소유자인 릴리는 그런 결혼에 대한 자신의 거부감을 억누르는 데 실패하고, 이후에도 간헐적으로 다가오는 비슷한 부류의 결혼 가능성 ― 속되고 역겨운 성격의 소유자인 신흥 재력가 로즈데일의 청혼이나, 교활한 아내의 손아귀를 벗어나기 위해 자신과의 재혼에 미리 동의해 달라고 애원하는 도싯의 제안 등 ― 을 받아들이는 데 실패하고 만다. 이렇게 중요한 결혼 기회들을 스스로 저버리는 와중에 이런저런 사적 음모에 휘말린 릴리는 상류층 여성 친구들과 친척들의 비위를 거스르면서, 점점 낮은 수준의 상류층 부인들의 손님 겸 파티 기획 비서로 전락한다. 후견인이었던 고모마저 작은 액수의 재산 — 자신도 모르게 지게 된 빚을 갚을 정도 — 만을 남겨 주고 사망한 뒤 릴리는 결국 모자 공장에 도제로 들어가지만 거기서도 해고되며, 경제적인 독립의 전망이 안 보이는 절망적인 상태에서 수면제 과다 복용으로 죽게 된다.

기질이나 상황상의 여러 요인이 겹쳐 상류층의 눈 밖에 나면서 비극적 죽음에 이른 주인공 릴리의 삶은 확실히 누구나 안타까워할 만한 것으로 릴리가 그렇게 된 데는 그녀의 잘못뿐만 아니라 환경적 요인의 탓이 크다. 나아가, 이 작품의 인기와 지속적인 영향력의 비결은 상류 사회의 외면을 낳은 부족한 한 개인의 비극인 이 이야기가 개인적 일탈이나 주변 세계의 잔인함에 대한 비판에 그치지 않고 미국 사회가 그 시점에서 지향하던 사회의 방향과 가치관에 대해, 그것이 여성에게 초래하는 역할에 대해 핵심적인 문제 제기를 한 것이다. 여기서 릴리의 운명이 대표하는 미국 사회의 성격과 방향을 이해하기 위해 워튼의 동시대 경제학자이자 사회학자였던 소스타인 베블런(1857~1929)의 명저 『유한계급론』(1899)에 나오는 논의를 잠시 상기할 필요가 있다. 베블런은 현대 자본주의가 발전하고 엄청난 자본을 축적하는 개인들이 늘어나면서 사회에 유익한 생산 노동에 종사하지 않고 그 위에 기생하면서 자신의 부나 실력을 과시함으로써 사회적 명예와 존경을 얻고자 하는 집단으로서의 새로운 유한계급이 대두했다고 보는데, 그들이 자신의 재력을 과시하는 방법의 하나가 눈에 띄는 소비를 하는 것이다. 아무리 많은 부를 축적했다 해도 겉으로 보이지 않는다면 다른 사람이 그것을 알아보고 인정해 줄 수 없기 때문이다. 따라서 이런 계층에서는 여성이 남성의 재력을 가시적인 것으로 드러내 주는 '과시적 소비'의 중요한 수단이다. 여성들은 화려한 의상과 장신구, 문화 활동 참여 및 사치스럽고 교양미 있는 파티와 여행 등을 통해 가부장적 권력의 상징으로서 핵심적 역할을 담당하는 존재인 것이다.

『환락의 집』의 릴리는 바로 그런 여성을 만들기 위한 교육의 산물이며, 그 사실은 릴리 본인을 비롯해 작중 주요 인물들이 다 알고 의식하고 있다. 그래서 셀든은 릴리에게 "결혼이야말로 당신의 사명 아닌가요? 모두 그것을 위해 교육을 받는 것 아닌가요?"라고 묻고 릴리는 "여성에게는 본인만큼이나 그녀가 입고 있는 옷도 중요하니까요. 사람들은 우리가 …… 잘 차려입기를 기대하고 있어요. 그리고 만일 홀로 그렇게 할 수 없다면 파트너십을 형성해야 하는 거예요."라고 말한다. 릴리가 가기 싫어도 트레너 집안에 가는 건 "제[릴리의] 일의 일부"이기 때문이며, 그녀는 모든 행동을 의식적이고 계산적으로 상대 남성 권력을 나타낼 수 있는 방향으로 하고 있다. 릴리는 "충동이라는 사치를 스스로에게 허용하는 일은 사실 거의 없는 편"이며 스스로 남성을 돋보이게 하는 자신의 능력에 대한 자신감도 있어서 그라이스를 상대할 때도 자신이 "정확히 어느 순간에 얼굴을 붉혀야 하는지 알고 있는 *기술자*"(강조는 인용자)라고 자부한다. 릴리가 트레너와 오도된 거래를 할 때도, 도싯의 비위를 맞춤으로써 도싯 부인의 외도에 암묵적으로 이용당할 때도 모두 이런 능력을 활용해 그 계층의 여성에게 요구되는 역할, 즉 가부장의 권력을 가시적으로 드러내고 확인시켜 주는 상징의 역할을 수행하고 있는 것이다.

하지만, 그런 역할에 나름대로 적응하거나 그 위치를 잘 활용하는 것처럼 보이는 작중의 다른 유한계급 부인들과는 달리 릴리는 그렇게 사는 데 만족하지 못하는, 그들과는 다른 차원의 생동감이 있는 인물이다. 그래서 처음부터 "단순히 부자이기만 한 남자와의 결혼을 추구하지 않을 작정"을 했고, 매력을 느낄 수 없는 재력가와 결혼할 기회가 올 때마다 일종의 무의식적 태업을 하며 그 기회를 놓치게 된다. 그라이스의 비위를 잘 맞춰 청혼을 받을 즈음에 그와의 약속을 어기고, 연약하고 매력을 느낄 수 없는 기혼자 도싯의 암묵적이고 잠재적인 청혼도 거부한다. 그리고 극도로 절망적인 상황에서까지도 가부장 권력의 과시로서의 릴리의 상징적 가치를 알아보고 노골적으로 그것을 사겠다고 제안 ─ "돈은 있습니다." "그러니 제게 필요한 건 여성입니다." "저는 제 아내가 다른 모든 여성들을 압도하기를 원합니다." ─ 하는 신흥 부자 로즈데일의 청혼을 거부한다.

그 결과 남은 유일한 선택은 혼자 힘으로 경제적 독립을 이룸으로써 자신의 존엄을 지키는 것인데, "그녀의 양육은 그녀를 장식물로 만드는 데 초점이 맞춰진 것이었기 때문에", 즉 그녀가 "전시를 위해서 키워진 진귀한 꽃과도 같"기 때문에, 경제 활동의 전선에 나선 릴리는 곧 자신이 그런 영역에서 무능력자나 다름없는 존재임을 깨닫는다. 릴리의 다음과 같은 말은 그런 깨달음에서 오는 절망감을 보여 준다. "저는 제가 인생이라고 이해하던 거대한 기계의 나사 하나 혹은 톱니 하나에 지나지 않았어요. 그리고 그 기계에서 떨어져 나온 뒤 제가 다른 곳에서는 아무 쓸모가 없다는 것을 알게 되었어요. 자신이 단 하나의 구멍에만 맞는다는 걸 알게 되었을 때 무엇을 할 수 있을까요? 원래 자리로 돌아가든가, 아니면 쓰레기 더미 속으로 던져지든가 둘 중 하나죠……." 결국, 여러 차례 그럴듯한 기회를 날린 릴리에게는 이제 결혼의 가능성도 사라진 거나 다름없어서 트레너나 로즈데일 같은 인물의 정부가 되는 것 외의 선택은 남아 있지 않다. 그런 선택을 거부하고 정직한 노동을 통한 헛된 자립 노력에 지친 그녀가 수면제 과용으로 죽음에 이르는 결말은 따라서 바로 여성에게 그와 같은 장식적, 상징적 역할만을 부여하는 당시의 가부장적 자본주의 체제에 대한 신랄한 비판이다. 들판의 백합화(릴리)는 "수고도 아니하고 길쌈도 아니"(마태복음 6장 28절)해도 자라는지 모르지만, 19세기 말 20세기 초 뉴욕 상류층에서 태어난 릴리는 수고를 해도 노동을 하려 해도 생존이 불가능한 지경으로 내몰리기 때문이다.

물론 『환락의 집』은 이와 같은 비판과는 별개로 릴리 같은 여성들이 모두 그녀처럼 살도록 되어 있다는 식의 결정론적인 주장을 담고 있지는 않다. 그랬다면 단순한 세태 소설이라는 평가를 면하지 못했을 것이다. 릴리의 경우는 남다른 미모와 생기가 있었고, 또 부분적으로는 그렇기 때문에 더 큰 자신감으로 인해 그녀에게 닥친 불운이 더욱 큰 타격이 되었지만, 작품은 그런 릴리에게도 가끔씩 어렵더라도 자신의 인격을 지키고 다른 길을 찾을 기회가 없지는 않았음을 보여 준다. 릴리는 우연히 인연을 맺은 노동 계급 여성인 네티 스트러더와 그녀의 남편의 사연을 죽기 전날 들으며, 자신도 예외적으로 교감을 나눌 수 있었던 셀든의 신뢰를 받으며 용기를 냈더라면 다른 삶이 가능했을 거라는 깨달음을 얻고, 지친 가운데서도 삶에 대한 새로운 의욕을 느끼기도 한다. 그런 깨달음이 "뿌리 없이 부유하는" 유한계급 사람이 아니라 노동하는 삶에 뿌리박고 "존재의 핵심적 진실에 도달한" 넬리를 통해 오는 것도 의미심장하다. 당연히 노동 여성이라고 모두 선한 존재로 그려져 있지는 않지만, 사실 릴리에게 도움을 주는 여성들은 캐리 피셔나 킬로이 부인, 거티에 이르기까지 모두 현실에 뿌리박고 사는 여성들이다. 아울러, 작품은 릴리와 교감을 나누고 서로 매력을 느끼던 남성인 셀든이 뒤늦게라도 자신의 성급한 불신을 반성하며 새로운 희망으로 릴리를 찾아가는 모습을 그림으로써 릴리와 같은 운명을 타개할 수 있는 세계의 가능성이 닫히지 않은 모습을 보여 주기도 한다. 그렇기 때문에 『환락의 집』의 유한계급 비판은 그들에 대한 단순한 풍자나 조소, 비난에 머물지 않고, 그것을 넘어설 대안적 가능성에 대한 중층적 고려를 담은, 섬세하고 성숙한 것이다.

　그렇다면 출간된 지 100년도 더 지난 21세기의 오늘날 『환락의 집』이 한국의 독자에게 지니는 의미는 무엇일까? 그사이 미국에서도 우리나라에서도 양성 관계에 크고 작은 많은 변화가 있었던 것은 사실이다. 20세기 초중반을 거치며 여성에게도 참정권이 주어졌고, 공교육의 기회도 크게 늘어났으며, 상류 계층의 여성도 그 전과 비교가 안 되는 비율로 직업 교육을 받고 실제로 가정 밖의 일에 종사하고 있다. 하지만 양성 간의 차이를 차별의 기준으로 삼아 노동을 통제하는 자본주의의 기본 원리는 아직도 변하지 않았고, 이는 사회 모든 분야에서 양성 간 대우와 기회의 차별 지표로 드러난다. 상위직으로 올라가면 올라갈수록 여성의 비율이 줄고 있으며, 성별에 따른 보수의 격차도 좁혀지지 않고 있다. 미투 운동으로 나타난 직장 내 성희롱과 온-오프라인 환경에서 이뤄지는 여성 대상 성범죄 등 새로운 환경에 맞춰 변형된 새로운 형태의 성차별도 이제야 사회적 이슈로 불거지고 있다. 교과서와 공공 홍보물, 광고 등에 나타난 성차별 표현 등도 간헐적이지만 지속적으로 이슈가 되어 왔음에도 불구하고 그치지 않고 있다. 다시 말해, 수많은 운동과 변화를 거쳐 어느 정도 진보가 이루어졌다 할 오늘날에도 여성을 남성에 비해 열등한 존재로 보는 시선은 끈질기게 이어지고 있으며, 이는 우리가 워튼과 마찬가지로 차별을 이윤의 기제로 환원하는 자본주의가 심화된 시대를 살아가고 있다는 사실을 상기하면 당연한 일이기도 하다.

물론 소위 서구 선진국의 경우 이런 현실을 완화하는 장치가 훨씬 더 많이 도입되어 있고, 덕분에 부족하나마 상황이 우리보다는 훨씬 더 개선된 경우도 적지는 않지만, 마침내 선진국의 대열에 들어섰다고 자부하는 한국을 비롯해 세계의 대다

수 나라들에서는 여전히 요원한 일이다.『82년생 김지영』(2016) 같은 작품이 세계적인 호응을 이끌어 냈고, 많은 나라의 여성들이 꽤 긴 기간 동안 현재 진행형일 듯싶은 한국의 미투 운동조차 부러워하는 것도 그 때문일 것이다. 어쨌거나 전방위적 성차별이 지속되고 있고, 그나마 약간의 개선을 이룬 부분에 대해서조차 역차별 운운하는 우리의 현실을 고려해 보면 한 세기도 더 전에 쓰인『환락의 집』의 문제의식은 안타깝지만 우리에게도 과거지사가 아니다. 공중의 새나 들의 백합화와는 달리 일하지 않아도 먹고 입을 수는 없는 존재인 현실 속의 여성을 차별적으로 대우하는 것은 여성을 장식적인 존재로 한정했던 19세기 말, 20세기 초 미국 유한계급의 시각의 연장선상에 있기 때문이다. 그리고 이는 약탈적 성격에 있어 당시의 자본주의와 많이 닮아 있는 오늘날의 자본주의를 근본적으로 반성하고 대안을 적극적으로 찾지 않는 한 계속될 현실이기도 하다.『환락의 집』의 위대성은 독자로 하여금 우리 현실의 그런 면을 생생하고 감동적인 이야기를 통해 실감하게 하고, 그 대안의 성찰과 실천에 나서도록 하는 데 있다.

역자는 워튼의 출세작이자 대표작이면서 우리에게 덜 알려진『환락의 집』을 대학원 박사 과정 재학 중 여성학 관련 수업에서 뒤늦게 읽고 깊은 감명을 받아 번역에 욕심을 내게 됐다. 여성이라면 아무리 많은 공부를 하고 자격증을 따더라도 동일한 자격자인 남성보다 이런저런 노력을 더 많이 해야 하고 그러고도 여러 가지 차별을 감수해야 한다는 것을 직간접

체험으로 알았기 때문에 남다른 감수성의 소유자이면서도 결혼의 기회를 잃으며 절망적인 상태에 빠진 채 죽음에 이르는 릴리의 이야기가 아주 남의 이야기는 아닌 것 같았다. 더욱이 20세기 말 21세기 초 선진국으로 눈에 띄게 도약하던 신자유주의 시대의 한국은 남북 전쟁 이후 유럽을 따라잡기 시작하는 신생 선진국 미국과 여러모로 유사했고, 그런 느낌은 『유한계급론』에서 언급하는 유한계급의 "과시적 소비", 거기서 여성이 담당하는 역할 등에서도 형태는 달라도 마찬가지였다. 착수한 지는 십 년에 가까워 오지만 그사이에 역자의 개인적 사정과 출판사의 사정 등이 겹치며 처음 계획보다는 훨씬 오래 걸려 출판에 이르렀다. 마침내 독자께 선보이게 되어 기쁘고, 역자를 이 작품으로 인도해 주셨고 이 작품의 번역을 시작했을 때는 이미 너무 일찍 유명을 달리하신 지도 교수 고(故) 바버라 존슨 님께 안타까운 마음으로 감사를 표한다. 이 작품이 한국의 독자에게도 널리 읽히고 감명을 주며 각자의 선 자리에서 한국 사회의 여성 현실을 개선하려 하는 분들의 노력에 작은 영감이라도 되기를 바란다.

2022년 3월
전승희

작가 연보

1862년 1월 24일 뉴욕에서 태어났다. 이름은 이디스 뉴볼드 존스.

1878년 사교계에 데뷔했다. 시집 『운문』을 자비로 출간했다. 권위 있는 문학지 《애틀랜틱 먼슬리》에 시 한 편이 수록되었다.

1882년 아버지 조지 프레더릭 존스가 사망했다.

1885년 4월 29일 에드워드 (테디) 워튼과 결혼했다.

1890년 단편 『맨스티 부인의 전망』이 《스크리브너스》에 수록되었다.

1897년 오그던 코드먼과 함께 쓴 『실내 장식』을 출간했다.

1899년 첫 단편집 『더 큰 의향』을 출간했다.

1900년 중편 『시금석』을 출간했다.

1901년   어머니 루크레시아 라인랜더 존스가 사망했다. 두 번째 단편집『결정적 사례들』을 출간했다.

1902년   첫 장편『결정의 계곡』을 출간했다. 매사추세츠 서부에 스스로 설계한 저택 '더 마운트'로 남편과 이사했다.

1903년   중편『보호 구역』을 출간했다.

1904년   세 번째 단편집『인간의 유래』를 출간했다.

1905년   장편『환락의 집』을 출간했다.

1907년   장편『나무의 과일』을 출간했다.

1908년   헨리 제임스의 소개로 알게 된, 하버드 출신 저널리스트 모턴 풀러턴과 연인 사이가 되어 이 년간 연애했다. 여행기『프랑스 자동차 여행기』를 출간했다.

1909년   시 선집『아르테미스가 악티온에게』를 출간했다.

1911년   중편『이선 프롬』을 출간했다.

1912년   장편『암초』를 출간했다.

1913년   테디 워튼과 이혼했다. 장편『나라의 관습』을 출간했다.

1914년   프랑스로 영구 이사 후 전쟁 구호 사업에 적극 참여했다.

1915년   프랑스 친화적 수필을 모은『프랑스 전투』를 출간했다.

1916년   전쟁 구호 기금 모금을 위해『노숙자들』을 편집 출간했다. 단편선『싱구(Xingu)』를 출간했다.

1917년   중편『여름』을 출간했다.

1918년   장편『마른(Marne)』을 출간했다.

1919년   수필집『프랑스 방식과 그 의미』를 출간했다.

1920년   장편『순수의 시대』를 출간했다. 여행 수필집『모로코에서』를 출간했다.

1921년 『순수의 시대』로 퓰리처상을 수상했다.

1922년 장편『달의 일별』을 출간했다.

1923년 예일 대학에서 명예박사 학위를 받았다. 미국을 마지막
으로 방문했다. 전쟁 소설『전선의 아들』을 출간했다.

1924년 네 편의 중편 모음『구 뉴욕』을 출간했다.

1925년 장편『어머니의 보상』, 이론서『소설 작법』을 출간했다.

1927년 장편『황혼의 잠』을 출간했다.

1928년 테디 워튼이 사망했다. 장편『아이들』을 출간했다.

1929년 장편『허드슨 리버 브래키티드』를 출간했다.

1930년 단편선『어떤 사람들』을 출간했다.

1932년 『허드슨 리버 브래키티드』의 속편인『신들이 도착하
다』를 출간했다.

1934년 회고록『흘깃 뒤돌아보다』를 출간했다. 미완성 장편
『해적들』을 집필하기 시작했다.

1937년 8월 11일 사망했다. 프랑스 베르사유의 고나르 묘지
에 묻혔다.

세계문학전집 402

환락의 집 2

1판 1쇄 펴냄 2022년 4월 8일
1판 2쇄 펴냄 2024년 7월 18일

지은이 이디스 워튼
엮은이 전승희
발행인 박근섭, 박상준
펴낸곳 ㈜민음사

출판등록 1966. 5. 19. (제 16-490호)
서울특별시 강남구 도산대로1길 62(신사동) 강남출판문화센터 5층 (우편번호 06027)
대표전화 02-515-2000 팩시밀리 02-515-2007
www.minumsa.com

ISBN 978-89-374-6402-7 04800
ISBN 978-89-374-6000-5 (세트)

* 잘못 만들어진 책은 구입처에서 교환해 드립니다.

세계문학전집 목록

세계문학전집은 계속 간행됩니다.